W0364152

Ein neuer Fall für den beliebten schwedischen Kommissar Sten Wall

»Funny Fanny« ist eine Fernsehshow aus Göteborg mit außergewöhnlichen Gästen. In der letzten Live-Sendung vor der Sommerpause ist ein inhaftierter Mörder zu Gast, der zehn Jahre zuvor die achtzehnjährige Lisette brutal ums Leben gebracht hat. Die Show wird zum Quotenrenner, die Moderatorin Fanny ist heiß umschwärmt.

Allerdings fühlt sie sich von einigen Menschen zunehmend bedrängt. Da ist ihr Produzent Bosse Svärd, dessen Avancen sie immer wieder abweist. Dann der fanatische Bewunderer Thomas Hansson, der ihr unermüdlich Briefe schreibt. Ihr Exfreund Lars Öster, der sie mit seinen Anrufen nervt. Und ihre missgünstige Kollegin Gaby Swancke, die ihr den plötzlichen großen Erfolg nicht gönnt.

Wird ihr der Urlaub in Sydstranden zum Verhängnis?

Björn Hellberg ist Journalist und Buchautor. Seine Kriminalromane stehen in Schweden regelmäßig auf den Bestsellerlisten. Im Fischer Taschenbuch Verlag sind bisher die Bände ›Ehrenmord‹ (Bd. 15321), ›Mauerblümchen‹ (Bd. 15320), ›Todesfolge‹ (Bd. 16089) und ›Grabesblüte‹ (Bd. 16643) erschienen.

Unsere Adresse im Internet: www.fischerverlage.de

Björn Hellberg

Quotenmord

Krimi

Aus dem Schwedischen von
Astrid Arz

Fischer Taschenbuch Verlag

Deutsche Erstausgabe
Veröffentlicht im Fischer Taschenbuch Verlag,
einem Unternehmen der S. Fischer Verlag GmbH,
Frankfurt am Main, Januar 2006
© Fischer Taschenbuch Verlag in der S. Fischer Verlag GmbH,
Frankfurt am Main 2006
Die schwedische Originalausgabe erschien unter dem Titel
›Funny Fanny‹
im Verlag Tre Böcker, Göteborg
© Björn Hellberg 2002
Published by agreement with Bengt Nordin Agency,
Sweden, and Agentur Literatur, Berlin
Satz: Pinkuin Satz und Datentechnik, Berlin
Druck und Bindung: Clausen & Bosse, Leck
Printed in Germany
ISBN-13: 978-3-596-16644-2
ISBN-10: 3-596-16644-6

Quotenmord

Die Unvermeidlichkeit

Sie war eine solche Plage, dass es wehtat.

Nichts als Schmerzen bereitete sie ihm.

Sich zu befreien, schien unmöglich. Er steckte fest.

Wo er auch war, sie begleitete ihn, obwohl er sich die allergrößte Mühe gab, sie abzuschütteln.

Er versuchte, zu verdrängen, dass es sie gab, er versuchte es wirklich. Doch sie heftete sich immer wieder an ihn, unaufhörlich, hartnäckig, wie eine Klette.

Dabei hatten sie sich noch nie richtig unterhalten. Nur so im Vorbeigehen ein paar Höflichkeitsfloskeln ausgetauscht.

Wusste sie überhaupt, wer er war? Wie er mit Nachnamen hieß? Ob er verheiratet war oder eine feste Freundin hatte? Kinder? Wie alt er war? Ob er ein Leben außerhalb des Fahrschulautos hatte?

Wahrscheinlich wusste sie gar nichts über ihn. Nichts, worauf es ankam. Sie kümmerte sich kein Deut um ihn. Für sie war er nur ein gealtertes, langweiliges, nichtssagendes Gesicht. Etwas, das man aus den Augenwinkeln wahrnahm, ohne ihm größere Beachtung zu schenken.

Er musste sie ein für alle Mal vergessen. Sie passten nicht zusammen. Sie war gefährlich für ihn. Das war ihm vollkommen klar.

Aber es half alles nichts.

Sie war da. Immer.

War bei ihm, wenn er abends ins Bett ging.

Begleitete ihn nachts durch den Schlaf.

Wachte morgens mit ihm auf.

Saß mit ihm am Tisch.

Atmete seine Luft.

Es war entsetzlich.

Die Situation war kaum noch zu ertragen.

Er hatte nur noch sie im Sinn. Unter der Haut. Unter der Bettdecke. Im Auto. Überall.

Sie ließ seine Außenwelt fast vollständig verschwinden, sich in nichts auflösen.

Er dachte an sie, nur an sie.

Und doch war sie so unendlich weit weg, weit außerhalb seiner Reichweite.

Er fürchtete um seine seelische Gesundheit.

Etwas musste geschehen, das war ihm klar.

Er musste den Druck ablassen.

Den Druck ablassen, damit er nicht explodierte.

Aber wie?

Die Jungfernfahrt

Sie stieß einen betont langen, lauten Protestseufzer aus. Er musste einfach begreifen, dass sie nicht klein beigeben würde.

»Krieg ich nun das Auto oder nicht?«, wiederholte sie.

»Ehrlich gesagt, finde ich das keine besonders gute Idee.«

»Papa!«

Kjell Agnelius zeigte auf die Fensterscheibe, an der ganze Rinnsale herabrannen.

»Willst du wirklich in dieses Wetter raus? Es schüttet doch aus allen Kübeln.«

»Ich habe Augen im Kopf. Ich kann selber sehen, dass es schüttet.«

»Und trotzdem willst du raus?«

»Ich hab dich gebeten, mir das Auto zu leihen. Nicht das Moped. Ich hab gedacht, dein Saab hätte ein Dach, aber vielleicht täusche ich mich ja.«

»Jetzt beruhig dich doch bitte, Lisette. Ich hab nicht nein gesagt, nur, dass es draußen Bindfäden regnet. Möchtest du nicht lieber bis morgen warten? Oder wenigstens bis es aufklart? Dieser Schauer zieht bestimmt ziemlich schnell vorüber.«

Es war ein Kräftemessen.

»Du hast kein Vertrauen zu mir, das ist ja klar.«

»Doch, natürlich.«

»Weißt du noch, wie es war, als du den Führerschein gemacht hast?«

Er nickte, und sie fuhr unerbittlich fort: »Und weißt du noch, was das für ein Gefühl war, als du endlich den Lappen in der Hand hattest? Warst du nicht wild drauf, sofort loszufahren, ganz allein, raus auf die Straße?«

Offenbar war es an der Zeit, die Waffen zu strecken. Er lächelte seiner Tochter zu, und sie erwiderte sein Lächeln.

»Also los«, schmunzelte er. »Hier hast du die Schlüssel. Möchtest du, dass ich mitkomme? Nur für alle Fälle.«

»Lieber nicht.«

»Na, das kann ich fast verstehen. Aber schön vorsichtig mit dem Gaspedal. Und vergiss eins nicht.«

»Was?«

»Glaub nicht, du könntest Auto fahren ...«

»Ich *kann* Auto fahren. Das hab ich schließlich schriftlich.«

»Nur weil du zufällig den Führerschein in der Tasche hast, heißt das noch lange nicht ...«

»Zufällig? Meine Fahrprüfung ist perfekt gelaufen. Aber ich hab da von einem alten Herrn gehört, der ein paar Mal durchgefallen ist. Erst, als er die Spur gewechselt hat, ohne ...«

»Wenn du lieber hierbleiben und auf mir rumhacken willst, kannst du mir die Schlüssel auch gleich wiedergeben.«

Sie rang sich zu einer lässig hingeworfenen Kusshand durch.

»Tschüs. Und danke.«

Die Regentropfen klatschten heftig auf sie ein, als sie die paar Meter zu dem beigefarbenen Saab sprintete, der auf der Straße vor dem Haus abgestellt war.

In nicht einmal fünf Minuten war sie aus dem von Regenpfützen glänzenden, nach Herbst riechenden Vorort raus. Sie trat vorsichtig aufs Gas, ließ den Blick von einer Seite zur anderen wandern und schaute gewissenhaft und regelmäßig in den Rückspiegel. Nicht auszudenken, wenn jetzt etwas passieren würde, ausgerechnet jetzt, wo sie das erste Mal allein hinterm Steuer saß.

Sie wusste genau, wohin sie unterwegs war.

Südlich der Stadt gab es viele Landstraßen, die sich gut für ihre Zwecke eigneten. Sie war noch lange nicht so sicher und mutig, wie sie sich ihrem Vater gegenüber gegeben hatte, und wollte ihre Jungfernfahrt lieber in einer verkehrsärmeren Gegend absolvieren – jedenfalls an einem Schlechtwetterabend wie diesem.

Mit einem gewissen Triumphgefühl spürte sie, wie das Steuer bereitwillig jeder ihrer Bewegungen gehorchte – sie hatte das Kommando, war Herrin der Landstraße.

Es war nicht übertrieben gewesen, als sie gesagt hatte, die Fahrprüfung sei wie geschmiert vonstatten gegangen, ohne die geringste Beanstandung. Dabei war sie entsetzlich nervös gewesen, als sie neben den strengen, gefürchteten Prüfer Stig Berger ins Fahrschulauto gestiegen war.

Fast hätte es mit einer Katastrophe begonnen. Sie war drauf und dran gewesen, mit gezogener Handbremse anzufahren, und statt des ersten Ganges hätte sie vor lauter Aufregung beinahe den Rückwärtsgang eingelegt.

Aber im letzten Moment hatte sie sich besonnen und war ohne Zwischenfälle gestartet, während ihr der kalte Schweiß auf der Stirn ausbrach. Bereits in dem Moment, in dem sie glücklich die erste Linkskurve geschafft hatte, war sie ganz in ihrem Element gewesen. Die Nervosität war wie weggeblasen, sie konzentrierte sich nur noch auf das Fahren und vergaß dabei den Prüfer auf dem Beifahrersitz vollständig. Es gab nur noch sie, das Auto und die Straße. Das Steuer richtete sich gehorsam nach ihren Wünschen, alles kam ihr leicht und natürlich vor, und ohne einen einzigen Fehler fuhr sie so verantwortungsvoll und routiniert, dass der Prüfer anerkennend nickte.

Als sie wieder am Ausgangspunkt ankamen, wusste sie, dass sie es geschafft hatte – obwohl viele ihrer Freunde daran gezweifelt hatten.

»Wer zuerst privat übt und nur ein paar Stunden in der Fahrschule nimmt, den machen die fertig«, hieß es. »Neulich ist einer fünfmal durchgefallen, bis sie ihn endlich anerkannt haben.«

Was für ein Loser! Sie, Lisette Agnelius, brauchte sich für keine derartigen Pannen zu schämen. Sie war von Berger sogar für ihren ausgezeichneten Fahrstil gelobt worden. Und damit nicht genug: Die theoretische Prüfung hatte sie praktisch fehlerfrei bestanden.

Und jetzt saß sie hier an diesem regennassen Donnerstagabend Ende September, allein im alten Saab ihres Vaters, und war die Königin der Landstraße. Der Regen trommelte unaufhörlich aufs Autodach. Das monotone Pladdern empfand sie als beruhigend, und sie fühlte sich rundum glücklich. Glücklich und frei.

Als sie irgendwann die Scheinwerfer im Rückspiegel entdeckte, war es auf der kurvigen Schotterstraße zwischen den Bäumen bereits dunkel geworden.

Jetzt war sie nicht mehr allein, konnte sich nicht mehr den Luxus leisten, ganz nach eigenem Gutdünken zu fahren, denn das Fahrzeug hinter ihr näherte sich ungeduldig. Dass jemand so dicht auffuhr, war sie nicht gewöhnt. Sie ging vom Gas, damit der Verfolger sie überholen konnte.

Doch das Auto blieb an seinem Platz, jetzt nur noch wenige Meter hinter ihr. Wahrscheinlich scheute der Fahrer das Risiko, da die enge Straße so kurvenreich war. Es konnte ihnen ja unverhofft jemand entgegenkommen.

Lisette fühlte sich von dem Verfolger bedrängt und unter Druck gesetzt. Auf einem geraden Stück Weg fuhr sie vorsichtig rechts ran, während sie weiter vom Gas ging.

Endlich zog der andere vorbei.

Erleichtert atmetet sie auf und sah den Rücklichtern des überholenden Wagens nach, bis die Schotterstraße wieder verlassen vor ihr lag. Genau wie zuvor.

Schön, von niemandem mehr gehetzt zu werden.

Es wurde dunkler, und Lisette fuhr noch langsamer. Sie fürchtete, ein Tier könnte ihr ganz plötzlich vor das Auto laufen. Schließlich musste man ständig auf Unerwartetes gefasst sein. Sie hatte gehört, dass Wild häufig in der Morgen- und Abenddämmerung wechselte. Allerdings hatte jemand aus ihrer Klasse auch von einem älteren Mann erzählt, der mitten am helllichten Tag mit einem Elch zusammengestoßen war und sein Auto halb zu Schrott gefahren hatte. Der Fahrer war mit dem Schrecken, Schürfwunden und ein paar gebrochenen Rippen davongekommen. Dem Elch hingegen war es schlechter ergangen. Er wurde von der Polizei aufgespürt. Das stattliche Tier war so übel zugerichtet gewesen, dass es ein paar hundert Meter vom Unfallort entfernt zusammengebrochen war. Eine aus nächster Nähe abgefeuerte Kugel hatte es von seinem Leid erlöst.

Dieser strömende Regen …

Lisette beschloss, umzukehren, sobald sich eine günstige Gelegenheit zum Wenden bot. Hier war die Straße so schmal, dass sie fürchtete, zwei Autos kämen kaum aneinander vorbei, ohne dass eins von beiden im Graben landete. Sie war sich nicht sicher, ob sie eine Kehrtwende schaffen würde, daher hielt sie es für besser, weiterzufahren, bis sie eine Abzweigung, eine Hofeinfahrt oder etwas Ähnliches entdeckte.

Mittlerweile hatte der Regen ein wenig nachgelassen, und sie schaltete die Scheibenwischer eine Stufe runter. Die Wischblätter fuhren mit einem irritierenden Quietschen hin und her. Das würde ihr Vater so bald wie möglich beheben müssen.

Im Übrigen wäre es das Beste, wenn er sich gleich ein ganz neues Auto anschaffte. Diese alte Rostlaube hielt bestimmt nicht mehr lange. Machte der Motor da nicht gerade ein stotterndes Geräusch? Wenn er ihr nur nicht mitten in der Wildnis verreckte!

Der Gedanke versetzte sie in Panik.

Nach einer scharfen Rechtskurve kam es ihr so vor, als erweiterte sich die Straße auf einmal, die Fahrspur wurde etwas breiter.

Vielleicht könnte sie ja hier ...

Im nächsten Moment stieg sie so auf die Bremse, dass sich das Auto fast quer stellte. Sie schlingerte ein gutes Stück auf den grasbewachsenen Straßenrand zu, ehe sie zum Stehen kam.

Vor ihr, praktisch mitten auf der Straße, lag ein Bündel.

Es hatte die Größe eines Menschen, aber im schummrigen Licht konnte sie keine Einzelheiten oder Konturen erkennen.

Lisette überlief es eiskalt.

Ein Unfall. Typisch, dass sie auf ihrer allerersten Autofahrt allein in so einen Schlamassel geraten musste. Aber wenn jemandem etwas zugestoßen war, war es natürlich ihre Pflicht, Hilfe herbeizuholen. Sie musste rasch ein Haus finden, um einen Krankenwagen zu rufen.

Bestimmt war es das Vernünftigste, zu wenden. Hier war die Straße breit genug, es musste gehen. Sie wusste nicht, ob Häuser in der Nähe waren, wenn sie geradeaus weiterfuhr, aber auf dem Weg, auf dem sie gekommen war, hatte sie vor einigen Kilometern einen Bauernhof bemerkt.

Wenn doch nur jemand käme, dachte sie verzweifelt. Irgendjemand. Wenn ich nur Hilfe hätte.

Bis dahin war sie dankbar gewesen, allein auf der Straße zu sein. Jetzt wünschte sie sich sehnlichst, sie wäre es nicht. Warum hatte sie sich nur diese abgeschiedene Gegend ausgesucht? Und so hartnäckig darauf bestanden, bei diesem Unwetter loszufahren?

Natürlich hätte sie auf ihren Vater hören sollen. Er hatte

Recht gehabt: Es war wirklich kein Abend, um allein Auto zu fahren. Aber wie immer hatte sie es besser wissen und ihren Kopf unbedingt durchsetzen müssen. Das bereute sie jetzt bitter.

Sie war nervös. Ängstlich. Sie hatte von Überfällen auf dunklen, einsamen Straßen gehört, und ihre innere Stimme riet ihr, sofort zu wenden und den Gefahrenort zu verlassen.

Aber dann siegte ihr Pflichtbewusstsein und sie näherte sich im Schritttempo dem Gegenstand auf der Fahrbahn.

Gut zehn Meter vor dem Bündel hielt sie an. Sie schaltete das Fernlicht ein, um sich ein Bild davon zu machen, was da vor ihr lag.

Aus dieser Entfernung sah es wie eine graue Decke aus, unter der sich allem Anschein nach die Umrisse eines Körpers abzeichneten. Hier musste ein Unfall passiert sein. Vielleicht hatte jemand einen Spaziergänger angefahren und sich dann kaltblütig aus dem Staub gemacht.

Ihr fiel der Autofahrer ein, der sie vor gut fünf Minuten überholt hatte. Vielleicht hatte er das hier verursacht.

Aber etwas stimmte nicht.

Würde jemand, der Fahrerflucht beging, sich wirklich die Mühe machen, auszusteigen und eine Decke über jemanden zu breiten, den er gerade überfahren hatte?

Sein erster Impuls wäre doch bestimmt, auf und davon zu fahren. So schnell wie möglich.

Wahrscheinlicher war, dass jemand das Unfallopfer entdeckt hatte und losgefahren war, um Hilfe zu holen. Das würde die Decke über dem Körper erklären.

Die Möglichkeit, dass bereits Hilfe unterwegs war, sagte ihr sehr zu. Aber wie dem auch war: Sie konnte das Unfallopfer nicht einfach seinem Schicksal überlassen.

All ihren Mut zusammennehmend, stieg Lisette zögernd aus und näherte sich langsam dem Bündel, voller Angst, was sie wohl zu sehen bekäme, wenn sie die Decke anhob.

Zur Sicherheit ließ sie den Motor laufen. Das dumpfe Brummen vermittelte ihr ein gewisses Gefühl von Geborgenheit.

Sie hörte ihr eigenes Herz schlagen, während sie sich Meter für Meter heranwagte.

Jetzt war sie da.

Sie beugte sich hinab und zog die Decke von der Stelle, wo der Kopf des Opfers liegen musste.

Da war kein Kopf.

Unter der ganzen Decke war kein Kopf zu sehen.

Stattdessen lagen Kissen auf dem Schotter.

Sonst nichts.

Ganz kurz schoss ihr durch den Kopf, dass die Decke fast trocken war und also noch nicht allzu lange da gelegen haben konnte.

Dann begriff sie die Gefahr. Sie richtete sich auf und lief zum Auto zurück.

Die knirschenden Schritte hinter ihrem Rücken hörte sie genau in dem Moment, als sie sich auf den Fahrersitz werfen wollte.

Jemand tauchte aus der Dunkelheit auf und hinderte sie daran, die Fahrertür zuzuziehen. Ihr Puls hämmerte wild, und sie bekam nur noch mühsam Luft.

Langsam drehte sie den Kopf herum und sah einen Mann in Regenmantel und Südwester. Unter der tropfenden Hutkrempe war sein Gesicht nicht zu erkennen. Das Licht aus dem Auto war zu schwach.

Lieber Gott! Sie saß in der Falle, hatte keine Chance.

»Haben deine Eltern dich nicht auf solche Situationen vorbereitet?«

Etwas an der Stimme kam ihr wohltuend bekannt vor, und als der Mann mit einer schwungvollen Geste den Regenhut vom Kopf zog, seufzte sie vor Erleichterung.

Sie erkannte ihn. Gott sei Dank!

»Ach, du bist es nur? Was für ein Riesenglück. Was musst du mich aber auch so erschrecken! Mir wär fast das Herz stehen geblieben!«

Er antwortete kurz angebunden, mit einem feindseligen Ton in der Stimme: »Ach ja?«

Sie sah durch den Regen, der ihr in die Augen lief, zu ihm hoch.

Konnte sie sich so getäuscht haben?

»Aber das bist doch du, Sven-Erik?«

Er nickte.

»Gewiss«, bestätigte er. »Und wer bist du?«

Bei der unerwarteten Frage zuckte sie zusammen.

»Machst du dich über mich lustig? Wir kennen uns doch ...«

Die rechte Hand des Mannes schnellte vor, packte sie an einem Handgelenk und drehte es so um, dass ihr der glühende Schmerz bis in den Ellenbogen hochfuhr.

»Halt den Mund«, warnte er sie. »Kein Ton. Wir haben es eilig, es könnte jemand kommen, auch wenn es nicht sehr wahrscheinlich ist.«

»Aber Sven-Erik«, jammerte sie, »bitte lass mich los, du tust mir weh. Du kennst mich doch? Lisette, du weißt schon. Aus der Fahrschule. Ich hab eben erst den Führerschein gemacht. Wir ...«

Er griff so fest zu, dass sie vor Schmerz aufstöhnte. Kurz hatte sie das Gefühl, sich übergeben zu müssen.

»Hab ich nicht gesagt, dass du schweigen sollst? Hörst du schlecht? Ich weiß sehr gut, wer du bist.«

Jetzt war er ganz dicht bei ihr.

»Natürlich weiß ich, wer du bist. Du gehörst mir. So ist es nun einmal, da kannst du rein gar nichts gegen machen.«

Sie öffnete den Mund, um zu schreien.

Aber sie kam nicht mehr dazu.

Eine halbe Stunde später hatte eine achtzehnjährige frisch

gebackene Führerscheinbesitzerin ihr Leben ausgehaucht, an diesem regennassen, deprimierenden Septemberabend des Jahres 1990.

Sehr früh am nächsten Morgen wurden Lisette Agnelius' sterbliche Überreste von einem Landbriefträger gefunden. Er sah auf den ersten Blick, was der Gerichtsmediziner später offiziell bestätigen sollte: Sie war einem Gewaltverbrechen zum Opfer gefallen. Ihr junger Körper, der auf dem besten Wege gewesen war, sich zu seinen runden, weichen, weiblichen Formen zu entwickeln, war noch nicht voll ausgereift.

Er würde es nie werden.

An dem Morgen weinte der Himmel, als nähme er an der Trauer teil. Nach einer kurzen Unterbrechung um die Mittagszeit setzte der Regen dann mit erneuter Heftigkeit ein. Es goss stundenlang. Alle Schleusen schienen gleichzeitig geöffnet, und jemand stellte fest, dass der Sommer für dieses Jahr leider vorbei sei.

Und so war es dann auch.

1 Er würde sich auch diesmal wieder eine Absage einhandeln.

Das wurde Lars Öster in dem Moment klar, als er zur Tür hereintrat und den glatt gekämmten Mann mit Brille hinter dem übergroßen Schreibtisch sitzen sah. Schon der gut geschnittene nussbraune Anzug wirkte ernüchternd auf seinen Enthusiasmus und dämpfte seine Hoffnungen. Das blasse, unerbittliche Gesicht des Mannes erhöhte nicht eben seine Chancen.

Jemand, der es gewohnt ist, Leute abzufertigen, dachte er, und der das genießt.

Ein Sadist.

Ein Papiertiger, der bestimmt nach oben buckelt und nach unten tritt. Der die Schwachen wie Marionetten behandelt und sich einbildet, alle müssten nach seiner Pfeife tanzen.

Um sich die unvermeidliche Absage zu ersparen, hätte er auf dem Absatz kehrtmachen können. Er hatte diese immer gleichen, schmerzhaften Demütigungen gründlich satt. Aber man konnte schließlich nie wissen – manchmal geschahen noch Zeichen und Wunder.

Also blieb er und trat vorsichtig, fast unterwürfig auf den wuchtigen Schreibtisch zu. Als könnte ihm diese anbiedernde Speichelleckerei weiterhelfen.

Das Bleichgesicht in dem nussbraunen Anzug machte ihm ein Zeichen, auf dem Stuhl gegenüber Platz zu nehmen. Der zudringliche Blick musterte ihn kritisch.

Da sitzt man nun und wird besichtigt wie ein Patient im Irrenhaus. Und das von einem Typen, der seit Jahren keine Sonne mehr gesehen hat. Was verleiht ausgerechnet ihm so eine Macht?

»Lars Öster?«, fragte der Bankangestellte.

»Richtig.«

»Und es geht um dieses Kreditgesuch, nehme ich an?«,

erriet der Mächtige und trommelte mit beiden Zeigefingern auf ein Blatt Papier.

»Deshalb bin ich hier. Um das Startkapital für eine Schuhagentur zu bekommen. Ich habe mir eine Option gesichert, die noch bis Monatsende Gültigkeit hat.«

»Leider nein.«

Die Absage kam schneller als erwartet. Also gab es keinen Grund, die Qual zu verlängern. Öster stand auf, um zu gehen. Der andere machte eine beschwichtigende Geste.

»Warten Sie kurz. Lassen Sie mich meine Stellungnahme begründen.«

»Warum?«

»Weil es um eine beträchtliche Summe geht.«

Öster lachte und hoffte, dass es höhnisch genug klang.

»350 000 Kronen? Beträchtlich? Für eine Bank? Sind Sie so arm dran?«

Der Braunanzug sagte ungerührt: »Momentan ist es uns unmöglich, einen Kredit über einen solchen Betrag zu bewilligen …«

»… und deshalb haben wir nichts mehr miteinander zu bereden«, unterbrach ihn Öster. »Ein Nein ist ein Nein. Mehr gibt es dazu nicht zu sagen.«

»Lassen Sie mich bitte zum Punkt kommen. Wie ich sehe, haben Sie also die Möglichkeit, das Recht auf die schwedische Exklusivvertretung dieser deutschen Firma zu erwerben, und brauchen Startkapital. Ich bin keiner, der Eigeninitiative und Zielstrebigkeit nicht zu schätzen wüsste. Im Gegenteil, wir ermuntern ehrgeizige Gründungsprojekte. Selbst junge Start-ups ohne Erfahrungshintergrund haben Unterstützung von uns bekommen.«

»Aber ich bin Ihnen nicht gut genug? Ich bin ja natürlich auch schon über dreißig.«

Der Banker quittierte die sarkastische Bemerkung mit einem müden Lächeln, ehe er fortfuhr: »In diesem Fall sind wir mit einem doppelten Problem konfrontiert. Erstens scheint die ausländische Firma, die Ihnen ihre Vertretung anbietet, nach unseren Recherchen nicht allzu solvent zu sein. Und zweitens flößt uns Ihr Hintergrund – mit permanenten Überziehungen und etlichen Mahnbescheiden – nicht eben Vertrauen ein.«

»Ich bin nicht hier, um mich beleidigen zu lassen.«

»Bleiben Sie bitte sitzen. Wenn Sie die Schuhagentur bekommen, wäre das natürlich eine Chance für Sie, sich auf eigene Füße zu stellen.«

»Ein Schuhverkäufer, der auf die Beine kommt? Offenbar haben Sie auch Humor.«

Der Blasse verzog keine Miene.

»Ich kann verstehen, dass Sie dieses Verkaufsrecht wirklich haben wollen. Und wenn es Ihnen gelingt, bin ich der Erste, der Ihnen gratuliert. Ärmel hochkrempeln, zupacken, aufbauen. Das ist meine Devise. Und die der Bank.«

»Schön gesprochen. Und, bekomme ich nun den Kredit oder nicht?«

»So, wie es jetzt aussieht, leider nicht. Aber wenn Sie ein paar solide Bürgen auftreiben oder irgendeine Art von Sicherheit hinterlegen könnten, wären wir nicht abgeneigt …«

»Adieu«, sagte Öster und ging, ohne sich umzusehen.

Dem Impuls, die Tür hinter sich zuzuschlagen, gab er nicht nach. Vielleicht konnte ihm der Typ im braunen Anzug nochmal nützlich sein – Feinde hatte er schon genug. Er brauchte sich nicht noch mehr zuzulegen, nur um seine üble Laune abzureagieren.

Statt eines cholerischen Anfalls, der unter seiner Würde war, entschied er sich für übertriebene Höflichkeit. Er drehte sich noch einmal um und schaffte es sogar, sich etwas wie ein Lächeln abzuringen: »Danke für den guten Rat. Ich verstehe, dass Sie eine Vielzahl von Faktoren berücksichtigen müssen, und nehme Ihnen die Absage nicht übel. Ich werde schon eine andere Lösung finden, irgendwann.«

»Hoffen wir es. Viel Glück. Und kommen Sie gerne wieder, wenn Sie vertrauenswürdige Bürgen finden.«

Lars Öster kochte vor Wut, während er durch die große Bankhalle stapfte, die voller Kunden war. Es war sein fünfter Banktermin in zwei Wochen. Und die fünfte Absage.

Die Deutschen warteten ungeduldig auf seine Zusage. Die er ihnen nicht geben konnte.

Dieser April war wirklich zu ganz besonderen Scherzen aufgelegt.

Als er die Bank vor weniger als zehn Minuten betreten hatte, hatte es in Strömen geregnet. Jetzt schien die Sonne.

Er überquerte den Platz und ging zu seinem Auto, das er vor der Apotheke geparkt hatte. Unterwegs kam er an dem Zeitungskiosk vorbei und warf einen Blick auf die reißerischen Schlagzeilen der Abendzeitungen.

Eine von ihnen posaunte heraus:

Neuer Zuschauerrekord
für Funny Fanny

Er fühlte sich verhöhnt. Als würde er auf offener Straße ausgelacht.

Die einen kriegen alles, die anderen nichts.

Er würde wohl wieder zu Kreuze kriechen müssen.

Der Versuch schadet ja nicht, dachte er grimmig. Eine Demütigung ist wie die andere.

Bald begann seine lange herbeigesehnte Urlaubswoche auf Jersey.

Das Leben hatte auch seine guten Seiten.

Zwischendurch.

2 Plötzlich packte sie die Angst.

Ihr Mund fühlte sich trocken wie Papier an, sie bekam nur noch mühsam Luft und spürte, wie ihr Puls völlig unkontrolliert davongaloppierte. In ihrem Bauch rangen zwei Unruhestifter miteinander. Das große Flattern und ein unbarmherziger Zahnarztbohrer.

Gerade waren die Flatterwesen obenauf, doch das konnte binnen Sekunden umschlagen. Das wusste sie aus Erfahrung.

Wenn sie nur keine Bauchlandung fabrizierte. Sie musste nicht glänzend, nicht gut, ja, nicht einmal mittelmäßig sein. Sie konnte sich eine schlechte Form leisten, das war absolut drin. Wenn sie nur keine Bauchlandung hinlegte.

Was, wenn ihr die Sprache wegblieb, wenn sie die Konzentration verlor, aus dem Konzept kam?

Mein Gott, ich krieg das nicht auf die Reihe! Warum hab ich mir nicht lieber einen normalen Beruf ausgesucht, wie alle anderen?

Sie versuchte, die Lähmung mit einer Spur Galgenhumor abzuschütteln: *Fernsehmoderatorin zu sein ist die Hölle. Aber immer noch besser, als arbeiten zu müssen …*

Der Witz verfehlte seine Wirkung. Sie fühlte sich wie in den eigenen Nervenenden verfangen. Ein vollkommen unlogischer Gedanke drängte sich ihr auf: Wenn heute Abend alles schiefging, war es Gabys Schuld …

Nur die Ruhe, redete sie sich selbst gut zu, *nur nicht in Panik geraten. Versuch, klar zu denken. Dich zu entspannen. Trotz allem ist das doch nichts Neues für dich. Du hast es doch schon oft genug erlebt. Und souverän bewältigt. Aber wenn der Schweiß durch die Schminke sickert? Wenn ich total den Faden verliere?*

Die Stimmung im Studio war aufgeladen, die Erwartungen der Zuschauer hingen wie eine festgezurrte Plane über dem Raum. Sie hatte das Gefühl, dass ihr die Bluse am Rücken klebte, aber vielleicht täuschte sie sich auch.

In dieser Phase neigte man zu Übertreibungen.

Und im tiefsten Innern wusste sie ja, wie es ablaufen würde: Dieser Kampf gegen ihre Nervosität war ihre Art, ihren Adrenalinausstoß anzukurbeln, der sie dazu brachte, das Beste aus sich herauszuholen.

Mit anderen Worten: Es war genau wie immer vor einer Livesendung.

Der bärtige Studioleiter war in seinem Element, wie er da auf dem Boden einen Stepptanz zwischen Kabeln, Kameras, Bühnenmöbeln und Requisiten aller Art aufführte.

Mit einer tüchtigen Portion Humor kam er seiner so wichtigen Aufgabe nach, das Publikum einzustimmen. Die obligatorischen Informationen (Keine Fotos machen! Nicht in der Nase bohren! Keine Handys während der Sendung! Die Notausgänge sind da drüben – aber während meiner vierzig Jahre in diesem Haus mussten sie noch nie benutzt werden!) würzte er mit kleinen pfiffigen Anekdoten.

Viele auf den Zuschauerbänken waren zum ersten Mal bei einer live übertragenen Fernsehsendung dabei, und selbst die Zuschauer verspürten eine gewisse kribbelnde Nervosität, obwohl sie unter keinerlei Leistungsdruck standen.

Jetzt kam es auf sie an.

»Eine Minute bis zum Vorspann«, verkündete jemand.

Ihre Verzweiflung war abgrundtief.

Stimmte alles mit ihrer Frisur? Dem Outfit? Der Schminke? Würde sie die einführenden Worte schaffen, ohne sich zu verhaspeln? Hatten sie wirklich alles ausreichend geprobt? Konnte sie sich darauf verlassen, dass die Studiogäste dem Druck standhielten? Waren sie überhaupt alle da? Oder war einer von ihnen mit akuter Blinddarmentzündung im Krankenhaus gelandet, ohne dass sie davon erfahren hatte?

Ich krieg's nicht geregelt. Ich brech zusammen. Die Aasgeier werden sich um meine Leiche scharen. Und Gaby hat bald freie Bahn für rauschende Erfolge.

Sie räusperte sich mehrmals laut, während sie – vielleicht zum zwanzigsten Mal – die erste Seite ihres Ablaufplans studierte, der auf hellbraunes Papier geschrieben war, damit er sich nicht allzu sehr vom Walnussimitat des Tisches abhob.

Unter ihrem verwirrten Blick verschmolzen die Buchstaben zu einem unverständlichen Kauderwelsch. Sie begriff nicht, warum sie sich überhaupt die Umstände machte, die Papiere durchzusehen.

»Dreißig Sekunden.«

Die Lichter wurden abgedämpft.

Gaby soll nichts zu lachen haben.

Aus den Augenwinkeln sah sie das Gesicht des Produzenten hinter den Vorhängen neben der Bühnendekoration.

»Leg dich ins Zeug«, zischte er.

Mach ich.

»Fangen wir wie immer mit der Zwei an?«, fragte sie mit einer Stimme, die nicht versagte.

Der Studioleiter nickte bejahend.

Kurz darauf sagte er: »Der Vorspann läuft.«

Und das Wunder geschah auch diesmal.

Genau wie jedes einzelne Mal zuvor.

Das Flattern legte sich. Der Zahnarztbohrer gab Ruhe. Die Angst verschwand. Ihr Puls normalisierte sich. Ihr Atem ging nicht mehr stoßweise, sondern gleichmäßig und rhythmisch.

Der Studioleiter zeigte auf die Kamera, in die sie verführerisch lächeln und den Schweden (und etlichen anderen – die Sendung erzielte auch in den Nachbarländern hohe Einschaltquoten) mit schräg gelegtem Kopf ein paar sorgfältig gewählte Begrüßungsworte sagen sollte.

Das rote Licht an der Kamera zwei zeigte den Beginn der Übertragung an.

Die Sendung hatte angefangen, und von dieser Minute an würde sie jede Sekunde genießen – das wusste sie.

Mit lieblichem Lächeln ließ sie ihre Haare ein wenig nach rechts fallen, legte alles in ihren Blick, mit dem sie ihr Millionenpublikum irgendwo draußen im Dunkeln einschmeichelnd betörte, und sagte: »Es ist also wieder so weit. Hallo und guten Abend, liebe Freunde, herzlich willkommen zu einer weiteren Folge von *Funny Fanny*. Aber ob ich wirklich ›funny‹ bin, das entscheiden allein Sie.«

Vereinzelte Lacher von den verdunkelten Sitzreihen auf den beiden Tribünen.

Ihren dankbaren Vornamen nutzte sie immer in den Einleitungen aus, da waren der Phantasie keine Grenzen gesetzt. Inzwischen wurden derlei Wortspiele mit ihrem Namen von ihr erwartet, was sie im Grunde genommen allmählich ermüdete.

Doch noch fielen ihr immer neue Scherze nach dem Geschmack der Zuschauer ein. Und sie setzte ihre Ehre daran, jedesmal mit etwas Neuem zu kommen und kein Fanny-Wortspiel öfter als einmal anzubringen.

Kamerawechsel.

Und jetzt der Teleprompter: »Heute reden wir über Pfarrerinnen, allerdings aus einem etwas anderen Blickwinkel als bei den sonst üblichen Litaneien. Ich kann Ihnen versichern, dass wir Ihnen was anderes auftischen werden als den sirupsüßen theologischen Einheitsbrei, der vielen schon damals zum Halse heraushing, als Margit Sahlin vor über vierzig Jahren ihr Pfarramt antrat. Außerdem haben wir für Sie einen Filmclip mit einem waghalsigen Abenteurer, der den vielleicht isoliertesten Volksstamm der Welt aufgesucht hat, und gegen Ende steht noch ein Plauderstündchen mit einer Frau an, die dem monströsen Josef Mengele Auge in Auge gegenüberstand. Ein atemberaubendes, unvergessliches Erlebnis, soviel kann ich jetzt schon verraten. Halten Sie uns also eine Stunde lang die Treue. Natürlich werden Ihnen auch musikalische Unterhaltung und kurze aktuelle Reportagen geboten – und all das hier bei uns in *Funny Fanny*.«

Nun sagte sie die erste Künstlerin an, eine populäre Sängerin mit breitem Repertoire, ebenholzschwarzen Haaren und einem landesweit bekannten Problem mit dem Tempolimit – was Fanny die Gelegenheit zu kleinen Spitzen gab: »Bitte alles anschnallen, jetzt geht die Post ab. Halten Sie sich fest in den Kurven, wir geben Vollgas!«

In ihrem voraufgezeichneten Auftritt brachte die Sängerin einen Country-Hit aus den sechziger Jahren.

Währenddessen überflog Fanny die zweite Seite des Programmablaufs, und jetzt hatte sie kein unverständliches Buchstabengewirr mehr vor Augen, sondern ein sinnvolles Ganzes. Das Flattern im Bauch war also verflogen, zusammen mit dem fiesen Zahnarztbohrer. War sie noch vor kurzem wirklich von solchem Blödsinn belästigt worden, oder bildete sie sich das nur ein?

Fanny Cordell – eine der beliebtesten Fernsehmoderatorinnen des Landes – war ganz und gar die Ruhe selbst, hatte sich und ihre Sendung völlig im Griff.

Sie musste heimlich lächeln, als sie sich die Aufnahmeleiterin in der Regie vorstellte, wie sie, die Wangen gerötet und mit den Fingern schnipsend, auf den Zehenballen wippte und ihren Blick routiniert über die vielen flimmernden Bildschirme hin- und herwandern ließ.

Carita musste man einfach in Aktion gesehen haben. Sie hatte ein untrügliches Gespür dafür, mit scharfer, praktisch unfehlbarer Präzision das für den Gesamteindruck beste Bild zu finden.

Die ganze Zeit angespannt, immer auf den Zehenballen und mit schnipsenden Fingern, entging ihrem Blick nie etwas Wesentliches; und sie war extrem belastbar.

»Jetzt die Vier! Ranzoomen, dranbleiben. Nahaufnahme

mit der Drei vorbereiten. Jetzt ran! Ich hab *jetzt* gesagt, nicht morgen.«

Der Studioleiter kam mit gespreizten Fingern auf Fanny zu.

Dann folgte sein Countdown. Die Musiknummer war gleich zu Ende, und Fanny wappnete sich für ein paar Minuten Geplauder mit der Schwarzhaarigen, die zum Besuchersessel auf der Bühne kommen würde, um den Eindruck zu erwecken, eben erst live gesungen zu haben.

Dabei hatten sie vier Aufnahmen gebraucht.

Normalerweise wurden die Gesangs-und Musikeinlagen live gesendet, aber diese Künstlerin hatte eine Erkältung erwischt und befürchtete, dass ihre Stimme versagen könnte. Deshalb hatte sie darauf bestanden, ihren Song am Nachmittag voraufzeichnen zu lassen, was der Produzent genehmigt hatte.

Wie üblich ging die Stunde schnell herum.

Das Publikum ging nach Hause, zufrieden mit dem Gebotenen.

Fanny seufzte tief: Es war gut gegangen, es war wirklich gut gegangen. Auch diesmal.

»Super, Fanny! Spitze!«

Der Produzent strahlte wie ein Honigkuchenpferd.

Das sagst du jedes Mal.

Im Hintergrund machte die Aufnahmeleiterin mit beiden Händen das Victory-Zeichen. Dann war es wohl wirklich recht gut gegangen: Carita Zell war normalerweise nicht so überschwänglich wie der Produzent Bo Svärd.

»Der verrückte Abenteurer ist total gut angekommen«, brabbelte Svärd. »Von der Mengele-Alten ganz zu schweigen. Ein Knaller. Und du warst glänzend. Um nicht zu sagen: einsame Spitze.«

»Hast du nicht noch mehr Superlative auf Lager?«

»Nein, aber ich möchte dich gern zum Festschmaus ins Lilla London einladen. Das hast du dir verdient. Das haben *wir* uns verdient, nach so einem Triumph.«

Sie wusste, dass das kommen musste – bekam er denn nie genug von ihren Körben?

Dem untersetzten Produzenten waren seine Hoffnungen nicht auszutreiben. Er war schon lange hinter ihr her und machte aus seinem Herzen keine Mördergrube.

Sie schüttelte den Kopf.

»Mensch, komm doch einfach mit«, bat er. »Bitte! Wenigstens mir zuliebe.«

Etwas im Magen wäre ihr jetzt zwar recht gewesen, sie war ein wenig hungrig. Vielleicht hätte sie zugesagt, wenn er sie nicht so eindringlich, so voller Hoffnung angeblickt hätte. Und wenn er seine Absichten etwas besser hätte verbergen können. Aber so, wie die Dinge lagen, ertrug sie ihn einfach nicht.

Sie malte sich das ganze Szenario aus: ein einigermaßen neutrales, ungefährliches Geplauder bis zum Aperitif und vielleicht auch noch zu Beginn ihrer Mahlzeit, dann die ersten Annäherungsversuche, die zeitgleich mit seinem Alkoholkonsum an Intensität zulegten. Schließlich würde er sie plump betatschen und flehentlich darum bitten, sie nach Hause begleiten zu dürfen, nur auf ein paar Gläschen, mehr nicht – bloß ein kleines Schwätzchen unter guten Freunden, da war doch wohl nichts dabei?

Fanny hatte keine Lust, sich im Lokal neue Ausreden einfallen zu lassen, während neugierige Augen sie anstarrten. Da war es besser, gleich die Handbremse zu ziehen. Wenn sie auf Sex aus war (zur Stunde nicht ihre oberste Priorität), gab es wahrlich interessantere Kandidaten als diesen übereifrigen Typ mit Wampe.

»Tut mir Leid, Bosse. Ich bin einfach zu müde. Ich muss gleich nach Hause. War ein harter Tag.«

Das war keine Lüge. Nicht einmal eine Übertreibung. Sie war seit dem frühen Morgen unausgesetzt beschäftigt gewesen – fast fünfzehn Stunden am Stück. Und sie war müde, jetzt, wo sie darüber nachdachte. Die Sendung forderte mentale Hochleistungen, die an ihren Kräften zehrten. Da gab es kein Vertun.

Svärd hatte einfach kein Pokerface. Er schaffte es nicht einmal, seine große Enttäuschung teilweise zu überspielen. Sie stand ihm ins runde, ziemlich naive Gesicht geschrieben. Offensichtlich hatte er diesmal an den großen Durchbruch geglaubt. Er blinzelte ein paar Mal.

»Bist du sicher?«

»Absolut.«

»Aber du musst doch was essen?«

»Ich weiß nicht, wie *du* es hältst, aber ich habe zu Hause einen Kühlschrank mit Gefrierfach und eine Speisekammer.«

Er feixte: »Wenn du so gerne sehen möchtest, wie es bei *mir* aussieht, bist du bei mir zu Hause in Hisings Backa mehr als willkommen.«

»Nicht heute Abend, Bosse.«

»Du kannst dir also vorstellen, meine bescheidene Hütte zu besuchen? Vielleicht später mal?«

Er konnte manchmal anstrengend sein, bis zur Grenze ihrer Geduld. Sie verspürte das Bedürfnis, ihn mit richtig harten Worten zu treffen, ihn ein für alle Mal zu verjagen, aber sie widerstand der Versuchung.

»Wir sprechen verschiedene Sprachen«, sagte sie verärgert. »Ich habe nicht vor, mit dir nach Hisings Backa zu fahren. Ich dachte, du hättest was vom Lilla London gesagt.«

»Hab ich auch. Prima. Dann lass uns aufbrechen, solange die noch offen haben.«

Fanny spürte, wie ihr die Hutschnur riss. Sie konnte es ihm ebenso gut jetzt an den Kopf knallen, dann war es wenigstens heraus.

»Bosse, jetzt hör mir mal gut zu. Vielleicht werde ich später irgendwann mal mit dir ausgehen und etwas essen. Ja, das kann ich dir sogar hier und jetzt versprechen. Ich *werde* mit dir ausgehen, wenn es mir passt. Aber mehr als das wird nicht geschehen. Nie. Nicht heute Abend, und auch nicht an einem anderen Abend. Und ich glaube, dass du das im Grunde genommen auch weißt. Tu mir also den Gefallen und lass mich in Ruhe. Mach die gute Arbeitsbeziehung, die wir haben, nicht kaputt.«

Sein Gesicht war ausdruckslos. Er kapitulierte.

»Lass mich dich wenigstens nach Hause fahren«, versuchte er es.

»Nicht nötig. Ich möchte zu Fuß gehen.«

»Allein im Dunkeln?«

»Jetzt hör auf! Ich bin in fünf Minuten zu Hause.«

»Du bist der sturste Mensch, der mir je begegnet ist.«

Sie feuerte ein Lächeln ab, das schon fast auf Sendungsniveau war: »Deshalb bin ich die, die ich bin.«

»Na gut. Ich gebe mich geschlagen. Aber, Fanny?«

»Ja?«

»Vergiss nicht, dass du heute Abend glänzend warst. Glänzend!«

»Hoffentlich sind die Rezensenten genauso begeistert.«

3 Fanny Cordell stellte das Weinglas auf einem Hocker neben der Badewanne ab und ließ sich wohlig in das dampfende Wasser sinken. Für gewöhnlich duschte sie lieber, aber an diesem Abend brauchte sie genau diese Art von Entspannung.

Sie hob das Glas an ihre Nasenflügel, sog das satte Aroma ein und schwenkte den Rotwein ein paar Mal im Glas, ehe sie den ersten Schluck nahm.

»Auf dich«, prostete sie sich selbst zu.

Erst nach einer halben Stunde stieg sie aus der Wanne. Ihre Fingerspitzen waren schrumpelig geworden, als wären sie eingetrocknet.

Nachdem sie sich abgetrocknet hatte, betrachtete sie sich im Spiegel und stellte fest, dass ihre Haut krebsrot war und die Augenbrauen vielleicht wieder gezupft werden müssten. Aber darauf hätte die Maskenbildnerin sie sicher hingewiesen, also bildete sie sich das vielleicht nur ein. Jedenfalls brauchte sie sich darüber jetzt nicht den Kopf zu zerbrechen. Sie hatte weder die Energie für eine gründliche Beauty-Behandlung noch akuten Bedarf an einer.

Ihre aschblonden Haare waren vom Wasser dunkler geworden. Mit Hilfe des lärmenden Föhns bauschte sie ihre Frisur wieder auf.

Danach ging es auf die Waage. Ihr Gewicht war noch wie am Morgen, bis auf hundert Gramm. Danach griff sie zu ihrem Kalender. Sie notierte sich stets gewissenhaft, was die Waage anzeigte, und zwar zweimal am Tag.

Als Jugendliche hatte sie nie ernsthaft Sport getrieben oder sonst irgendetwas getan, was mit regelmäßiger Bewegung zu tun hatte. Aber in den letzten Jahren – und besonders nach ihrem Durchbruch im letzten Frühjahr – hatte sie eine schon fast rabiate Einstellung zu körperlicher Betätigung ausgebildet. Sie ging so oft wie irgend möglich ins Fitnessstudio und war bestrebt, rund ums Jahr im Durchschnitt dreimal die Woche zu joggen.

Wenn sie zu Hause in Göteborg war, nahm sie gerne einen der angelegten Joggingwege um den See Delsjön, und anderswo vergewisserte sie sich stets, dass es geeignete Joggingstrecken in erreichbarer Nähe gab. Sie hatte sich zur Gewohnheit gemacht, immer an den Sendetagen von *Funny Fanny* morgens eine Runde zu laufen.

Jetzt zog sie eins ihrer Lieblingskleidungsstücke für zu Hause an: einen Morgenrock aus Seide. Er war mit kitschigen Motiven vollgepackt – Palmen, Sonnenschirme und tropische Cocktails, in denen Schirmchen steckten – eigentlich eine Orgie der Geschmacklosigkeit.

Trotzdem mochte sie ihn.

Sie hatte ihn als Neunzehnjährige auf ihrer ersten Charterreise nach Mallorca von einem Verehrer geschenkt bekommen. Der edle Spender, ein Mitreisender, war ein von sich eingenommener siebenundvierzigjähriger sechsfacher Vater gewesen, der auf ein Abenteuer aus gewesen war und sich in seiner Naivität eingebildet hatte, der Seidenkimono würde ihm alle Türen öffnen.

Daraus war nichts geworden. Fanny hatte dem sexhungrigen Siebenundvierzigjährigen gar nichts geöffnet (dem Ansturm eines jungen, arroganten Spaniers hingegen nachgegeben, eine Nachgiebigkeit, die sie später bereute, was aber mit der Morgenrockgeschichte nichts zu tun hatte).

Der schwedische Supervater in den besten Jahren hatte also vergebens investiert, aber das Geschenk hatte Fanny behalten. Warum auch nicht? Sie hatte nicht darum gebeten, hatte ihn zu nichts ermuntert. Wenn er ihr unbedingt ein kleines Geschenk machen wollte, war sie sich nicht zu schade, es anzunehmen.

Aus unerfindlichen Gründen war ihr dieses Kleidungsstück dann ganz besonders ans Herz gewachsen. Nur damit bekleidet und nichts darunter, aalte sie sich zu gern auf dem Sofa herum – das gab ihr ein überwältigendes Gefühl von Freiheit. Allerdings war sie strengstens darauf bedacht, sich niemandem darin zu zeigen. Nicht einmal Julia, vor der sie sonst keine Geheimnisse hatte.

Ach ja: Ihre Schwester würde bald anrufen.

Fanny schenkte sich noch ein Glas Wein ein, sah auf die Uhr und stellte fest, dass sie den Sender vor genau einer Stunde verlassen hatte. Also hatte sie innerhalb der nächsten Viertelstunde einen Anruf zu erwarten.

Sie warf einen sehnsüchtigen Blick auf das weißlackierte Klavier im Wohnzimmer. Wie gern würde sie sich jetzt ein Weilchen an die Tasten setzen – aber dafür war nicht eben der passendste Zeitpunkt. Als Mieterin respektierte sie die Hausordnung. Sie war nun wirklich niemand, der eine Sonderbehandlung verlangte – nur weil sie eine gewisse Berühmtheit erreicht hatte. Das würde sicher anders werden, wenn sie sich irgendwann einen Mann, Kinder und ein eigenes Haus zulegte. *Wenn* überhaupt. Wie üblich schob sie den Gedanken an eine mögliche Familiengründung weit von sich.

Kurz darauf klingelte das Telefon.

Auf dem Display konnte sie erkennen, dass es Julia war. Um diese Tageszeit wollte sie mit niemand anderem als ihrer Schwester sprechen.

»Fanny.«

»Hi, Schwesterherz.«

»Hallo. Wie fandest du's?«

Fanny legte Wert auf das Urteil ihrer großen Schwester. Manchmal konnte ihre Kritik sie zwar ein wenig verletzen, aber sie war immer ehrlich, geradeheraus und ohne Beschönigungen. Undiplomatisch – aber gerade deshalb konnte sie sich darauf verlassen. Obwohl sie natürlich längst nicht immer einer Meinung waren. Julia hatte einen leichten Hang zur Erbsenzählerei, was ihr manchmal schon fast ein wenig pingelig vorkam. Zu ihren positiven Seiten gehörte allerdings, dass sie ihre Kritik nie an fremde Ohren herantrug.

»Wie ich es fand? Willst du meine ganz ehrliche Meinung hören?«

Ein wenig mulmig wurde Fanny da schon. Vielleicht hatte sie ihre Leistung an diesem Abend zu hoch bewertet. Vielleicht war sie gar nicht so gut gewesen, wie Bosse und Carita ihr weisgemacht hatten.

»Natürlich will ich das, wie immer. Wie lautet dein Urteil?«

»Eine Spitzensendung. Du warst in Topform, und dieser verrückte Abenteurer war ja das reinste Dynamit. Von der netten Alten ganz zu schweigen, die auf das Ungeheuer Mengele getroffen ist. ›Der weiße Engel‹ – was für ein Name übrigens für so einen widerwärtigen Schlächter!«

Fanny lächelte erleichtert: Wenn selbst die pedantische Julia zufrieden war, ja, dann hatte sie wirklich Grund, mit ihrem Auftritt auch zufrieden zu sein.

»Das hör ich gern. Es freut mich mehr, als du dir denken kannst. Hinter jeder Sendung steckt unglaublich viel Arbeit. Die Leute begreifen nicht, was für eine Plackerei das ist. Gewissen Rezensenten würde es gut tun, ein paar Monate als Praktikant dabei zu sein, damit sie mitkriegen, was für ein Arbeitsaufwand eigentlich in solchen Sendungen steckt.«

»Ich verstehe sowieso nicht, wie du das überhaupt schaffst. Drei Abende die Woche – das würde den Stärksten umhauen. Trotzdem wirkst du immer gleich frisch und dynamisch. Und nicht das kleinste bisschen nervös.«

Fanny nippte am Wein und sagte nach kurzem Zögern: »Ich hab dir das bisher noch nie gesagt, aber ich *bin* ganz schön nervös. Total zittrig, um bei der Wahrheit zu bleiben.«

Julia verschlug es die Sprache.

»Nervös? Du! Du machst Witze!«

»Überhaupt nicht.«

»Im Ernst? Man hat es dir noch nie angemerkt, das kann ich dir versichern.«

»Vor den Sendungen zittere ich wie Espenlaub. Ja, ich graule mich jetzt schon wieder vor Mittwoch. Aber wenn wir erst mal angefangen haben, ist alle Angst wie von Zauberhand verflogen. Abend für Abend ist es dasselbe Lied.

Woche für Woche. Ich kann es nicht erklären, aber eins weiß ich: Ich brauch diesen Adrenalinkick, um richtig gut zu sein.«

»Ich glaube, ich weiß, was du meinst.«

»Wirklich? Ich habe gehört, dass es ein ziemlich weit verbreitetes Phänomen ist, aber es kommt mir doch immer so vor, als ob es nur mir so geht. Du, Julia. Ich will dir noch etwas verraten, wo wir gerade schon dabei sind. Heute Abend, direkt vor der Sendung, musste ich an Gaby denken.«

»An Gaby Swancke? Der ihr eigentlicher Name Gabriella Swensson nicht gut genug ist? Und die sich dann auch noch *so* einen Namen zulegt! Dass die dir immer noch im Kopf rumspukt. Du weißt doch, sie kann dir nicht das Wasser reichen! Besser, du vergisst sie.«

»Leichter gesagt als getan. Ich hatte heute Abend so einen komischen Gedanken: Wenn irgendetwas schiefgehen würde, wäre es ihre Schuld.«

»Jeder weiß, dass du nicht mit ihr kannst, aber das hier ist doch die reinste Paranoia.«

»Da hast du Recht.«

»Sag mal, was ist das eigentlich zwischen dir und Gaby? Das scheint mir mehr zu sein als die übliche Rivalität, oder?«

»Sie hat mich in der Presse durch den Dreck gezogen, behauptet, ich hätte die Sendung mit miesen Tricks an Land gezogen, wäre miserabel und so weiter, immer die gleiche Leier.«

»Mein Gott, Fanny, kapierst du nicht, dass sie sauer ist? Seit deinem durchschlagenden Erfolg sinkt ihr Stern, deshalb kommt sie mit ihrer Schmutzkampagne. Die ganz normale Reaktion einer schlechten Verliererin.«

»Genug davon.«

»Wie du willst. Aber eins muss ich dir noch raten: Vergiss sie! Sie ist ein Niemand, ihr spielt nicht mehr in derselben

Liga. Am besten, du denkst überhaupt nicht mehr an sie. Und, was gibt's sonst Neues? Du hast nicht zufällig ...«

»Nein, ich hab niemanden kennen gelernt. Und nein, ich habe auch dieses Jahr nicht vor, schwanger zu werden, wenn du mich das fragen wolltest.«

»Nein, eigentlich wollte ich dich das nicht fragen ... Aber wo du es schon ansprichst: Irgendwann willst du dir ja wohl eine Familie anschaffen? Denn du hast doch bestimmt nicht nur deinen Beruf im Kopf? Vergiss nicht, dass du schon über dreißig bist. Du bist jetzt so weit gekommen, dass du dir eine Pause leisten kannst, um auch mal was anderes zu tun, als dich nur im Scheinwerferlicht zu sonnen.«

Fanny seufzte vernehmlich. Immer die alte Leier. Das ewige Gequengel.

Julia meinte es gut, aber es konnte einem ein wenig auf die Nerven gehen, sich immer und immer wieder dasselbe Lied anzuhören. Im Übrigen hatte sie schon oft genug über ihre Lebenssituation nachgedacht. Im Augenblick passte es ihr einfach nicht, eine Familie zu gründen. Erstens fehlte ihr der richtige Mann. Und zweitens war sie sich nicht hundertprozentig sicher, dass sie wirklich aus tiefster Überzeugung Kinder wollte. Konnte sie sich selbst überhaupt als Mutter vorstellen? Vielleicht hatte Julia ja Recht, und sie hatte wirklich nur ihre Karriere im Kopf, auch wenn sie es nicht gern zugab.

Sie sagte: »Da du alles wissen willst, was mich betrifft, kann ich dir noch erzählen, dass Lasse mich zum zigsten Mal um Geld angebettelt hat und dass Produzent Bosse mir heute Abend mal wieder Avancen gemacht hat.«

Fanny musste lächeln, während sie sich vorstellte, wie ihre Schwester die Augen verdrehte.

»Ich hab dich um Neuigkeiten gebeten«, antwortete Julia. »Und, was hast du ihnen gesagt?«

»Beide abblitzen lassen. Was denkst du von mir?«

»Aus reiner Neugier: Wird dich dieser Fettkloß irgendwann rumkriegen?«

»Nie.«

»Gute Neuigkeiten.«

»Er ist nicht mein Typ.«

»Meiner auch nicht. Obwohl, man kann sagen, was man will, charmant ist er ja.«

»Für meinen Geschmack etwas zu sehr.«

Die Stimme am anderen Ende der Leitung wurde wieder ernst:

»Keine Drohungen mehr?«

»Nicht in den letzten zehn Minuten.«

»Du nimmst das viel zu sehr auf die leichte Schulter.«

»Und du nimmst es zu schwer. Mit so was muss man sich abfinden. Jeder, der in der Öffentlichkeit steht, wird zur Zielscheibe. Das lässt sich gar nicht vermeiden.«

»Nicht allen Promis stellt man nach. Bei weitem nicht. Ich fürchte, du hast ein unheimliches Talent, ein bisschen zu oft in die Schusslinie zu geraten. Gaby Swancke ist nicht deine größte Bedrohung. Es gibt viele andere, die schlimmer sind. Du solltest nicht alle Spinner einfach nur mit einem Schulterzucken abtun. Manche können richtig gefährlich werden. Erst gestern hab ich einen Artikel über eine zweitklassige amerikanische Schauspielerin gelesen, die von einem Stalker überfallen wurde, nachdem sie ihn offenbar abgewiesen hatte. Das ertrug er nicht. Er hielt den Gedanken nicht aus, dass ein anderer sie haben sollte, also beschloss er, ihr Aussehen ein für alle Mal zu ruinieren. Als sie in Miami Beach aus einem Restaurant kam, versuchte er, sie mit Säure zu übergießen. Aber zum Glück konnte der Irre gerade noch rechtzeitig daran gehindert werden.«

Fanny bekam eine Gänsehaut. Ein kalter Schauer lief ihr über die Wirbelsäule und zog sich bis in ihre Achselhöhlen.

»Du brauchst mir keine Angst zu machen. Mir ist schon klar, was alles passieren kann.«

»Na, ich weiß nicht. Versprich mir auf alle Fälle, dass du auf dich aufpasst.«

»Versprochen.«

»Und sag mir Bescheid, wenn was Beunruhigendes passiert.«

»Mach ich.«

»Dann gute Nacht ... Übrigens, ist es nicht bald an der Zeit, wegen Lasse was zu unternehmen?«

»Was denn unternehmen?«

»Wie lange willst du dich noch damit abfinden, dass er dich täglich und stündlich belästigt?«

»Ganz so wild ist es nun auch wieder nicht.«

»Aber er geht dir doch auf die Nerven, oder etwa nicht?«

»Allerdings, und wie.«

»Nur gut, dass du rechtzeitig von dem Versager losgekommen bist. Als ihr zusammen wart, hat er dich wie den letzten Dreck behandelt. Weißt du noch, wie er ...«

»Das reicht, ich erinnere mich. Vergiss nicht, dass *ich* es war, die er wie den letzten Dreck behandelt hat. Gute Nacht, Schwesterherz – schlaf gut.«

Nach dem Telefonat blieb Fanny noch ein paar Minuten mit ihrem Glas Wein sitzen, ein wenig gerührt von Julias Besorgnis. Ihre Schwester war ihr immer eine sehr große Stütze gewesen, auch schon bevor sie ihre Eltern verloren hatten.

Als sie das Glas geleert hatte, überlegte sie, ob sie sich noch eins einschenken sollte. Aber es ging auf Mitternacht zu, und sie hatte einen harten, anstrengenden Tag vor sich. Daher war es besser, auf die Bremse zu treten.

Sie korkte die Flasche zu und stellte sie in den Kühlschrank.

Danach ging sie zum Telefon zurück und hörte den Anrufbeantworter ab. Ihre Geheimnummer ließ die Gefahr, von

Fans belästigt zu werden, auf ein Minimum schrumpfen, aber ganz sicher konnte man nie sein.

Die erste Stimme brummte vom Band, und sie verzog das Gesicht zu einer Grimasse.

»Du wolltest mich ja anrufen, aber dafür bist du dir offenbar zu fein. Lass von dir hören, wenn du die Zeit dazu hast. *Falls* du die jemals hast für eine so unbedeutende Figur wie ich.«

»Wie mich«, verbesserte sie ihn in dem schulmeisterlichen Ton, über den er sich, das wusste sie, geärgert hätte, wenn er sie hätte hören können.

Kein Hallo in der kurzen Nachricht von Lars. Kein Tschüs. Nur eine barsche Aufforderung in dem alten ermüdenden Machostil. Ihr Ex hatte sich nicht verändert. Warum hatte sie nur seinem Drängen nachgegeben und ihm die Geheimnummer verraten? Ein vollkommen unnötiges Entgegenkommen, das sie jetzt bereute.

»Danke, dass du mir meinen Erfolg gönnst«, sagte sie, während der Apparat klickte, um die zweite Nachricht abzuspielen.

Es ertönte die Stimme von Bosse Svärd.

»Hallo, mein Stern. Du hast jetzt ungefähr vor zwei Minuten das Haus verlassen, um nach Hause zu gehen, und schon fehlst du mir. Jetzt frage ich mich, ob du dir das mit dem Essengehen vielleicht nochmal überlegt hast? Es sollen schon merkwürdigere Dinge vorgekommen sein, musst du wissen. In der Stadt haben immer noch jede Menge gute Restaurants geöffnet. Und du hast ja meine Handynummer, für den Fall, dass du es dir anders überlegst. Und wenn nicht: Schlaf süß und träum schön. Hab ich dir schon gesagt, dass du heute Abend wundervoll warst? Wenn nicht, kriegst du es jetzt zu hören. Du warst einsame Spitze. Großartig. Wie immer. Sogar besser als immer. Tschüs!«

Zuerst Lars Öster, ihr dominanter und fordernder Ex,

sicher mit dem ewigen Hintergedanken, Geld aus ihr herauszuquetschen, obwohl er keinen einzigen vernünftigen Grund für seine absurden Ansprüche vorzubringen hatte. Wenn einer von ihnen finanzielle Ansprüche an den anderen zu stellen hätte, dann sicherlich nicht er.

Und dann auch noch Bo Svärd, ihr aufdringlicher und sexbesessener Produzent, der einfach nicht begreifen wollte, was das Wörtchen »Nein« bedeutete. Kopfschüttelnd ging sie in den Flur hinaus, um die Post des Tages aufzusammeln und zu überfliegen.

Als sie beim Fernsehen angefangen hatte, hatte sie sich auf jede Fanpost gestürzt. Nach der ersten Flut von Grüßen (die allermeisten freundlich, einige fordernd, einige wenige regelrecht unangenehm) hatte ihr Interesse jedoch rasch nachgelassen. Mittlerweile pflügte sie sich ohne nennenswerte Begeisterung durch die Stapel. In der Regel ließ sie die Post erst einmal liegen, ehe sie sich jeden zweiten oder dritten Tag ans Lesen machte.

Das Einzige, was sie sofort öffnete, waren die großen blauweißen Umschläge mit Zeitungsausschnitten vom Pressedienst. Was die Zeitungen über sie schrieben, war ihr immer noch nicht gleichgültig, auch wenn es ihr heute nicht mehr so viel bedeutete wie vor ein paar Jahren, als sie die Bühne des schwedischen Fernsehens frisch betreten hatte. Fanny war der festen Überzeugung, dass die vielen Prominenten logen, die behaupteten, sie läsen nie, was die Presse über sie schrieb.

Ihre Fanpost kam größtenteils im Fernsehsender an, wo die Redaktion die Eingänge netterweise in ordentlichen Stapeln aufschichtete, durch die sie sich dann in unregelmäßigen Abständen kämpfte. Ein paar Briefe trafen auch direkt bei ihr zu Hause ein, obwohl sie ihre Adresse nie veröffentlicht hatte. Die meisten adressierten einfach nur mit »Fanny Cordell, Göteborg«. Damit erreichten sie ihr Ziel.

Fanny nahm sich vor, sich darum zu kümmern, dass derlei Post künftig direkt im Sender landete.

Unter der heutigen Ausbeute fand sich ein solcher Umschlag, auf dem nur ihr Name und die Stadt standen. Erst wollte sie ihn bis zum nächsten Tag ungeöffnet lassen. Doch dann überlegte sie es sich anders. Sie zupfte zwischen einem Sonnenschirm und den Palmen eine Falte aus dem Seidenkimono, schlitzte den Umschlag auf und zog das weiße Blatt Papier heraus.

Der Brief bestand aus einem einzigen Satz: DU BIST NICHTS WEITER ALS EINE GROSSE NULL, DIE EIN UNVERSCHÄMTES GLÜCK IM LEBEN HATTE. Kein Absender. Natürlich nicht. Die Anonymität ist das Schlupfloch der Feiglinge. Kaum etwas störte sie mehr als namenlose, feige Angriffe, gegen die man sich unmöglich wehren konnte.

»Schönen Dank auch, danke für die freundlichen Worte«, murmelte sie, eher verärgert als verschreckt.

Aber dann fiel ihr wieder ein, was ihre Schwester von dem Säureangriff in Florida erzählt hatte, und es beschlich sie doch ein klein wenig Furcht.

Sie ging in die Küche zurück, holte die Weinflasche heraus und schenkte sich doch noch ein halbes Glas ein. In drei großen Schlucken ließ sie die Flüssigkeit die Kehle hinabrinnen.

Danach war es höchste Zeit, ins Bett zu gehen.

4 Na endlich, dachte sie überglücklich, das kommt aber auch nicht einen Tag zu spät.

Er fuhr fort: »Sie ist absolut phantastisch, und ich werde alles tun, um sie zu erobern.«

Vielleicht meint er es diesmal ernst. Es sieht ganz so aus. Und man soll die Hoffnung ja nie aufgeben.

»Kenne ich sie?«

»In gewisser Weise schon«, antwortete er geheimnisvoll.

Stina lächelte und freute sich über die Begeisterung ihres Sohns, während sie zugleich den Kitzel der Neugier verspürte. Wer hatte ihm so den Kopf verdreht? Wie sah das weibliche Wunder aus? Wie alt war sie? Was machte sie beruflich? Wo wohnte sie? Was taten ihre Eltern?

Thomas hatte ihr schon früher Freundinnen vorgestellt, aber keine dieser Verbindungen war von Dauer gewesen. Sie hatte den Verdacht, ja beinahe die feste Überzeugung, dass er es war, der immer wieder Schluss machte. Er hatte was von einem Perfektionisten, wollte, dass alles genau nach seinen Vorstellungen lief, konnte keine Kompromisse eingehen. Was ihm nicht passte, wurde rasch und gnadenlos abserviert.

Doch diesmal schien es im Vergleich zu früher etwas Ernsteres zu sein. So übersprudelnd vor Begeisterung hatte sie ihn noch nie erlebt. Er war bis über beide Ohren verliebt, das konnte man ihm an der Nasenspitze ansehen. Hoffentlich wurden seine Gefühle erwidert. Er brauchte eine feste Beziehung, auf die er sich verlassen konnte, aber ihr war auch klar, dass es für keine Frau leicht sein würde, mit ihm zu leben. Um der Wahrheit die Ehre zu geben: Er war nicht so wie andere Männer. Aber mit der richtigen Frau an seiner Seite bestand ja immer noch die Möglichkeit, dass er sich änderte.

»Warum lädtst du sie nicht hierher ein, und ich koche euch etwas richtig Leckeres?«

»Das kommt schon noch«, versprach er. »Wart's ab.«

»Spann mich nicht länger auf die Folter! Wer ist es?«

»Noch nicht, Mama. Hab noch etwas Geduld!«

»Das bringe ich nicht fertig. Du verlangst zu viel von mir.«

»Ach nein, du kannst schon noch ein wenig warten.«

Sie fasste sich mit Leidensmiene ans Herz und sagte mit komisch übersteigerter Dramatik: »Das darfst du deiner armen, alten Mutter nicht antun. Vergiss nicht, dass ich in die Jahre gekommen bin. Ich *muss* erfahren, wer es ist, sonst gehe ich zugrunde.«

Er lachte über ihre schauspielerische Leistung.

»Na gut«, gab er nach. »Früher oder später kommt es ja doch heraus.«

Als er seiner Mutter den Namen nannte, lösten sich alle ihre Erwartungen schlagartig in nichts auf. Sie hatte auf eine wesentlich realistischere Wahl gehofft, aber sie hätte es natürlich wissen müssen. Thomas hatte schon immer größenwahnsinnige Phantasien gehegt und war unglaublich wählerisch. Und jetzt hatte er sich also unsterblich in den populärsten Fernsehstar des Landes verliebt: Fanny Cordell, die mit ihrer eigenen Talkshow *Funny Fanny* seit letztem Herbst schwindelerregende Einschaltquoten erzielte.

Wie Stina Hansson es sah, war Fanny Cordell für Thomas ebenso unerreichbar wie Kronprinzessin Victoria, Julia Roberts, Britney Spears oder eines der Spice Girls. Sie musste sich anstrengen, ihre Enttäuschung nicht offen zu zeigen.

»Du sagst ja gar nichts«, warf er ihr vor.

»Was gibt es dazu zu sagen?«

»Ich habe vor, sie zu heiraten.«

Thomas' aggressiver, wild entschlossener Gesichtsausdruck ließ Stina zögern, während sie sich die günstigste Taktik überlegte.

»Jetzt sag schon was!«, verlangte er, angriffslustig und fordernd.

Sein fanatischer Blick berührte sie unangenehm. Natürlich hatte sie nicht direkt Angst vor ihrem eigenen Sohn, aber manchmal erschreckte sie sich schon ein wenig vor ihm.

Nicht, weil sie fürchtete, dass er ihr etwas antun könnte; aber im Innersten seiner Seele schien etwas nicht ganz in Ordnung zu sein.

Als wäre es gestern gewesen, erinnerte sie sich an die Worte seines Klassenlehrers bei jenem Elterngespräch vor langer Zeit.

»Ihr Sohn ist sehr begabt, lernt leicht und arbeitet sehr gewissenhaft. In vielerlei Hinsicht ist er ein Vorbild für andere. Aber ich glaube, dass Sie auf ihn Acht geben müssen. Wenn er sich etwas in den Kopf gesetzt hat, kann man ihn nicht mehr davon abbringen, ganz gleich, ob er Recht hat oder nicht. Bitte entschuldigen Sie diesen Ausdruck, aber ich glaube, er hat etwas von einem Fanatiker.«

Die Kritik hatte sie damals gekränkt, sie hatte sie als ungerecht empfunden. Doch später hatte sie reichlich Zeit und Gelegenheit gehabt, festzustellen, dass der Lehrer ihn richtig eingeschätzt hatte.

Bekümmert sah sie Thomas an, dessen Miene etwas Hartes, Entschlossenes angenommen hatte.

»Sag doch was!«, wiederholte er.

»Thomas, überleg dir das Ganze gut«, bat sie. »So einfach ist das doch nicht. Du kannst nicht so ohne weiteres zu ihr hingehen und um ihre Hand anhalten. Du wirst doch wohl einsehen, dass …«

Er unterbrach sie schroff: »Fanny ist gerade ohne festen Freund, und wir sind fast gleichaltrig. Weißt du noch, als ich klein war und du mir von Walt Disney erzählt hast? Das hast du bestimmt nicht vergessen.«

Sie nickte zustimmend, obwohl sie sich nicht erinnern konnte, je mit ihm über Walt Disney gesprochen zu haben. Sie hatte keine Ahnung, worauf er hinauswollte.

»Du hast mir eine alte Zeitung gegeben, in der Disney in einem Interview gesagt hat, jeder Traum kann in Erfüllung gehen, wenn man nur fest genug wünscht.«

»Das hat er gesagt?«

»Genau in den Worten.«

Er gestikulierte wild mit beiden Händen.

»Man bekommt, was man will, wenn man es nur fest genug will. Jede Menge Promis sind mit normalen Sterblichen verheiratet, da ist gar nichts dabei. Und ich hab nun mal beschlossen, dass ich und Fanny ...«

Die Worte wirbelten an ihr vorbei.

Ich und Fanny ...

Auf eine Schwiegertochter würde sie auf diese Weise noch lange warten müssen. Falls sie überhaupt je eine bekam. Wer kam auf lange Sicht damit zurecht, sein Leben mit einem so komplizierten Menschen zu teilen?

Als er Luft holte, passte sie die Gelegenheit zu einem letzten Versuch ab, ihn zur Vernunft zu bringen: »Ich wünsche mir nichts mehr, als dass du ein nettes Mädchen kennen lernst. Versteh das nicht falsch, aber du brauchst jemanden an deiner Seite, der dir etwas bedeutet und auf den du dich verlassen kannst. Denn du kannst nicht verlangen, dass ich dich bis in alle Ewigkeit bemuttere.«

»Das tu ich doch gar nicht.«

»Ich bin schließlich keine junge Frau mehr.«

Das erforderte keinen Kommentar von seiner Seite. Sie fuhr fort: »Ich putze einmal die Woche bei dir. Mach deine Wäsche. Kaufe für dich ein, wenn du keine Zeit hast. Lade dich immer mal wieder zum Essen ein.«

»Dafür bin ich dir dankbar.«

»Ich sag das nicht, um gelobt zu werden, ich mach das ja gerne, das weißt du doch.«

Er nickte.

»Aber es kann nicht in alle Ewigkeit so weitergehen. Irgendwann musst du ohne mich zurechtkommen. Und wie gesagt, ich wünsche mir nichts sehnlicher, als dass du eine feste Bindung eingehst. Und wenn ich fest sage, meine ich fest. Nicht wie deine bisherigen kurzen Affären. Die nie länger als eine Woche gedauert haben.«

»Musst du denn immer übertreiben? Vergiss nicht, dass ich erwachsen bin und tun und lassen kann, was ich will.«

So hast du es doch schon immer gehalten, jedenfalls soweit ich mich erinnern kann.

»Ja, ja. Aber versuch zu begreifen, dass dieser Fernsehstar nichts für dich ist.«

»Magst du sie nicht?«

»Was hat das damit zu tun? Ich habe keine Meinung zu ihr. Bin ihr noch nie begegnet. Du etwa?«

Verärgert schüttelte er den Kopf.

»Noch nicht. Aber genau das habe ich vor. Bald.«

Stina Hansson seufzte. »Ich weiß, dass du nicht auf mich hörst, aber hör bitte nur dieses eine Mal auf einen guten Rat: Halte dich an deinesgleichen, das ist für alle Beteiligten das Beste.«

»An meinesgleichen? Weißt du, dass du dich anhörst wie im Mittelalter? Bleib in deiner Gesellschaftsschicht, das meinst du doch, oder?«

»Überhaupt nicht. Bei dir hört sich das so roh und gefühllos an. Aber du musst doch einsehen, dass sie sich in ganz anderen Kreisen bewegt, als wir gewöhnt sind. Was weißt du überhaupt von ihr?«

»Alles, was ich wissen muss. Sie ist wunderbar und alleinstehend. Keine Kinder. Einundreißig, sieht aber jünger aus. Hat wundervolle blaue Augen, schöne dunkelblonde Haare und eine unvergleichliche Figur. Ist an vielen Dingen interessiert und hat eine hohe Allgemeinbildung. Sie hat eine Schwester, die in Norrköping wohnt und sich nie von der Presse fotografieren lässt. Fanny ist Schwedens beliebteste Fernsehpersönlichkeit in allen Kategorien. Und sie wird mir gehören, und wenn du mit noch so vielen Einwänden kommst. Tschüs. Und danke fürs Zuhören.«

»Thomas, ich wollte doch nur …«

Er machte eine abwehrende Handbewegung. Dann hob er eine Staubfluse auf, die sich in einer Ecke hinter der Speisekammer gebildet hatte, ging und zog leise die Tür hinter sich zu.

Trotz allem war er nicht allzu niedergeschlagen, als er das kleine Apartment seiner Mutter hinter sich ließ und zu seiner Zweizimmerwohnung radelte. Er wohnte sehr zentral, nicht weit von der Markthalle, in die er als Kind manchmal seine Mutter zu den Wochenendeinkäufen hatte begleiten dürfen.

Seine Mutter, ja.

Sie glaubte nicht an seine Pläne mit Fanny, das war ja nicht anders zu erwarten gewesen. Dabei war sie nun wirklich nicht die geeignete Person, wenn es um Ratschläge in Beziehungsfragen ging. Sie hatte ja nicht einmal eine so traurige Gestalt wie seinen Vater länger als drei Jahre an sich binden können.

Ansonsten konnte er ihre unverhohlene Skepsis gerade in dieser Frage zum Teil verstehen. Fanny Cordell war zur Zeit vielleicht die begehrteste Frau Schwedens. Bestimmt wurde sie am laufenden Band von skrupellosen Glücksjägern umschwärmt. Aber warum sollte er sich nicht ins Spiel mischen können, wo er doch durch und durch ehrliche Absichten hegte?

Mit tiefster Überzeugung wusste er, dass er Fanny um ihrer selbst willen liebte; nicht wegen ihres Ruhms oder ihres Reichtums. (Er nahm an, dass ein Superstar wie sie Gagen in schwindelerregender Höhe verlangen konnte, aber das Finanzielle war für ihn nun mal zweitrangig – genau genommen bedeutete es ihm überhaupt nichts.) Das hier war keine schwärmerische Anbetung eines Idols. Er empfand echte Gefühle für den Menschen Fanny Cordell, nicht für das Fernsehidol.

Freilich war er ihr noch nicht von Angesicht zu Angesicht begegnet, doch das spielte absolut keine Rolle – seine Liebe zu ihr war so tief, es hatte überhaupt keinen Sinn, die Sache in Frage zu stellen. Nichts und niemand konnte ihn davon abbringen.

Das Einzige, was ihn beunruhigte, war die Zeit. Denn die wurde knapp. Ihm war klar, dass die Konkurrenz um diese begehrenswerte Frau besonders hart war und es darauf ankam, den anderen Rivalen zuvorzukommen. Alle anderen aus dem Rennen zu schlagen, die sie vielleicht schon umschwirrten wie Motten das Licht.

Wenn ein anderer sie ihm wegschnappte, würde das alles zunichte machen. Oder jedenfalls unnötig komplizieren.

Eine Gelegenheit, ungestört mit ihr reden zu können, würde sich ihm im Sommer bieten, in nur wenigen Wochen. Er wusste, dass Fanny gleich nach der Frühjahrsstaffel ihrer Serie vorhatte, zwei Wochen in Sydstranden, im nördlichen Nachbarbezirk, Urlaub zu machen. Und dann konnte er ganz ungezwungen mit ihr in Kontakt kommen, falls sich ihm nicht schon vorher eine passende Gelegenheit bot.

Es wunderte ihn ein wenig, dass sie der Presse ihre Urlaubspläne verraten hatte: Nach den beiden Wochen in Sydstranden plante sie mit ihrer Schwester eine Städtereise nach London. Das hatte Fanny in einer Reportage berichtet, in der man einige Promis zu ihren Sommerplänen befragt hatte.

Plötzlich ging ihm auf, dass er es wohl kaum wagen durfte, ganz bis Ende Mai abzuwarten. Natürlich war es nicht mehr allzu lange bis dahin, aber jeder Tag war wertvoll. Ein unerwünschter Rivale konnte auftauchen und sie ihm vor der Nase wegschnappen.

Am allerbesten wäre es, wenn er sich sofort ins Zeug legen könnte, damit sie die beiden Wochen in der Sommeridylle in Sydstranden gemeinsam verbringen konnten. Bei dem wundervollen Gedanken raste sein Puls wie verrückt.

Während Thomas weiter heimwärts radelte, überlegte er sich fieberhaft Lösungsmöglichkeiten: Er konnte natürlich versuchen, eine Karte für ihre Talkshow zu bekommen, falls das Publikum dafür nicht speziell vom Sender ausgewählt wurde. Doch das war eigentlich nichts für ihn, er hatte so etwas noch nie gemacht – und wie sollte er sie im Sender zu sprechen bekommen, mit all den Leuten, die dort um sie herumschwirrten?

Seine heftige Leidenschaft für sie hatte ihn in dem Moment ergriffen, als er sie das erste Mal gesehen hatte, damals, als sie völlig überraschend und im Prinzip unvorbereitet eine eigene Show im öffentlich-rechtlichen Fernsehen bekommen hatte. Er hatte schon oft über Leute gelesen, die sich von einer bekannten Fernsehpersönlichkeit angezogen gefühlt und sich ihm oder ihr irgendwann genähert – und gar nicht so selten ihr Glück gemacht hatten.

Als chancenlos sah er sich also nicht. Im Gegenteil: Alles sprach dafür, dass er sie bekommen würde. Natürlich nur, wenn er seine Karten geschickt ausspielte. Und das hatte er vor.

Er wusste, dass er ziemlich gut aussah und über einen unwiderstehlichen Charme verfügte, wenn er nur wollte. Er hatte nie Probleme damit gehabt, Frauen rumzukriegen. Sich an sie ranzumachen, war meist leichter gewesen, als sie wieder loszuwerden.

Er war redegewandt, und an seiner Allgemeinbildung fand er nichts auszusetzen.

Er war ein ordentlicher Mensch, hatte einen guten Job und geregelte Finanzen.

Er hatte keine Leichen im Keller.

Und das Allerwichtigste: Er liebte sie, wie kein anderer sie lieben konnte.

Thomas sah natürlich auch ein, dass nicht nur er allein in den Bann ihrer enormen Anziehungskraft geraten war. Aus *Funny Fanny* war über Nacht ein sagenhafter Erfolg geworden, der voll und ganz der Kompetenz und dem Charisma der Showmasterin zuzuschreiben war.

Nicht genug damit, dass sie atemberaubend schön und blitzgescheit, eloquent und äußerst beschlagen war – sie hatte außerdem ein auffälliges Talent, jedes Mal wieder hochinteressante Gäste für ihre Talkshow zu gewinnen. Zudem war frappierend, wie oft sie unbekannte Seiten ihrer Gesprächspartner zum Vorschein brachte. Der Politiker war ihr gegenüber nicht ganz so berechnend diplomatisch, das Sportidol konnte richtig nett sein und der Schriftsteller redete nicht mehr nur von seinem »Seelenblut, das unstillbar immer weiter blutet«, sondern wurde auf einmal zugänglicher und hatte etwas zu sagen, was zuvor noch nicht ans Licht gekommen war.

Ja, er wollte sie unbedingt erobern. Koste es, was es wolle.

Aber er war sich durchaus bewusst, dass er jederzeit mit einer furchtbaren Schlagzeile rechnen musste, die verkündete, dass seine Fanny einem anderen in die Fänge geraten war, was seine Pläne natürlich komplett durchkreuzen würde.

Dazu durfte es also gar nicht erst kommen. Er wollte nicht riskieren, dass ein zweiter Lars Öster auf der Bildfläche erschien.

Thomas Hansson war so in seine Gedanken und Überlegungen vertieft, dass er nicht merkte, wie er genau auf dem Stück Straße vor der Polizeiwache auf die falsche Fahrbahn geriet. Ein wütender Hupton brachte ihn dazu, rasch auf die richtige Seite zu wechseln, während er dem davonbrausenden Autofahrer noch schnell den Finger zeigte.

Abgesehen von einigen wenigen ganz frühen Sendungen

hatte er sämtliche *Funny Fannys* auf Video aufgenommen, was bedeutete, dass mittlerweile eine ansehnliche Sammlung Kassetten in einer seiner Schreibtischschubladen lagerte.

Natürlich hatte er ihr schon mehrmals geschrieben, allerdings ohne Antwort zu bekommen. Doch das nahm er ihr nicht übel. Sie wurde bestimmt von Bewunderern mit Briefen überschüttet und hatte wohl weder Zeit noch Interesse, alle zu beantworten. Außerdem konnte seine Post ja auf Abwege geraten sein, weil er ihre genaue Adresse nicht herausgefunden, sondern ihr seine Briefe an den Sender in Göteborg geschickt hatte.

Es war bekannt, dass ihre Wohnung in Örgryte lag, nicht weit vom Sender – das ging aus einer der vielen Homestorys hervor, die er ausgeschnitten und aufgehoben hatte. Er verfolgte fast alles, was über sie geschrieben wurde, auch wenn das ziemlich zeitaufwendig war, weil sie praktisch täglich in der Presse vorkam. Doch er las zu gern alles über sie, auch wenn er manchmal eine regelrechte Wut auf die Journalisten bekam, die es am nötigen Respekt und an Rücksichtnahme ihr gegenüber fehlen ließen. Die Verrisse ihrer Sendungen schnitt er gar nicht erst aus – solche Fehlurteile waren jedoch eindeutig in der Minderzahl.

Vielleicht sollte er sich ihre richtige Adresse besorgen, aber noch mehr Briefe wollte er ihr nicht schicken. Sie würden wahrscheinlich nur auf dem Postweg verloren gehen oder ewig und drei Tage ungelesen liegen bleiben, es wäre also die pure Verschwendung, sich weiter damit abzugeben.

Stattdessen wollte er das nächste Mal die persönliche Begegnung suchen. Obwohl er sich lange dagegen gesträubt hatte, als Zuschauer an einer der noch ausstehenden Livesendungen teilzunehmen, war es wohl doch die einzige vernünftige Alternative, wenn er sie vor ihrem Urlaub noch kennen lernen wollte.

Als er zu Hause ankam, kettete er das Fahrrad an und ging schnurstracks in seine Wohnung und zum Telefon.

»Die Auskunft, was kann ich für Sie tun?«

»Bitte geben Sie mir die Nummer vom Fernsehsender in Göteborg.«

5 Das gedeckte Tablett stand auf dem Couchtisch vor dem Fernseher.

Eine gut gefüllte Kaffeekanne, zwei Krabbenbrote mit Dill und Mayonnaise, ein kleiner Schokoriegel zum Nachtisch und ein halb voller Cognacschwenker.

Montags nichts Hochprozentiges.

Mittwochs einen Whisky.

Freitags ein etwas größerer Cognac.

Alles ganz nach Gewohnheit.

Thomas Hansson hielt sehr viel von geregelten Abläufen. Er war nicht der Typ, der etwas dem Zufall überließ oder bei Kleinigkeiten ein Auge zudrückte. Unter seinen Arbeitskollegen galt er als Pedant, eine Einschätzung, auf die er stolz war. Schlamperei und Nachlässigkeit waren ihm verhasst. Warum schludern, wenn es genauso leicht war, Ordnung zu halten?

Ließ man die Zügel zu sehr schleifen, konnte das in Anarchie ausarten.

Der große Genuss des Abends war nicht mehr weit.

Wie üblich hatte er sich rechtzeitig vorbereitet, damit er nichts verpasste.

Die Videokassette war eingelegt, das Band hatte er überprüft, damit er nur auf die Tasten drücken musste, wenn *Funny Fanny* anfing. Irgendwelche Schnipsel mit Werbeeinblendungen oder Programmhinweisen zwischen den Sendungen konnte er nicht gebrauchen. Auf sämtlichen Kassetten hatte er die Aufnahmen von vorne bis hinten unter

Kontrolle. Die neue Talkshow schloss direkt an die vorige an, ein Sendeblock an den anderen, und die Etiketten auf den Kassettenrücken waren mit den korrekten Sendedaten beschriftet.

Alles hübsch ordentlich.

Seine geregelte Lebensführung und seinen Sinn für Ordnung und Systematik würde sie noch zu schätzen lernen, davon war er überzeugt.

Der Gedanke, dass er sie bald leibhaftig vor sich sehen würde, versetzte ihn in Hochstimmung; er merkte, wie sein Atem etwas schneller ging. Doch vor seinem Besuch im Aufnahmestudio in Göteborg konnte er sich noch auf einige wundervolle Fernsehsendungen freuen, und jeden Moment würde es mit dieser losgehen.

Noch zwei Minuten bis zur Sendung. Er hatte schon die Fernbedienung in der Hand.

Da klingelte das Telefon.

»Was für ein Idiot!«, brüllte er.

Was für ein Irrer wagte es, ihn ausgerechnet jetzt zu stören? Offenbar jemand, dem die beste aller Sendungen völlig gleichgültig war. Ärgerlich wartete er das Ende der ewig langen Klingeltöne ab.

Dann wurde endlich die Sendung angesagt, die ihm am Herzen lag – und übrigens nicht nur ihm. Sowie er sich versichert hatte, dass der Videorecorder ordnungsgemäß ansprang, sprintete er zum Telefon und zog das Kabel raus.

Wenn er seine Fanny bei ihrem souveränen Auftritt bewunderte, durfte ihn rein gar nichts stören. Natürlich hatte er sowieso nicht vorgehabt, ranzugehen, aber es regte ihn schon zur Genüge auf, wenn das Telefon während der Sendung Alarm schlug. Wichtige Sätze konnten von dem schrillen Klingeln übertönt werden.

Da saß sie ihm nun gegenüber, sah ihm direkt in die Augen

und sagte: »So, und nun ist wieder Zeit für *Funny Fanny*. Herzlich willkommen zur Show des heutigen Abends!«

Der Kopf in leichter Rechtsneigung. Ein schmelzendes Lächeln. Vibrierende Sinnlichkeit.

Sie wendet sich direkt mir zu. Wir sind wie füreinander geschaffen.

Mitten im einleitenden Monolog nippte Thomas am Cognac und spürte, wie sein Herz klopfte.

»Haben Sie alle von dem Mann gehört, der gestern beim Fallschirmspringen auf dem Dach eines wild campenden Wohnwagens landete? Heute haben wir ihn hier bei uns – *ohne* Fallschirm. Aber wir haben auch einen Gast *mit* Fallschirm, einem Fallschirm, der sich fünfundsiebzigmal öffnet, wenn sein Besitzer, ein Geschäftsführer, denn um einen solchen handelt es sich, zum Halbjahreswechsel von seinem Posten als Vizepräsident zurücktritt. Jetzt haben Sie sich wahrscheinlich schon ausgerechnet, dass man das in ebenso viele Millionen Kronen umrechnen kann, wenn man will.«

Einfach toll, wie sie das hinkriegt.

»Die Gesangseinlage liefert uns heute Abend kein Geringerer als …«

Den Kopf wieder schief gelegt, das warme Lächeln trifft genau ihn, der Busen hebt und senkt sich unter dem eng anliegenden Stoff.

Wie immer war die eine Stunde im Nu verflogen: Bald war Schluss für heute Abend. Er würde gleich morgen an die Programmleitung schreiben und vorschlagen, dass sie die Sendezeit verdoppelten, wenn die nächste Staffel im Herbst anfing.

Fanny war bei ihm im Raum und sagte: »Jetzt aber noch ein paar Hinweise, was Sie am Montag in *Funny Fanny* erwartet. Da werden wir unter anderem das Vergnügen haben, Ihnen eine Besucherin vorzustellen, die über eine ganz unwahrscheinliche Fähigkeit verfügt, jedem geographischen

Namen seinen Platz auf der Landkarte zuzuweisen. Ich habe sie getestet und muss schon sagen, so etwas habe ich noch nie erlebt. Die dürfen Sie nicht verpassen!

Ich kenne mich ja nicht besonders gut in Erdkunde aus, auch wenn ich nicht ganz so hilflos bin wie die beiden reichlich betrunkenen Männer, von denen ich jetzt erzählen werde.

Sie stehen an einem dunklen Abend vor der Kneipe und streiten sich, ob schon der Mond oder noch die Sonne am Himmel steht.

›Um diese Zeit muss es ja wohl der Mond sein‹, meint der eine.

›Ach was, das ist die untergehende Abendsonne‹, widerspricht der andere.

So geht es immer weiter, ohne dass sie sich einigen können.

Schließlich kommt noch ein Mann, den sie nicht kennen, aus der Kneipentür getorkelt. Als unparteiischer Schiedsrichter soll er den Streit schlichten, und hoffnungsvoll wenden sie sich an ihn.

›Was ist das, was wir da oben sehen? Der Mond oder die Sonne?‹

Lange starrt der Fremde nachdenklich den leuchtenden Himmelskörper an.

Dann sagt er: ›Leider kann ich Ihnen nicht weiterhelfen, meine Herren. Ich bin nämlich nicht von hier.‹«

Das Publikum lachte, Thomas lachte, Fanny lächelte.

Sie war unwiderstehlich. Einmalig. Wurde von Mal zu Mal besser.

Er konnte ohne sie nicht leben.

Brauchte er auch gar nicht.

Bald gehört sie mir. Auf immer.

Er stellte sie sich nackt vor, lustvoll stöhnend unter ihm, einfallsreich und voller Leidenschaft. Mit Schmerz vermischte Wollust durchzuckte so heftig seinen Körper, dass er fast wie ein Klappmesser aus dem Sessel hochfuhr.

Er musste sie haben. Und zwar schnell.

Thomas Hansson spürte, dass er für diese unvergleichliche Frau alles täte.

Selbst einen Mord begehen, wenn das von ihm verlangt würde.

6 Es hatte eine Zeit gegeben, da hatte er einen ganzen Abend lang munter drauflostrinken können, ohne tags darauf seine Sünden büßen zu müssen.

Diese Zeit war vorbei. Und würde nie wiederkehren.

Aber es wäre nicht richtig, zu behaupten, dass Sten Wall der Vergangenheit regelrecht nachweinte – jede Epoche hat ihr eigenes Mischungsverhältnis von Glanz und Elend.

Jetzt, mit dreiundsechzig, hatte er beschlossen, solch bacchantische Gelage nach Möglichkeit auf die seltenen Zeiten zu legen, in denen er am nächsten Tag frei hatte. Um das Übel kurieren zu können, das übermäßiger Alkoholgenuss meist mit sich brachte.

In der Regel brauchte er einen Tag, bis er wieder einigermaßen normal funktionierte. Natürlich gab es auch Abweichungen, je nach seiner körperlichen Verfassung, vor allem aber den Maßen, in denen er den geistigen Getränken zugesprochen hatte.

Jetzt saß er in seiner Junggesellenwohnung an der Bergsgatan in Stad am Frühstückstisch und nippte vorsichtig am brühheißen Kaffee. Wenn er den gestrigen Abend bei seinen guten Freunden Sture und Harriet Hansson, die Besitzer des »Pubs«, Revue passieren ließ, kam er sich doch erstaunlich fit vor, was aber natürlich daran lag, dass er sich mit dem Trinken ein wenig zurückgehalten hatte.

Alles in allem war es ein sehr netter Abend gewesen, wie

der Kommissar feststellte. Vor allem, weil sich ihm Gelegenheit zur Revanche für den letzten Besuch bei Hanssons geboten hatte, der allerdings schon eine Weile zurücklag.

Als er sich sinnlos betrunken hatte.

Heute noch schämte er sich in Grund und Boden, wenn er an seinen kräftigen Vollrausch zurückdachte. Soweit er sich erinnern konnte, war er im Alleingang in einem höchst albernen Ententanz herumgehopst, hatte mäßig belustigten Ohren in einer Endlosschleife Birger-Sjöberg-Lieder vorgetragen und dem für seine Skandale bekannten Johnny Bode gehuldigt (zum Glück nur als Sänger, nicht als Person), hatte Kaffee auf dem Perserteppich verschüttet, Harriet sein Rehauge genannt, um halb fünf Uhr morgens eine Partie Monopoly vorgeschlagen und sich hilflos zum Taxi und in seine Wohnung bugsieren lassen. Ja, sogar bis ins Bett.

Wo war da seine Würde geblieben?

Das Aufwachen war eine Katastrophe gewesen.

Seither hatten Harriet und Sture ihn zwar noch oft eingeladen, aber er hatte jedes Mal hartnäckig abgesagt – bis zum vorigen Abend. Die Versuchung war einfach zu groß gewesen, als Sture Hansson ihm erzählt hatte, er habe einen exklusiven Club für wenige Auserwählte ins Leben gerufen: die Musikliebhaber von Stad.

Deren Ziel war es, zwanglos und nur für eine Hand voll Enthusiasten Themenabende über bestimmte Künstler zu veranstalten – als eine Art Gegengewicht zu dem einheitlichen, ewig gleich klingenden und gleich geschalteten Gedudel, das die schwedischen Radiosender überwiegend und flächendeckend verbreiteten.

Zunächst hatte Sture Hansson an einen Operettenabend gedacht, an dem er Werke von Franz Lehár und Emmerich Kálmán vorstellen wollte, dann an den König des Swing, Benny Goodman. Doch bei seiner Sichtung des vorhandenen Materials war ihm aufgefallen, dass sich ein Abend mit

Anders Börje am besten als Auftakt eignete, einem glänzenden Unterhaltungs- und Kammersänger, der Anfang 1982 im Alter von zweiundsechzig Jahren gestorben war.

Der Gastgeber hatte sich große Mühe gegeben, ein ansprechendes Programm zusammenzustellen.

Beim Begrüßungscocktail erzählte Sture Hansson seinen Gästen (außer Wall waren nur noch vier andere geladen) von dem in Stockholm geborenen Musiker, der in Djurgården aufgewachsen war und sich 1942 mit dem Ohrwurm *Zwei kleine rote Rosen* einen Namen gemacht hatte. Karl Ewerts hatte den Text zu einer deutschen Melodie aus den zwanziger Jahren geschrieben. Anders Börje, der eigentlich Börje Andersson hieß, hatte zweifellos ein abwechslungsreiches, aufregendes Leben geführt, wie aus einem Abenteuerroman.

Er war mehrmals verheiratet gewesen (unter anderem mit der berühmten Schauspielerin Maj-Britt Nilsson und mit der Krimiautorin Loulou Forsell, der als Kind ein Bär in Skansen eine Hand abgebissen hatte) und hatte sich noch im April 1958 in der Altstadt von Stockholm mit einem polnischen Grafen mit dem Degen duelliert. Dabei war es um die Gunst einer schönen Dame gegangen. Beide Streithähne konnten mit der Klinge umgehen: der Graf dank seiner aristokratischen Erziehung, Börje dank seiner Ausbildung in der Stockholmer Theaterschule von Gösta Terserus. Duelle mit tödlichen Waffen waren in Schweden schon seit dem 16. Jahrhundert verboten. Zum Glück hatte dieses jedoch keine schwerwiegenden Folgen. Sowohl Börje als auch der Pole trugen nur leichte Verletzungen davon: der Sänger am Bauch (eine Fleischwunde, die er selbst behandeln konnte), der Adlige am Arm.

In einem Interview mit einer Abendzeitung äußerte sich der schwedische Sänger am Tag nach dem Kampf: »Ich bin stolz, für so eine Frau mein Leben gewagt zu haben.«

Sie ging jedoch nicht in die Schar seiner Ehefrauen ein. Deshalb wagte er wohl sein Leben für sie, überlegte Wall.

Vor dem Essen legte Sture Hansson ein paar Platten auf, auf denen Börje Lieder von Evert Taube, Lillebror Söderlundh, Dan Andersson, Ulf Peder Olrog und Esse Björkman interpretierte sowie die eigenen Weisen *Dann warte ich am Wegesrand* und *Die Ballade von Elsa Rosenknopf und Paul* vortrug.

Dieser Teil des Programms dauerte etwa eine Stunde. Dann ging es ins Esszimmer, wo Harriet sie mit Leberpastete, Lasagne in Knoblauchsoße, einem Riesensalat und einem sensationellen Schwedenpunsch-Eis empfing. Dazu wurden Schnaps, Rotwein und Mineralwasser gereicht.

Beim Kaffee mit Likör (einem Benediktiner für Wall) sahen sie den Film *Handwerksburschen auf der Walz*, in dem Anders Börje neben Åke Fridell, Georg Skarstedt und der heißblütigen Rosa Taikon spielte.

Darauf folgte eine Rarität: Unter seinen Videokassetten besaß Sture Hansson den Film »Song of Stockholm« mit der jungen Alice Babs in der Hauptrolle. Der Kneipen- und Restaurantbesitzer spulte bis zu einer Stelle vor, in der Börje mit Nils Ferlin im Duett sang, seines Wissens das einzige offizielle Stück Film mit dem Barden aus Filipstad in einer Rolle als Sänger. Auf vielfachen Wunsch wurde die Sequenz zweimal wiederholt.

Danach ergriff ein Gast die Gelegenheit, zu erzählen, dass er sich einen Schäferhund-Pudel-Mischling zugelegt hatte, was zu allerlei Spekulationen über die Hundeeltern Anlass gab: Wer hatte hier wen bestiegen?

»Wie heißt der Köter?«

»Mr. Hugo.«

»Warum nennst du ihn nicht einfach Schädel?«, wollte Wall wissen.

»Schädel? Was für ein merkwürdiger Name.«

»Hast du nicht gesagt, er sei eine Mischung aus *Schä*ferhund und Pu*del*?«

Der Hundebesitzer schaute so maßlos verwundert drein, dass Wall das Gespräch mit einem Schulterzucken in andere Bahnen lenkte.

Alle waren sich einig, dass es ein sehr gelungener Abend war und dass sie sich im Spätsommer wieder zusammenfinden wollten. Wall bot sich als nächster Gastgeber an, worauf eine angeregte Diskussion über geeignete Themen folgte. Schließlich einigten sich die Mitglieder darauf, den Virtuosen Ella Fitzgerald und Louis Armstrong beim nächsten Treffen die Hauptrollen zu geben.

Allmählich wurde es Zeit zum Aufbruch. Sture blies zum Finale, indem er eine Platte mit den beliebtesten schwedischen Schlagern aller Zeiten auflegte. Während dieses würdigen Ausklangs befeuchtete der Kommissar seine Kehle mit einem harmlosen Leichtbier, während die anderen unverdrossen weiter dem Hochprozentigen zusprachen.

Am Ende war Wall wohl noch der Nüchternste (oder der am wenigsten Betrunkene, je nachdem, wie man es sah) von allen. Zum Abschied konnte er sich nicht verkneifen, zu Harriet zu sagen: »Gut zu wissen, dass man sich zwischendurch doch auch mal wie ein anständiger Mensch benehmen kann. Beim letzten Mal bin ich ja nicht ganz so elegant aufgetreten. Ich fühle mich noch heute hundeelend, wenn ich an das Fiasko zurückdenke.«

»Elend wie was für ein Hund? Ein Schädel?«, nuschelte sie zurück und blinzelte ihm kokett mit ihren Rehaugen zu.

An diesem Morgen ging es Wall also prima, und er konnte seine freie Zeit vollauf genießen, ohne den Rest des Tages Zuflucht zu Selbstmitleid oder gar ausgedehnter Bettruhe nehmen zu müssen.

Er brauchte wirklich einen Tag Auszeit, um seine Alltagspflichten endlich zu erledigen. Die Aufgaben stapelten sich schon. Gleich nach dem Frühstück machte er sich ans Werk – Großeinkauf, Bank- und Postangelegenheiten ordnen (der persönliche Kontakt war ihm lieber als anonyme online-Geschäfte), einen Haufen Wäsche in die Reinigung bringen, Küche putzen.

Zufrieden mit seiner Arbeit, machte er nach einem späten Mittagessen im »Baron« – seinem Stammlokal – einen langen Spaziergang. Die letzten Tage hatte es kräftig geregnet, weshalb er den Flussuferweg vorsichtig betrat, denn da waren etliche Schnecken unterwegs. Einmal stahl er sich ins Gebüsch, um seine Blase zu erleichtern. Anschließend wusch er sich die Hände im Flusswasser – ob diese davon allerdings viel sauberer wurden, war zweifelhaft; nach den letzten Berichten war das Wasser vom Kunstdünger der Landwirtschaft verseucht.

Ein Kneipenbesuch im »Pub« rundete die Wanderung ab. Er dankte Sture Hansson noch einmal für den vergangenen Abend und trank ein großes Bier.

»Geht aufs Haus«, drängte Sture Hansson.

»Das kann ich erst recht nicht annehmen«, gab Wall zurück und wischte ein paar Schuppen vom Anzug des Freundes.

Zu Hause angekommen, sah der Polizist seine Plattensammlung durch und zog hervor, was er von Louis Armstrong oder Ella Fitzgerald auf Vinyl oder CD besaß – eine ansehnliche Sammlung.

Aber vor der Einladung an die anderen Musikfreunde im Spätsommer wollte er sein Material über die beiden phänomenalen amerikanischen Tonkünstler aufstocken. Für den Anfang dachte er da an Zeitungsartikel und Videofilme. Schließlich konnte er den anderen nicht gut mit etwas Anspruchsloserem als dem Abend bei Sture und Harriet kommen. Aber er hatte ja noch reichlich Zeit – mindestens zwei Monate.

Am Küchentisch döste er über einem halb gelösten Kreuzworträtsel ein, schreckte auf und schenkte sich ein Glas Mineralwasser ein.

Danach füllte er eine Schüssel mit heißem Wasser, um beim Fernsehen ein Fußbad zu nehmen.

Mit auf dem Boden ausgebreiteten Zeitungen – wegen seiner schlechten Angewohnheit, das Wasser überschwappen zu lassen, wenn er seine knotigen Füße bewegte – zappte er sich mit der Fernbedienung durch die Kanäle.

Nicht lange, und er landete bei *Funny Fanny*.

Und die sah er sich bis zu Ende an.

7 Fanny Cordell hatte schon immer der Traum beflügelt, einmal ganz groß herauszukommen. Als kleines Mädchen hatte sie sich eine Zukunft als Konzertpianistin ausgemalt. Mit sieben hatte sie Unterricht bei einem berühmten Klavierlehrer bekommen, und was ihr an Talent mangelte, hatte sie bis zu einem gewissen Grad mit Fleiß und einem derartigen Ehrgeiz wettgemacht, dass ihr Lehrer über ihre musikalischen Defizite hinweggesehen hatte.

Fanny hatte ziemlich lange durchgehalten – er auch –, aber schließlich doch eingesehen, was dem Musikprofessor schon lange klar war: dass sie einfach nicht begabt genug war.

Also hatte sie mit vierzehn ihre Pläne für eine Pianistinnenlaufbahn ad acta gelegt. Ihr geduldiger, herzensguter Lehrer empfand deutliche Erleichterung über den Entschluss (den er nur in Form versteckter Andeutungen forciert hatte) und gab ihr zum Abschied die folgenden Worte mit auf den Weg: »Auch wenn du nicht mehr Konzertpianistin werden willst, hast du dir doch Fertigkeiten angeeignet, an denen du dein Leben lang Freude haben kannst. Hör nicht zu spielen auf, nur weil unsere Wege sich trennen.«

Fanny hörte nicht zu spielen auf. Seit Jahren sah sie sich als typische Hobbypianistin, die sich gerne auf den Hocker setzte und Noten übte oder improvisierte. Aber fast nur, wenn sie allein war.

Der Traum von einem Leben als Berufsmusikerin hatte sich verflüchtigt, aber die Sehnsucht nach Ruhm und Popularität brannte weiter in ihr. Als Teenager malte sie sich aus, wie sie sich als Hauptfigur im Mittelpunkt von Partys und Galapremieren sonnte, während ihre Bewunderer sie anschmachteten und die Blitzlichtgewitter der Fotografen auf sie niedergingen.

Was genau sie tun würde, um diesen Starstatus zu erreichen, hatte sie damals noch nicht klar vor Augen, aber das Aussehen spielte natürlich eine entscheidende Rolle. Leute (besonders Männer, ganz besonders jüngere) würden nach Luft schnappen, sich nach ihr umdrehen, die Lippen spitzen, um ihr hinterherzupfeifen, und aus den Latschen kippen beim Anblick ihrer Schönheit.

In regelmäßigen Abständen positionierte sie sich vor dem Spiegel, wo sie sich selbst umarmte, einen Schmollmund machte, mit Make-up herumexperimentierte und sich an ihrer knospenden Weiblichkeit ergötzte.

Mit fünfzehn dachte sie an eine Brustvergrößerung, weil sie mit ihrem kleinen Busen unzufrieden war.

Solche Albernheiten gehörten natürlich zum Reifeprozess.

Dann kam ein Tag, wie ihn die meisten erleben: der Tag, an dem ihr aufging, dass es im Leben durchaus nicht an erster Stelle auf die äußere Fassade ankam. Sie schämte sich über ihre frühere Eitelkeit, die sie als oberflächlich, dümmlich und kokett abtat.

Selbstverständlich wollte sie nicht nach ihrem Äußeren beurteilt werden, sondern nach ihren Leistungen. Natürlich durfte man sich nicht vernachlässigen (wenn die Natur einen schon so bevorzugt hatte), aber für ihr Aussehen würde sie nicht mehr Zeit als unbedingt nötig aufwenden. Stattdessen widmete sie sich mit aller Kraft der Entwicklung ihrer Fähigkeiten. Zunächst einmal galt es, sich eine solide Ausbildung zu verschaffen.

Ziemlich bald ging ihr auf, dass der Journalismus ihr am meisten lag. Der Umgang mit der Sprache war ihr schon immer leicht gefallen, und neugierig war sie von Haus aus: ein Muss, um es in dieser Branche zu etwas zu bringen. An ihrem siebzehnten Geburtstag beschloss sie, ihre gebündelte Energie auf dieses Ziel zu konzentrieren.

Ihr früher so brennender Wunsch, ein umschwärmter Star zu werden, war wie weggeblasen. Sie begriff jetzt, dass das ein naiver Jungmädchentraum gewesen war. Nein, sie wollte *seriös* und für ihre Leistungen bewundert werden, sonst nichts. Und irgendwann in ferner Zukunft würde sie Geschichte machen.

Den einen oder anderen Freund hatte sie natürlich immer mal, aber nichts Ernstes, nichts, das sie von ihrem Ziel ablenkte. Nur sporadische Verabredungen, ohne Ansprüche, nach ihren Bedingungen: Sonst lief nichts. Die Karriere stand an erster Stelle. Ihre Begleiter wechselte sie nach Bedarf aus, das Lernen ging vor.

Als ihre einzige längere feste Beziehung, Lars Öster, auf der Bildfläche erschien, hatte sie ihren Schulabschluss schon in der Tasche.

Der war so gut ausgefallen, dass sie sich auf der Journalistenschule bewarb – und angenommen wurde. Als sie dort schon ein paar Monate lernte, wurde sie von der größten Tragödie ihres Lebens getroffen. Ihre Eltern kamen in einer Lawine in den österreichischen Alpen ums Leben, wie es das Schicksal wollte in ihrem ersten Winterurlaub im Ausland und noch dazu genau an ihrem fünfundzwanzigsten Hochzeitstag – eine schwarze, furchtbare Silberhochzeit.

In ihrer Hilflosigkeit und Verzweiflung war Fanny kurz davor, das Studium hinzuschmeißen und sich irgendeinen Job zu suchen. Zum Glück konnten einige Lehrer, die das enorme Potenzial der hochengagierten Schülerin erkannten, ihr das ausreden. Auch ihre Schwester Julia unterstützte sie nach Kräften und brachte sie zu der Einsicht, dass es der reine Wahnsinn wäre, das eben erst Begonnene nicht zu Ende zu führen.

»Jetzt sind wir nur noch zu zweit«, hatten sie Arm in Arm bei der Beerdigung geschluchzt, »wir dürfen einander nie, nie verlassen.«

Nachdem Fanny die Journalistenschule erfolgreich abgeschlossen hatte, übernahm sie Aushilfsjobs im Rundfunk und bei Tageszeitungen. Sie entwickelte sich rasant, und ihre Arbeitgeber merkten sofort, dass sie es hier mit einem seltenen Talent zu tun hatten. Aber eine feste Stelle konnten sie ihr trotzdem nicht so leicht anbieten – wirtschaftlich stand es nicht eben zum Besten.

Irgendwann erhielt Fanny dann doch die Chance, als Redaktionsmitglied in einem lokalen Fernsehsender anzufangen, wo sie zunächst mit Recherchen und Wühlarbeit hinter den Kulissen betraut wurde, ehe sie vor der Kamera landete. Sie las die Nachrichten, trug Wetterberichte vor und präsentierte etliche eigene Reportagen, immer mit einer persönlichen Note, die offenbar richtig gut ankam.

Binnen kurzem stand Fanny Cordell bei Zuschauern und Kollegen hoch in der Gunst, sodass es nicht lange dauerte, bis ihr aus Stockholm das Angebot einer attraktiven Stelle in der Hauptredaktion ins Haus flatterte. Als sie gerade zusagen wollte, bot sich ihr die Chance schlechthin – völlig unerwartet, wie ein Blitz aus heiterem Himmel.

Ein Programmleiter in Göteborg wagte den Sprung ins kalte Wasser, auf eine im Prinzip unerprobte Kraft als Talkmasterin einer neuen Show nach amerikanischem Vorbild zu setzen. Der Vorschlag wurde von vielen Seiten mit einer gehörigen Portion Skepsis aufgenommen, aber der willensstarke Chef hatte eine Nase für Sensationserfolge. Er blieb standhaft und ließ sich seine Idee von nichts und niemandem ausreden.

Nach langem und zähem Kräftemessen am Verhandlungstisch konnte er seine Absichten schließlich durchsetzen. Zufrieden mit seinem Sieg, sprach er auf dem entscheidenden Meeting die Schlussworte: »Jetzt kriegt sie in ein paar Monaten wenigstens die Chance, zu zeigen, was sie drauf hat. Falls sie damit scheitert, wäre das ja nicht das erste Mal in der Fernsehgeschichte. Und das letzte Mal sicher auch nicht.«

Doch sie scheiterte nicht.

Fanny Cordell bestand die Feuerprobe. Mit Bravour. *Funny Fanny* wurde ein Riesenerfolg. Das Konzept war weder revolutionär noch besonders originell, aber die warme und herzliche Ausstrahlung der Moderatorin kam beim Publikum auf Anhieb an.

Die Show war anfänglich – ganz im Einklang mit ihrem Namen – witzig, unterhaltsam und harmlos. Aber nicht lange, und in die Sendungen wurden immer schwergewichtigere Diskussionsthemen eingeschmuggelt, ohne dass sich der Name änderte.

Der Programmleiter, der den Mut gehabt hatte, auf die neue Senkrechtstarterin zu setzen, strahlte bis über beide Ohren und forderte jeden heraus, der ihm über den Weg lief: »Never change a winning team! Nennen Sie mir einen einzigen Grund, warum wir *Funny Fanny* gegen etwas anderes eintauschen sollten.«

Niemand wollte den Namen ändern. Niemandem fiel ein Grund dafür ein.

Fanny war dort angelangt, wohin sie schon immer gestrebt hatte: im Rampenlicht. Schneller, als sie je gedacht hätte. Aber war es das überhaupt wert gewesen?

Ihr fiel Jack Londons teilweise autobiographischer Roman *Martin Eden* ein. Darin wird das ehrgeizige Streben eines armen, ungebildeten Mannes geschildert, ein berühmter Schriftsteller zu werden. Seinem selbstgesteckten Ziel dürfen sich keine Hindernisse in den Weg stellen. Dafür ist er praktisch alles zu opfern bereit. Er schläft auf dem bloßen Fußboden, um nicht eine Minute länger als nötig im Bett zu verbringen. Da er seinen Entschluss in relativ fortgeschrittenen Jahren fasst, will er keine wertvolle Zeit verlieren.

Nach langen Mühen und Plagen gelingt es ihm schließlich, sich einen Namen als Autor zu machen – um nichts als Leere zu spüren: Was, das soll alles gewesen sein?

Fanny las das Buch noch einmal und fühlte sich Jack Londons literarischer Gestalt in vieler Hinsicht verwandt. Das erschreckte sie mehr, als sie sich selbst eingestand.

Natürlich hatte ihr Promi-Status einiges Positive zu bieten – es wäre zutiefst ungerecht und undankbar, all die vielen Vorteile, die der Ruhm mit sich brachte, zu leugnen.

Aber im öffentlichen Scheinwerferlicht zu stehen, hatte eben auch seine Schattenseiten. Die ungeheure Aufmerksamkeit, die ihr zuteil wurde, schmeichelte ihr, war ihr aber auch häufig unangenehm. So etwas Besonderes war sie nun auch wieder nicht. Sie machte nur ihren Job, so kompetent sie konnte – da war doch weiter nichts dabei.

Allmählich kam es ihr so vor, als würde es immer aufreibender, ständig auf der Bühne zu stehen, selbst zu Zeiten, in denen sie früher frei gehabt hätte. Ihr Privatleben war kaum noch vorhanden, sie konnte sich nirgendwo sehen lassen, ohne von Autogrammjägern bedrängt zu werden.

Außerdem gingen offenbar alle ganz selbstverständlich davon aus, dass sie im Alltag genau wie in ihrer beruflichen Rolle ständig aus sich herauszugehen und geistreich zu sein hatte. Dabei sah sie sich selbst als eher durchschnittlichen, zurückhaltenden Menschen, wenn sie unter Leute kam, und ziemlich rasch ging ihr auf, dass sie die hoch gesteckten Erwartungen nicht erfüllen konnte.

Wenn sie darauf hinwies, dass sie privat eher der nüchterne, sachliche Typ war, lachten die Leute darüber, als hätte sie gerade den tollsten Witz gerissen.

Und ihre Frustration wuchs weiter.

Das war also der Preis, den sie für die Popularität zahlen musste, die sie früher so leidenschaftlich begehrt, so heftig herbeigesehnt hatte.

Am allermeisten beunruhigte sie dabei, dass sie schon jetzt so empfand. Schließlich war sie doch noch nicht viel länger als anderthalb Jahre eine Figur des öffentlichen Lebens. Wie würde es da später erst werden?

Solche Gedanken schob sie beiseite, denn in ihrem tiefsten Inneren sah sie ein, was sie schon immer geahnt hatte: Jede Medaille hatte eine Rückseite.

Natürlich war es schön für das Selbstbewusstsein, es aus eigener Kraft zu etwas gebracht zu haben, und die überwiegende Mehrzahl ihrer Bewunderer meinten es gut und spornten sie an.

Aber es gab eben auch negative Seiten.

Wie etwa den Neid. Der konnte ja nie ausbleiben. Manchmal war sie ungerechten Angriffen der Presse ausgesetzt, und sie wusste, dass genug Kollegen sich nichts sehnlicher wünschten, als dass sie vollständig versagte. Am besten endgültig.

Die entthronte Fernsehkönigin Gaby Swancke hatte eine regelrechte Rufmordkampagne gegen ihre Erzrivalin in Gang gesetzt, und sie war nicht die Einzige, die darauf hoffte, Fanny vernichtet, erniedrigt und gestürzt zu sehen. Und manche der Briefe, mit denen sie überschwemmt wurde, hatten auch etwas Bedrohliches. Im Vergleich zu all den vielen netten, freundlichen Grußworten waren es zwar nur wenige

Schmähbriefe, aber ausgerechnet diese üblen Schmierereien blieben ihr im Gedächtnis haften.

Ein Schauspieler – sie wusste nicht mehr, wer – hatte das einmal ungefähr so beschrieben: »Einen Verriss merkt man sich besser als hundert Elogen.«

So überspitzt das auch formuliert war, ganz Unrecht hatte er nicht.

8 Fanny begab sich nicht gern ins Menschengewühl. Und wenn doch, bemühte sie sich stets um eine Begleitung, die sie vor allzu aufdringlichen Fans beschützen konnte. Nur sehr selten ging sie allein in ein Restaurant, aber vor kurzem hatte sie es doch gewagt, im Stadtteil Nordstan für ein schnelles Mittagessen ein kleines Restaurant zu betreten.

Das hätte sie besser nicht getan.

Sie fand einen, wie es den Anschein hatte, ruhigen Tisch ganz hinten in einer Ecke und hatte gerade ihre Bestellung aufgegeben, als sich ihr eine ältere, burschikose Frau energischen Schrittes näherte. Fanny begann nach einem Stift zu kramen, weil sie davon ausging, dass die Dame ein Autogramm wollte.

Aber so einfach kam sie nicht davon.

Keinem der Anwesenden entging auch nur eine Silbe, als die Dame mit schriller, penetranter Stimme loswetterte: »Ich muss schon sagen, Ihre so genannten Talkshows sind ja nun wirklich kein Aushängeschild! Scheußlicher Abklatsch das. Ein totaler Pfusch.«

Warum bin ich nur hier reingegangen?

»Dieses ganze billige, vulgäre Zeug scheint ja voll im Trend zu liegen, was weiß ich. Gott bewahre! Ich bin ja nur eine alte überflüssige Rentnerin. Auf der Abschussliste. Aber ich hab mich noch nie davor gescheut, die Wahrheit zu sagen.«

Was für eine Wahrheit, du alte Schreckschraube? Wofür hältst du dich, dass du das entscheidest?

Beim Klang der sich überschlagenden Stimme drehten sich alle Köpfe unauffällig zu ihnen um. Fanny war natürlich schon längst erkannt worden, aber alle hatten so getan, als bemerkten sie nicht, dass sich eine derart prominente Person in der Mittagszeit zu ihnen gesellte.

Jetzt, nach den heftigen Angriffen der vierschrötigen Dame, durften sie ihr Interesse offen zeigen, wenn auch diskret und auf Abstand, ohne hineingezogen zu werden.

»Mir ist vollkommen schleierhaft, wieso Ihre so genannten Shows dermaßen hohe Einschaltquoten haben. Alle, mit denen ich rede, finden sie zum Davonlaufen. Wirklich der letzte Dreck«, kreischte die Dame und beugte sich so weit vor, dass eine Wolke ihres abgestandenen Sherry-Mundgeruchs über den Tisch herüberwehte. Außerdem verbreitete sie eine Wolke süßlichen Parfüms, von dem Fanny schlecht wurde.

»Ich wäre Ihnen dankbar«, sagte sie leise und ruhig, »wenn Sie mich ungestört und in Ruhe mein Essen verzehren ließen.«

»Unverschämt ist sie auch noch. Was kann man von so einer schon erwarten!«

»Würden Sie bitte meinen Wunsch respektieren?«

Der knallrot geschminkte Mund schnaubte verächtlich, während die bösen Augen Blitze abschossen.

Offensichtlich dachte sie über eine vernichtende Entgegnung nach, aber ihr fiel nichts Geeignetes ein, denn wenig später gab sie es auf. Sie zuckte mit den Schultern und begab sich in ihrem kostbaren Wildledermantel mit wiegenden Hüften davon, während sie sich sympathieheischend nach den anderen Mittagsgästen umsah.

»So sind sie, die so genannten Fernsehstars. Halten sich für was Besseres. Meinen, sie könnten sich gegenüber uns gewöhnlichen Sterblichen aufführen, wie es ihnen passt. Uns mit einer Handbewegung verscheuchen, als wären wir Schmeißfliegen. Aber die Wahrheit vertragen sie ja nicht. Glauben, sie könnten sich alles erlauben, nur weil sie so genannte Promis sind!«

Niemand äußerte sich zu ihren Worten. Plötzlich hatten alle vollauf mit ihren Tellern und Kaffeetassen zu tun. Niemand schielte mehr zu Fanny Cordell hinüber. Die aufdringliche Person verschwand mit ihrem Wildledermantel, der Parfümwolke und dem dick aufgetragenen Make-up, nachdem sie sich in der Tür noch einmal umgedreht und demonstrativ ihr dauergewelltes, grell gefärbtes Haar geschüttelt hatte.

Minutenlang hing peinliches Schweigen über dem Lokal.

Ein einziger Gast – ein kahlköpfiger Mann mittleren Alters – zeigte Fanny sein Mitgefühl mit einem Kopfschütteln in Richtung der Tür, durch die die rabiate Rentnerin verschwunden war. Ansonsten reagierte kein Einziger auf die bizarre Szene, die sie soeben alle miterlebt hatten.

Fanny blieb fast eine halbe Stunde länger als ursprünglich geplant am Tisch sitzen, obwohl sie dringend zur Toilette musste und im Sender zurückerwartet wurde.

Sie wollte einfach abwarten, bis alle Zeugen des peinlichen Auftritts gegangen waren. Erst als sie feststellte, dass die gesamte Kundschaft des Lokals gewechselt hatte, nahm sie ihren Mut zusammen, stand auf und verließ das Lokal mit dem festen Vorsatz, nie wiederzukommen.

Obgleich sie wusste, dass keiner der jetzt Anwesenden ihre Schmach erlebt hatte, war ihr äußerst unwohl in ihrer Haut. Zu ihrem Glück war niemand vom Personal dabei gewesen, als die grässliche Person sie so plump und dreist angegriffen hatte.

Ein Gedanke streifte sie kurz: Was, wenn Gaby Swancke die eklige alte Schachtel als »Strohfrau« angeheuert hatte, nur um der Genugtuung willen, ihrer Rivalin mal so richtig eins auszuwischen?

Die Idee verwarf sie gleich wieder.

Alles hatte seine Grenzen.

Doch das Unbehagen wich den ganzen Nachmittag über nicht von Fanny.

Erst gegen Abend gelang es ihr, den stechenden Blick, den grotesk geschminkten Mund, das widerliche Parfüm, die grelle Stimme und die harten Worte von sich abzuschütteln. Sie sagte sich, dass sie doch bisher im Großen und Ganzen von solcherlei brutalen öffentlichen Hinrichtungen verschont geblieben war. Warum also sich beklagen? Wenn man sich freiwillig in so eine harte, exponierte und schonungslose Branche begab, musste man eben auch einiges einstecken können. Heute kam es ihr schon fast ein wenig lächerlich vor, dass ihr vor kaum fünfzehn Jahren das Rampenlicht als einziges wesentliches Ziel im Leben vorgeschwebt hatte.

Jetzt hatte sie erreicht, wovon sie geträumt hatte, aber war es eigentlich etwas so Erstrebenswertes?

Sie versuchte, nicht mehr an die Szene im Restaurant in Nordstan zu denken.

Doch das war noch nicht alles, was sie bedrückte.

Bosse Svärds Annäherungsversuche gingen ihr allmählich furchtbar auf die Nerven. Und über Lars Östers unbegründete finanzielle Ansprüche regte sie sich immer mehr auf.

Was Svärd anging, war sie lange der Überzeugung gewesen, er rede nur unreif und harmlos daher. Inzwischen begriff sie, dass der pausbäckige Produzent ernsthaft Absichten auf sie hatte. Er hatte mit sich selbst gewettet, sie verführen zu können, und etwas in seinem Blick verriet, dass er fest daran glaubte, seinen Vorsatz durchführen zu können.

Aber er würde eine herbe Enttäuschung erleben.

Fanny dachte nicht daran, seinen Attacken nachzugeben.

Was sie anging, konnte er ins Bett hüpfen, mit wem er wollte – bis auf zwei Ausnahmen: weder mit ihr noch mit Julia.

Nie im Leben.

Allerdings war die Situation nicht ganz unproblematisch. Wenn er so weitermachte, würde das auf lange Sicht ihre Zusammenarbeit ernsthaft gefährden. Fanny wusste, das sie die Fäden in der Hand hielt. Wenn sie einen neuen Produzenten verlangte, würde man ihr das gewähren, ohne dass sie überhaupt begründen müsste, warum.

Aber vor einer so drastischen Lösung schreckte sie doch zurück. Im Grunde genommen war sie konfliktscheu, stritt sich nicht gern unnötig. Und die Entlassung eines kompetenten Fachmanns aus rein persönlichen Gründen wollte sie sich natürlich auch nicht gern aufs Gewissen laden. So springt man nicht mit seinen Mitmenschen um, nur weil sie einem ein wenig zur Last fallen.

Jetzt musste sie nur die Frühjahrsstaffel genau nach Plan zu Ende führen, und nach ihrem sehnlichst erwarteten Urlaub würde sie ein klärendes Gespräch mit ihm führen.

Wenn er dann immer noch keine Vernunft annahm, hatte sie wohl keine andere Wahl, als die Zusammenarbeit zu beenden, so schmerzhaft solch eine Maßnahme auch sein mochte.

Sie vermutete, dass er ein recht zäher Bursche war. Hinter seiner jovial-geschwätzigen Fassade lauerte etwas, das ihr unheimlich war. Bo Svärd durfte man nicht unterschätzen.

Und Lasse Öster war ihre zweite Sorge. Ihr Ex-Freund ließ ein wenig zu oft von sich hören, und immer ging es dabei nur um das eine: Geld.

Während ihrer stürmischen Beziehung hatte er eine verblüffende Fähigkeit an den Tag gelegt, sie um ihr sauer Verdientes zu erleichtern, und dieses Talent wollte er einfach nicht aufgeben.

»Wer von uns beiden hat die Brötchen verdient, als du im letzten Jahr auf der Journalistenschule warst?«, hatte er in einem der letzten von vielen nervenaufreibenden Telefonaten gefragt. »Jetzt will ich nur ein Scherflein davon wiederhaben, ist das wirklich zu viel verlangt?«

»Darüber, wer wen finanziert hat, solltest du dir lieber kein Urteil erlauben. Bist du übrigens so dämlich, zu glauben, dass ich im Geld schwimme, nur weil ich beim Fernsehen bin?«

»Scheiße, Fanny! Denkst du, ich wüsste nicht, dass du dir Tag für Tag eine goldene Nase verdienst? Für dich ist es eine Kleinigkeit, einem alten Freund aus der Patsche zu helfen, aber du erhebst das ja zum Prinzip, so viel ist klar.«

»Begreif doch endlich, dass zwischen uns schon lange Schluss ist und dass wir keine Forderungen mehr an den anderen stellen können. Weder du noch ich.«

»Sei doch nur dieses eine Mal ein bisschen nett.«

»Nein. Aber aus reiner Neugier: Wie viel brauchst du eigentlich?«

»Es geht um 350 000 Kronen. Die Bank verlangt …«

»350 000! Das verstehst du also unter Kleinigkeit?«

»Wenn du unterschreibst, bekomme ich den Kredit und kriege das Alleinverkaufsrecht für eine deutsche Schuhmarke. Ein todsicheres Geschäft.«

»Das kannst du vergessen, denn wenn wir schon einmal dabei sind zu spekulieren: Was hast du für Sicherheiten?«

»Da musst du dich auf mich verlassen.«

Sie lachte.

»Auf dich verlassen? Ich kenne niemanden, auf den ich mich weniger verlassen würde. Mein Gedächtnis ist nämlich noch in Ordnung. Und ich kann mich an so einiges aus der Zeit mit dir erinnern, obwohl ich mir größte Mühe gebe, es zu vergessen.«

»Du hilfst mir also nicht?«

»Endlich hast du es kapiert.«

»Solange du in der Ausbildung warst, war ich dir gut genug«, schimpfte er. »Aber jetzt, wo du ganz oben an der Spitze angekommen bist, wirfst du mich weg wie eine leere zerknüllte Papiertüte.«

»Blödsinn! Du weißt so gut wie ich, dass wir uns getrennt haben, bevor ich meine Sendung bekam. Ich schulde dir rein gar nichts. Und das weißt du auch. Rein rechtlich kannst du deine haltlosen Ansprüche an nichts festmachen.«

»Juristisch vielleicht nicht. Aber moralisch.«

»Erzähl du mir nichts von Ethik und Moral. Solche Worte dürftest du überhaupt nicht in den Mund nehmen. Wann hast du je Rücksicht auf mich genommen? Antworte gefälligst! Wenn die Leute wüssten, wie du mich behandelt hast, kämen sie aus dem Staunen nicht mehr raus. Die Zeit mit dir war scheußlich, und ich bin überglücklich, dass ich noch rechtzeitig von dir losgekommen bin. Hörst du? ÜBERGLÜCKLICH!«

»Du hörst noch von mir«, brüllte er unbeherrscht und knallte den Hörer auf.

»Das ganz bestimmt«, sagte sie ins leere Zimmer hinein.

Heute Abend, drei Tage nach dem hitzigen Wortwechsel, erklang seine Stimme auf ihrem Anrufbeantworter: »Glückwunsch. Jetzt hast du deinen Willen. Die Schuhvertretung ist mir durch die Lappen gegangen, also wirst du hoffentlich zufrieden sein.«

Rasend vor Wut griff sie zum Hörer und rief ihn an.

»Hallo.«

»Was kann ich dafür, dass du nichts auf die Reihe kriegst?!«

»Bist du es?«

»Versuch ja nicht, mir für deine ständigen Pleiten die Schuld zuzuschieben, das lass dir gesagt sein.«

»Schrei leiser. Wenn du mir geholfen hättest, hätte ich jetzt meine Schäfchen im Trockenen.«

»Bildest du dir das wirklich ein? Du bist doch eine einzige Witzfigur.«

»Fahr zur Hölle. Zur Hölle!«

Fanny musste sich einen kleinen Whisky einschenken, um sich zu beruhigen. Sie hätte ihn nie anrufen dürfen.

Unverschämte alte Hexen, sexhungrige Fernsehproduzenten und geldgierige Ex-Freunde – wer hatte je behauptet, das Leben sei komplikationsfrei?

9 Thomas Hanssons Pläne, eine Aufzeichnung von *Funny Fanny* persönlich zu besuchen, ließen sich rascher realisieren, als er erwartet hatte.

Aus verschiedenen Gründen hatte er lange gezögert, sich unter das Publikum zu mischen. Unter anderem war er sich nicht sicher gewesen, ob er auch wirklich in den Zuschauerreihen sitzen wollte. (Was, wenn er von ihr enttäuscht war? Wenn es überhaupt nicht so zuging, wie er es sich zu Hause vor dem Fernsehapparat ausgemalt hatte?)

Aber vor allem hatte er sich vorgestellt, nur ausgewählte Gäste dürften an den Sendungen teilnehmen. Ein Arbeitskollege hatte nämlich behauptet, die begrenzten Studioplätze stünden ausschließlich Zuschauern zur Verfügung, die von den Verantwortlichen im Sender eigens eingeladen würden, und Thomas war der Sache nicht weiter nachgegangen.

Jetzt hatte er jedenfalls Klarheit. Er hatte ganz einfach beim Sender in Göteborg angerufen und auf seine Nachfrage die Auskunft erhalten, er könne sich auf die Warteliste für Eintrittskarten setzen lassen.

»Wie lang ist die Wartezeit?«

»Sie sind nicht der Einzige, der diese Idee hat«, sagte die

freundliche Dame in der Zentrale, »es könnte also vielleicht ein wenig dauern. Aber einen Moment, dann verbinde ich Sie mit einer Studiohostess, die Ihre Daten aufnehmen kann.«

Die Studiohostess war ganz genauso freundlich und hilfsbereit wie die Vermittlerin. Sie erklärte ihm, zur Zeit seien etwa sechshundert Interessenten vor ihm an der Reihe.

Die Enttäuschung war groß, bis sie ihn wieder aufmunterte: »Aber wir verkaufen jede Woche ein paar hundert Karten, Anfang Mai müsste der Andrang also nachlassen. Vielleicht kommen Sie in eine der drei letzten Sendungen. Wenn Sie mir Ihre Telefonnummer geben, rufe ich Sie bestimmt an, wenn etwas zurückgegeben wird. Wie viele Karten brauchen Sie?«

»Ich komme allein«, sagte er.

»Ah, dann geht es noch schneller. Die meisten bestellen zwei oder mehr Tickets. Und dann rücken Firmen und Vereine mit ganzen Busladungen an. Aber eine Person können wir problemlos dazwischenschieben.«

»Kostet das was?«

»Nicht einen Öre.«

»Dann danke ich Ihnen.«

Er brauchte nur zwei Tage zu warten.

Durch eine Absage war in der nächsten Mittwochsshow etwas frei geworden.

Die letzte im April.

»Wäre Ihnen das recht?«

Na und ob!

Er bedankte sich mit klopfendem Herzen.

Nun brauchte er also gar nicht mehr bis nach ihrem Urlaub zu warten.

Das war die Nachricht, die er sich gewünscht hatte.

Die Gelegenheit war günstig und wartete nur auf ihn.

Jetzt durfte er sie nicht vermasseln.

Bald würde er *ihr* begegnen.

Dafür waren natürlich etliche Vorbereitungen erforderlich.

Er machte sich umgehend an die Arbeit.

10 Während der Laufzeit der Staffel trat die Redaktionskonferenz für *Funny Fanny* an jedem Wochentag zusammen. Die Hauptperson nahm selbstverständlich an allen Sitzungen teil, ebenso die Projektleiterin Boel Ahlqvist, der Produzent Bo Svärd und die Aufnahmeleiterin Carita Zell. Außerdem waren das Scriptgirl und mindestens ein anderes Redaktionsmitglied dabei – heute Magnus Olandersson, ein karrierebewusster junger Mann mit schier endloser Energie, spitzen Ellenbogen und der Sorte Bissigkeit, wie sie für erfolgreiche Recherchen vonnöten ist.

Die überhebliche Selbstzufriedenheit stand ihm so glasklar ins Gesicht geschrieben, dass Fanny sofort wusste: Der hatte was in der Hinterhand. Irgendwann würde er schon damit rausrücken.

Ihre Meetings hatten sie in den ersten Stock des Senders verlegt, genau dahin, wo die Treppe aus dem großzügigen Foyer mündete. Vor ihnen lag die Personalkantine (zur Zeit leer), hinter ihnen die Bibliothek. Damit lagen sie im Blickfeld aller, die durchgingen, aber das war ihnen nur recht so. Manchmal war das ein wenig geräuschvoll, aber auf diese Weise hatten sie das Gefühl, dicht am Puls des Geschehens zu sein.

Die Routineangelegenheiten waren rasch erledigt, und Fanny sagte: »Ein Rekord! So schnell waren wir noch nie.«

»Wir sind noch nicht ganz fertig«, sagte Boel Ahlqvist.

Ihr Tonfall verriet, dass sie etwas Wichtiges mitzuteilen hatte. Um den Ernst der Lage zu unterstreichen, stand sie auf und trat ans Panoramafenster. Hinter ihr hielt gerade die Straßenbahn an der Bögatan-Haltestelle. Fahrgäste stiegen aus dem blauen Wagen ein und aus, bevor er wieder anfuhr, während die Projektleiterin mit feierlicher Gebärde die Hand hob.

»Ich habe eine Idee.«

Vier Paar Augen sahen sie neugierig an. Nur Magnus Olandersson wusste offensichtlich schon, was da kommen würde. Er tat seiner Selbstzufriedenheit keinen Zwang mehr an, während er sich mit seinen Nagelhäuten befasste.

»Und es ist keine schlechte Idee. Ich schlage vor, dass wir unseren Kaffee mitnehmen und einen Stock höher gehen.«

»Warum diese Heimlichtuerei?«

»Es gibt Sachen, die nicht aus dem innersten Kreis hinausdringen dürfen.«

»Und so eine Sache ist das hier?«

»Allerdings.«

»Gut, dann gehen wir.«

Im nächsten Stock saßen die Mitarbeiter in ihren Büros und Arbeitsnischen an langen Korridoren und gingen ihren jeweiligen Arbeiten nach. In der Nähe der Treppe lag ein kleiner Sitzungsraum, in den Boel Ahlqvist ihr überschaubares Team führte.

»Setzt euch«, sagte sie. »Also gut. Fangen wir an. Sagt euch der Name Sven-Erik Olsson etwas?«

»Nicht viel«, antwortete Bo Svärd.

Funny überlegte laut: »Das klingt ja nicht gerade wie der seltenste schwedische Name …«

Bis sie die Stirn runzelte, weil ihr etwas einfiel: »Meinst du *den* Sven-Erik Olsson?«

»Genau den.«

»Das ist doch nicht dein Ernst?«

»O doch.«

»Ich meine, hast du vor, was ich glaube, dass du vorhast?«

»Ja, wenn du glaubst, ich habe vor, dass wir ihn in die Show holen. Dann liegst du haargenau richtig.«

Fanny schüttelte so heftig den Kopf, dass ihre aschblonden Haare hin und her flogen.

»Nie im Leben.«

»Sei nicht so oberlehrerhaft.«

»Nicht mit mir.«

»Du wirst dich überzeugen lassen.«

»Wenn ihr den Mann reinnehmt, könnt ihr euch nach einer anderen Moderatorin umsehen.«

»Wir nehmen ihn rein. Und zwar mit derselben Talkmasterin wie immer.«

»Wollen wir in der Sendung jetzt etwa Mörder und Gewaltverbrecher verherrlichen? Ist das deine Absicht? Wollen wir das ganze Vertrauen des Publikums zerstören, das wir aufgebaut haben?«

»Niemand wird bei uns verherrlicht. Wir lassen ihn nach all den Jahren im Gefängnis zu Wort kommen. Daraus kann atemberaubendes Fernsehen werden. Daraus *wird* atemberaubendes Fernsehen werden. Wenn man es richtig anpackt. Und wer, wenn nicht du, kann diesen Funken zünden?«

Bosse Svärd stimmte zu: »Ich finde, Boel hat Recht. Das ist Zündstoff.«

Fanny schüttelte nochmals den Kopf.

»Habt ihr vergessen, dass es Begriffe wie Ethik und Moral gibt? Was für Signale geben wir unseren Zuschauern, wenn wir ihnen einen Gewalttäter vorführen, der einen brutalen Mord an einem jungen Mädchen gestanden und gebüßt hat? Wisst ihr nicht mehr, was Menschenrechtsexperten wie Hagge Geigert über die Geschmacklosigkeit gesagt haben, Typen wie zum Beispiel Christer Petterson oder Clark Olofsson ans Licht der Öffentlichkeit zu zerren? Ich will mich jedenfalls nicht daran beteiligen, aus Sven-Erik Olsson einen Helden zu machen.«

»Wir werden Olsson nicht glorifizieren. Es geht nicht um Reklame für seine Autobiographie, falls er vorhat, eine zu schreiben. Wir bieten ihm die gleiche Gage an wie allen anderen Mitwirkenden und absolut keine Sonderbehandlung. Wir werden von ihm profitieren, nicht umgekehrt.«

»Mir gefällt die Idee nicht.«

»Wir hatten auch früher schon Gäste aus dem Gefängnis. Erinnerst du dich?«

»Noch nie einen Mörder. Nur Kleinkriminelle, jedenfalls im Vergleich zu Olsson.«

»Bitte, Fanny. Hör mir jetzt mal ganz genau zu. Wir werden nicht in irgendwelchen schmutzigen Einzelheiten wühlen, sondern das Interview mit dem Menschen ganz geradeheraus und unsentimental führen. Ich bin mir hundertprozentig sicher, dass das ein Hit wird. *Funny Fanny* lässt den Frauenmörder Olsson nach langer Haftstrafe zu Wort kommen – das ist doch ein gefundenes Fressen, oder?«

»Wie lange hat er gesessen? Zehn Jahre?«

»Nicht ganz«, sagte Boel Ahlqvist und wandte sich Carita Zell zu. »Was meinst du?«

Die Aufnahmeleiterin nickte.

»Es könnte klappen. Ich bin dafür.«

»Ich auch«, stimmte das Scriptgirl zu.

»Dann bleibt uns nur noch eine Person zu überzeugen.«

Fanny spürte, dass sie nachgab. Der Vorschlag hatte einen gewissen Reiz, das musste sie zugeben. Vielleicht hatten sie Recht: Es könnte einschlagen wie eine Bombe. Die Journalistin in ihr horchte auf. Und Carita Zell lag nur sehr selten daneben.

Wenn man die Sache geschickt und vorsichtig genug anging, konnte es ein spannendes Gespräch werden: sie und ein eiskalter, gewissenloser Mörder Auge in Auge, live übertragen – da würde ganz Schweden vorm Bildschirm hängen.

Ob Olsson Reue zeigen würde? Versuchen, seine unverzeihliche, so lange zurückliegende Tat zu entschuldigen? Zu rechtfertigen? Mit Hintergrundinformationen herausrücken, die bislang übersehen wurden? Aufschlussreiche Enthüllungen aus seinen verschwendeten Jahren im Gefängnis liefern?

Doch: Es müsste klappen, wie Carita Zell gesagt hatte.

Und doch war Fanny noch nicht zur bedingungslosen Kapitulation bereit. Zumindest wollte sie sich den Anschein geben, als sträubte sie sich.

»Hinter all dem steckt ein unangenehmes, spekulatives Motiv, das lässt sich nicht leugnen.«

»Was ist heute nicht spekulativ?«, konterte Bosse Svärd. »Als Journalist darf man nicht päpstlicher sein als der Papst.«

»Ist euch klar, wie viele Leute es uns übel nehmen werden, wenn wir einen Mörder ins Rampenlicht stellen?«

»Das ist uns klar«, antwortete Boel, »aber das Risiko gehen wir ein. Mit dem einen oder anderen unvermeidlichen Protestgeschrei werden wir schon fertig. Deshalb habe ich gedacht, dass wir Olsson in die letzte Folge der Staffel packen sollten, dann können sich die Gemüter den Sommer über beruhigen, falls wir wider Erwarten doch negative Reaktionen bekommen.«

»Schlau überlegt! Aber hatten wir nicht schon den Kerl mit den Löwen und den Schakalen für das Finale?«

»Den Löwen und den Hyänen«, korrigierte die Projektleiterin. »Doch. Das wird auch garantiert ein Highlight. Wenn wir alles andere tüchtig zusammenstutzen, sollten wir reichlich Platz für beide haben. Wir legen ein bombastisches Saisonfinale hin, dann haben die Leute was, worüber sie den Sommer reden können. Wir packen eine Musiknummer zwischen den Löwenmann und den Mörder, mehr geht dann nicht mehr rein. Außer dem Cut mit Tagesaktuellem natürlich.«

»Können wir nicht noch mehr Mörder einladen, ein rundes Dutzend, die Jailhouse Rock singen, während ich Olsson auseinander nehme?«, schlug Fanny ironisch vor.

Boel Ahlqvist verzog keine Miene.

»Wenn du willst.«

»Kriegt ihr den Kerl überhaupt aus dem Gefängnis raus?«

»Kein Problem. Magnus hat das schon im Vorfeld bei den Behörden abgecheckt und grünes Licht bekommen. Mit den richtigen Kontakten kriegt man alles geregelt.«

Der junge Rechercheur ließ von seinen Nagelhäuten ab und sah auf. Fanny fand, dass er selbstzufriedener und überheblicher aussah denn je.

»Ihr beide habt euch das hier offenkundig genau überlegt. Warum habt ihr die Karten nicht gleich offen auf den Tisch gelegt? Da kann man sich ja richtig überrumpelt vorkommen, so als hättet ihr das hinter unserem Rücken ausgeheckt.«

»Wir wollten euch nicht unnötig in Alarmbereitschaft versetzen, ehe wir uns sicher waren, dass sich die Idee überhaupt durchführen lässt.«

»Wie umsichtig. Danke für euer Vertrauen. Aber was sagen die Angehörigen des Opfers … wie hieß das Mädchen übrigens? Ich kann mich nicht an den Namen erinnern.«

»Lisette Agnelius.«

»Was glaubt ihr, was Lisette Agnelius' Angehörige davon halten, dass wir den Mann, der ihre Tochter ermordet hat, im Fernsehen vorführen?«

»Das werden wir ja sehen. Aber eigentlich sollte das nicht unser Problem sein. Niemand kann uns daran hindern, das Interview durchzuführen. Wenn Olsson sich dazu bereit erklärt, ist die Sache klar.«

»Ich hatte schon immer den Verdacht, dass du eine große Zynikerin bist, Boel. Und jetzt habe ich den Beweis.«

»Ich bin Realistin, was vielleicht einen gewissen Zynismus voraussetzt, wer weiß. Aber ich kann dich insofern beruhigen, als ich ihre Angehörigen natürlich rechtzeitig vorab informieren werde. Nach Möglichkeit auch ihre Genehmigung einholen, obwohl das eigentlich kein Muss wäre.«

»Na gut«, gab Fanny nach. »Dann legen wir also los mit *The Murder Show* – wenn der Mörder mitspielt.«

»Das wird er schon, das kann ich euch versprechen. Toll, Fanny, dass du in einem Boot mit uns bist.«

»Bin ich das? Auf jeden Fall brauche ich jede Menge Hintergrundinformationen.«

»Kannst du haben«, sagte Magnus Olandersson, klappte ein Aktenköfferchen auf und fischte einen Stapel Papiere und Fotokopien von Zeitungsausschnitten aus einer durchsichtigen Plastikhülle. »Ich bin an der Sache dran, seit Boel vor ein paar Wochen ihre glänzende Idee hatte. Hier hast du schon mal was für den Anfang. Später bekommst du mehr.«

Fanny bedankte sich mit einem Nicken.

Sie musste zugeben, dass Magnus äußerst effektiv war, wenn er sich von dieser Seite zeigte. Wenn er dabei nur nicht dieses unerträglich wichtigtuerische und selbstgefällige Gesicht machen würde.

11 Der große Tag war da. Heute Abend würde er Fanny endlich leibhaftig vor sich sehen, ohne den Filter des Bildschirms dazwischen.

Er holte tief Luft, ehe er sich zur Fahrt nach Göteborg ins Auto setzte. Jetzt war es soweit: Die letzten vorbereitenden Schritte vor ihrem Treffen waren einzuleiten, und ein leichter Anflug von Nervosität machte sich bemerkbar. Aber damit wusste er umzugehen.

Es würde schon werden. Da war er sich sicher.

Kurzfristig hatte er mit dem Gedanken gespielt, ein Doppelzimmer zu buchen, für alle Fälle. Man konnte nie wissen. Es war nicht ausgeschlossen. Dann hatte er aber doch kurz entschlossen ein Einzelzimmer genommen, wofür er nur dankbar war, während er jetzt in dem lebhaften Verkehr auf der Autobahn Gas gab.

Wenn Fanny die war, für die er sie hielt – und er *wusste*, was für eine sie war –, würde sie nicht schon in der ersten Nacht mit ihm aufs Hotelzimmer gehen.

Jedenfalls nicht, um mit ihm zu schlafen.

Wenn doch, hätte sie das ohnehin irgendwie in ihrem Wert herabgesetzt. Es ging ihm gegen den Strich, sie als billig und leicht zu haben einzustufen. Was sollte er von einer Frau halten, die sich umstandslos einem Fremden hingab? Daraus würde natürlich nur Misstrauen in die Zukunft erwachsen, wenn sie erst einmal zusammen waren und ihre unumgängliche Beziehung felsenfest stand.

Aber er hatte ja nichts zu befürchten. Fanny Cordell war keine von der Sorte, die mit einem Mann ins Bett hüpfte, den sie eben erst kennen gelernt hatte. Sie hatte Stil. Sie war groß und unvergleichlich. Sie würde sich für den Richtigen aufsparen.

Und zwar für ihn, Thomas Hansson.

Selbstverständlich wusste er, dass er sie nicht unberührt bekommen würde. So naiv war er nun auch wieder nicht. Eine Traumfrau wie Fanny war natürlich mit einunddreißig keine Jungfrau mehr, das wäre nun doch zu viel verlangt. Außerdem konnte er schließlich lesen. Er wusste ganz genau, dass sie längere Zeit mit dieser Vogelscheuche aus Linköping liiert gewesen war, einem gewissen Lars Öster. Das hatte die Klatschpresse oft genug ausgeplaudert.

Es gab ein paar Fotos von dem hässlichen Widerling, und er sah nicht so aus, als begnügte er sich damit, brav neben einer Frau zu sitzen und Händchen zu halten. Vielmehr schien er einer zu sein, der nichts anbrennen ließ.

Der Gedanke, dass dieser Öster mit Fanny geschlafen hatte (und zwar viel zu oft, wie man sich denken konnte), war so unerträglich, dass Thomas ihn gewaltsam zurückdrängen musste. Er nährte einen tiefen Groll gegen einen, der so unverdient in den Genuss gekommen war, mit der schönsten Frau der Welt alles zu erleben.

Was hatte der Typ schon vorzuweisen, um so eine Gunst genießen zu dürfen?

Nun ja, das ließ sich jetzt nicht mehr ungeschehen machen, und er musste sich damit trösten, dass Fanny schon vor ziemlich langer Zeit mit dem Flegel aus Östergötland Schluss gemacht hatte.

Thomas sagte sich, Fanny sollte nie für vergangene Fehler büßen müssen. Wenn er sie erst einmal hatte, kam es nicht in Frage, ihr früheres Liebesleben ans Licht zu zerren. So primitiv und kleinlich war er nicht. Er hatte nicht vor, sie für alte Verfehlungen zur Rechenschaft zu ziehen – jeder hat so seine Jugendsünden, da musste er tolerant sein. Dennoch schmerzte es ihn furchtbar, sich die Göttliche in den Armen eines anderen vorzustellen, da gab es kein Vertun.

Aber Thomas sah ein, dass er diese Zwangsvorstellungen verdrängen musste. Auf weitsichtiges Handeln kam es an. In die Zukunft musste er blicken, nicht zurück. Er war vollkommen davon überzeugt, dass er sein angestrebtes Ziel erreichen würde, etwas anderes kam für ihn überhaupt nicht in Frage. Doch musste er vorsichtig vorgehen, nicht zu plump und gefühllos.

Es würde sicherlich seine Zeit brauchen – aber dann würde er alles bekommen, was er sich wünschte. Den Grundstein würde er jedenfalls schon an diesem Abend legen, wenn die Fernsehkameras im Studio ausgingen. Es war äußerst wichtig, dass ihre Beziehung einen guten Anfang nahm. Die Verbindung sollte ja das ganze Leben halten, und der erste Eindruck war oft ausschlaggebend.

Seine Strategie war einfach: Er würde versuchen, nach der Sendung mit ihr in Kontakt zu kommen. Vielleicht bot er ihr an, mit ihm etwas trinken zu gehen (er würde die beliebte Bar des Park-Hotels vorschlagen), oder, noch besser: Er lud sie zum Essen ein. Er hatte sich schon erkundigt, dass es etliche Restaurants gab, die auch spät noch geöffnet hatten.

Nun konnte er sich natürlich nicht sicher sein, dass aus diesen Plänen etwas wurde. So umschwärmt, wie sie war, konnte sie durchaus schon etwas anderes vorhaben. Damit musste er rechnen. In dem Fall würde er ihr eine Verabredung zu einem späteren Zeitpunkt vorschlagen.

Selbstverständlich durfte Fanny Zeit und Ort aussuchen. Bei der Arbeit standen ihm noch mehrere Urlaubstage zum Abbummeln von Überstunden zu. Er hatte einen hervorragenden Ruf in seiner Firma, konnte seine Vorgesetzten um den kleinen Finger wickeln, galt als zuverlässig und fleißig (und hatte auch immer sein Bestes gegeben).

Thomas war sich darüber im Klaren, dass ihm schwer zu widerstehen war, wenn er in die Charmeoffensive ging. Das zeigte sich ja allein daran, dass es schon fast lachhaft leicht für ihn gewesen war, Mädchen aufzureißen. Damit hatte er noch nie auch nur das mindeste Problem gehabt. Meist brauchte er sich nicht einmal die Mühe des Anbaggerns zu machen. Überall ergaben sich Gelegenheiten, er musste nur zugreifen.

Die so entstandenen Kontakte aufrechtzuerhalten, fiel ihm schon schwerer. In seinen Augen lag das allerdings hauptsächlich an den Mädchen. Er wollte ja nicht wählerisch erscheinen, aber ehrlich gesagt hatte keine von denen, die ihm bisher begegnet waren, einen auf längere Sicht brauchbaren Eindruck gemacht.

Jetzt, im Vergleich mit Fanny, gaben seine Ex-Bekannten ein besonders schwaches Bild ab, und zwar ausnahmslos.

Zwischen ihnen und Fanny lagen Lichtjahre, und er schätzte sich glücklich, ihre Begleitung los zu sein. Das waren lauter Nullen, und er begriff nicht, wie er sich überhaupt mit ihnen hatte abgeben können. Was, wenn er in einer öden Ehe mit so einem farblosen Geschöpf festsäße und sich Kinder und belastende Pflichten als Versorger hätte aufhalsen lassen?

Das hätte ihm ja die gesamte Zukunft verbaut.

Ihn schauderte allein bei dem Gedanken daran.

Am Abend vor der Fahrt nach Göteborg war er viel später als sonst ins Bett gegangen, nachdem er seine Nerven damit zu beruhigen versucht hatte, die Videokassetten mit den drei besten Shows von Fanny anzusehen. Alle Szenen, in denen sie nicht vorkam, spulte er rasch vor. Wie gewöhnlich. Er wollte doch nur sie in Bild und Ton haben.

Normalerweise schlief er leicht ein, aber diesmal kam er einfach nicht zur Ruhe. Erst gegen vier Uhr morgens tat er ein Auge zu.

Nach ein paar Stunden unruhigem Schlaf und einem ausgiebigen Frühstück hatte er sich auf die Fahrt nach Göteborg gemacht, wo er erst einmal im mittäglichen Stoßverkehr stecken blieb. Er hatte noch mehrere Stunden, ehe er zum Sender musste, aber er wollte auf jeden Fall rechtzeitig da sein, um sich auszuruhen und die notwendigen Vorbereitungen zu treffen.

Außerdem konnte sich ja etwas ganz Unerwartetes ergeben, und dann war es gut, wenn man noch etwas Zeit übrig hatte.

Das Hotel Liseberg mitten in der Stadt zu finden, war ein Klacks. Thomas fuhr am Hoteleingang vor, stellte das Auto ab und betrat das Foyer. Die blonde Dame am Empfang bot ihm an, auf dem Hotelhof gratis zu parken, ein Service für die Hotelgäste, der besonders in Hinsicht auf die allgemein hohen Parkgebühren in der Stadt sehr geschätzt wurde.

Er sah sich sein Zimmer an, das an einem ziemlich weit von der Vorhalle entfernten Flur lag, und brach dann zu einem längeren Spaziergang auf.

Nach einer Weile entdeckte er das berühmte Fischrestaurant »Feskekörka«. Dort gönnte er sich eine deftige Hummersuppe und ein Bier, ehe er sich auf den Rückweg zum Hotel machte.

Mit dem *Abendblatt* und der Göteborger Zeitung ausgerüstet, ging er auf sein Zimmer und legte sich aufs Bett. Zerstreut blätterte er in den Zeitungen, verlor aber bald das Interesse (langweilige Lektüre: nichts über Fanny, abgesehen von ein paar jämmerlichen Hinweisen auf den Fernsehseiten über Teile der aktuellen Sendung).

Er merkte, wie seine Lider schwer wurden. Die unfreiwillige Nachtwache machte sich bemerkbar. Er sollte wohl versuchen, einen Teil des verlorenen Schlafs nachzuholen. Vor dem Abend musste er Kräfte sammeln.

Nicht ohne Anstrengung quälte er sich zum Telefon und gab der Rezeption Anweisung, ihn in zwei Stunden zu wecken. Nicht auszudenken, wenn er verschlief.

Das wäre schlichtweg unverzeihlich.

Zufrieden kehrte er zum Bett zurück, zog die Tagesdecke herunter und legte sich hin.

Im Handumdrehen war er eingeschlafen.

12 Die Vorbereitungen der Show dieses Abends – Durchgang mit der Redaktion, Proben, Vorgespräch mit den Gästen und Besuch in der Maske – waren überstanden. Endlich hatte sie ein wenig Zeit für sich in ihrer Garderobe.

Fanny versuchte, sich zu entspannen und nicht an ihren Auftritt zu denken. Alles war bis ins kleinste Detail vorbereitet, sie brauchte sich also keine Sorgen zu machen. Trotzdem konnte sie es nicht lassen. Sie wusste, dass sie das Lampenfieber im selben Moment packen würde, in dem sie das Studio betrat. Aber bis dahin war es noch eine Viertelstunde.

Sie setzte sich an den Tisch neben der Tür zur Toilette, schloss die Augen, massierte sich die Schläfen und beschloss, die bevorstehende Kraftprobe noch ein paar Minuten aus ihren Gedanken zu verbannen.

Was ihr gelang.

Stattdessen musste sie an den Mord an Lisette Agnelius denken. Es war nicht besonders schwer, sich vorzustellen, was an jenem furchtbaren Herbstabend geschehen war, als die arme Achtzehnjährige ums Leben gekommen war. Alles ging sehr deutlich aus dem Material hervor, das Magnus Olandersson so ehrgeizig zusammengestellt hatte.

Fanny sah es deutlich vor sich.

Das junge Mädchen: strahlend glücklich über ihren Führerschein, ganz wild darauf, ihre jüngst erworbene Kompetenz am Steuer – wenn auch nur sich selbst – beweisen zu können.

Der skeptische Vater, der sich nicht hundertprozentig auf die Fahrkünste seiner Tochter verließ: »Musst du wirklich bei diesem miserablen Wetter wegfahren? Allein?«

Die abgelegene Gegend: absichtlich gewählt, damit sie sich nicht mit viel Verkehr herumschlagen musste (der Führerschein dokumentierte zwar, dass sie solchen Situationen gewachsen war – aber ein wenig fehlte es ihr doch an Erfahrung).

Der Mann, der den Mord geplant hatte: eiskalt den Moment abwartend.

Sven-Erik Olsson, ein Fahrlehrer an der Fahrschule, wo auch Lisette ihren Führerschein machte. Ihm war das hübsche, energische Mädchen aufgefallen, das seit Anfang des Sommers Stunden nahm. Leider gehörte sie nicht zu seinen Schülern – der Chef Gustaf Bern hatte ihre Ausbildung selbst übernommen –, aber sie hatte großen Eindruck auf ihn gemacht.

Ihn packte eine unwiderstehliche Lust, alles mit ihr zu erleben.

Und zwar absolut alles.

Ohne Ausnahme.

Sie ging ihm nicht mehr aus dem Kopf. Seine Gedanken kreisten immerzu nur um sie, als wäre er von ihr besessen. Mehrmals hatte er sich überlegt, ihr eine Verabredung vorzuschlagen. Aber der Altersunterschied – er war sechsundvierzig, sie achtzehn – ließ ihn an einem Erfolg bei ihr zweifeln. Soweit er in Erfahrung bringen konnte, hatte sie zwar keinen festen Freund. Aber er hatte trotzdem große Zweifel, ob er sie würde erobern können.

Er versuchte, sie sich aus dem Kopf zu schlagen. Aber er schaffte es nicht. Er wurde sie nicht los. Er war von ihr infiziert wie von einer Krankheit.

Heimlich begann er ihr zu folgen, wenn sich die Gelegenheit bot.

An dem schicksalhaften Regenabend im September 1990 war ihm aufgefallen, dass sie das Auto genommen hatte, um eine Spritztour zu machen. Allein.

Zu dem Zeitpunkt hatte er – wie er aussagte – keinerlei Absicht, sie zu töten.

Er fuhr ihr nach und merkte, dass sie sich sehr gewissenhaft an Geschwindigkeitsbeschränkungen hielt und bei jedem Abbiegen den Blinker setzte.

Eine Musterschülerin, ausgebildet und trainiert von Berns Fahrschule.

Als die Gegend immer abgelegener wurde, überkam ihn zum ersten Mal der Gedanke. Er konnte nicht widerstehen, sondern gab den drängenden Stimmen nach, die alle dasselbe von ihm verlangten: »Nimm sie, nimm sie noch heute Abend, so eine Chance kriegst du nie wieder!«

Vielleicht hatte er da schon beschlossen, sie zu ermorden.

Vielleicht auch nicht.

Er wusste es selbst nicht.

Behauptete er jedenfalls.

Der Staatsanwalt war anderer Ansicht: »Sven-Erik Olsson war jeder Schritt, den er unternahm, vollkommen bewusst. Er führte seine Tat mit genau überlegter Berechnung und Kälte aus.«

Wie auch immer: Olsson war klar, dass er sie nicht einfach nur überholen und bitten konnte, anzuhalten. Das könnte sie verschrecken, sie würde sich nie auf so eine Aufforderung einlassen.

Auf dem Rücksitz hatte er für seinen Zweck geeignete Requisiten liegen: ein paar alte Kissen und eine abgenutzte, blankgewetzte Filzdecke, die er zum Sperrmüll hatte bringen wollen. Jetzt konnte er sie noch einmal verwenden, ein letztes Mal.

Also überholte er sie, fuhr voraus und stellte seine teuflische Falle. Er baute die Sachen so auf, dass es aussah, als läge ein Unfallopfer mitten auf der Straße.

Das Mädchen hielt an dem vermeintlichen Unfallort an. Sie war genauso pflichtbewusst, wie er erwartet hatte.

Danach hatte er leichtes Spiel mit ihr.

Er verging sich an ihr in der Wildnis, von ihrem Widerstand erregt, erwürgte sie dann und ließ ihren leblosen Körper mitten auf freier Flur liegen. Ihre Füße lagen in einer Pfütze, den einen Schuh hatte sie bei dem Kampf verloren, ihre Zehennägel waren kirschrot lackiert.

Als alles vorbei war, verließen ihn die Kräfte.

Er versuchte nicht einmal, seine Spuren zu verwischen, sondern fuhr einfach nur weg, ohne sich darum zu kümmern, ob er entdeckt werden würde oder nicht. Zu Hause verfiel er in Apathie, starrte auf die Tapete und wartete auf seine Verhaftung.

Am frühen Nachmittag des nächsten Tages war es nach einer Reihe von Hinweisen aus der Bevölkerung so weit. Sven-Erik Olsson gestand sofort rückhaltlos die Vergewaltigung und den Mord.

Alles war sonnenklar, allerdings mit einer Besonderheit: Olsson konnte nie auch nur ansatzweise erklären, warum er so eine barbarische Tat begangen hatte, nur versichern, dass er der Schuldige war.

Vor Gericht gab es konträre Ansichten. Fanny las eine Zusammenfassung der Ausführungen beider Seiten.

Die Verteidigung argumentierte folgendermaßen:

Olsson hatte aus einem spontanen Impuls heraus gehandelt, die Gelegenheit beim Schopf ergriffen. Hätte er wirklich ein perfektes Verbrechen begehen wollen, hätte er nicht so freigebig Spuren und Indizien um sich her verstreut. Nein, er hatte in vorübergehender geistiger Verwirrung gehandelt, was auch die Tatsache bestätigt, dass er sofort und ohne Umstände alle Schuld auf sich genommen hatte. Olsson hatte zunächst nicht die Absicht gehabt, ihr ernsthaft Schaden zuzufügen, ging dann aber, von ihrem Widerstand angestachelt, zu weit, und das eine führte zum anderen. Das Ganze ließe sich am ehesten als vorübergehende Unzurechnungsfähigkeit beschreiben, was bei der Urteilsfindung berücksichtigt werden sollte.

Der Staatsanwalt vertrat folgende Ansicht:

Während des gesamten Prozesses hätte sich Olssons Anwalt einer unglaublichen Verharmlosung befleißigt. Er hätte mehrfach versucht, die Fakten zu verdrehen. Tatsache sei jedoch, dass die brutale Tat durchaus nicht in vorübergehender Unzurechnungsfähigkeit ausgeführt wurde. Im Gegenteil, alles sei peinlich genau geplant gewesen. Die Kissen und die Decke hätten nicht rein zufällig auf dem Rücksitz gelegen. Er sei ihr so lange gefolgt, bis er sich sicher war, einen geeigneten Platz zum Abstellen seines eigenen Wagens gefunden zu haben. Für das arme Mädchen hätte es kein Entrinnen gegeben, sie hatte nicht die geringste Chance gehabt. Sie sei von einem vollkommen gewissenlosen Mann vergewaltigt und ermordet worden. Schließlich hatte Olsson sich nicht selbst der Polizei gestellt, was er hätte tun müssen, wäre er zur Besinnung gekommen. Die Verteidigung täte alles, um das zu verdrehen und es vor dem Gericht so hinzustellen, als sei Olsson sich der Konsequenzen seines Handelns nicht bewusst gewesen. Nichts könne verfehlter sein als ein Urteil, das in diese Richtung ginge.

Die Urteilsverkündung stellte den Staatsanwalt zufrieden: Olsson wurde hart und kompromisslos bestraft. In der Begründung hieß es, die Tat sei von einem Mann begangen worden, der die volle Verantwortung für seine Handlungen tragen konnte.

Olsson ging nie in Berufung, obwohl sein Anwalt großen Druck in dieser Richtung auf ihn ausübte. Aber die lange Gefängnisstrafe näherte sich nun ihrem Ende: Binnen eines Jahres würde er auf freiem Fuß sein.

Fanny sah in Gedanken wieder das Foto mit den kirschrot lackierten Zehennägeln vor sich.

Wie hatte das arme Mädchen ihre letzten Minuten erlebt? Was hatte sie noch gespürt? Was gedacht? Hatte sie gemerkt, dass bald alles vorbei sein würde, oder hatte sie noch gehofft, ihre Haut retten zu können? Was für Qualen hatte sie ausgestanden? Und was für Todesängste?

Wie schwer es doch war, sich in einen Albtraum hineinzuversetzen wie den, in den Lisette Agnelius an jenem verregneten Donnerstagabend in dem verlassenen westgötländischen Herbstwald geraten war.

Setz ihm zu, Fanny! Setz ihm richtig hart zu!

Plötzlich war sie froh, dass sie sich hatte überreden lassen, Boel Ahlqvists Vorschlag anzunehmen. Sie freute sich darauf, dem Mörder Auge in Auge gegenüberzusitzen. Ja, sehnte die Konfrontation im entlarvenden Scheinwerferlicht des Fernsehstudios sogar herbei.

Doch zuvor hatte sie noch einiges andere zu erledigen.

Zuallererst musste sie die Livesendung dieses Abends hinter sich bringen. Sie musste Lisettes ergreifendes Schicksal eine Weile von sich abschütteln und sich stattdessen voll auf den Moment konzentrieren.

Wie bestellt, klopfte es an der Tür, und sie hörte die Stimme der Studiohostess: »Fanny, es geht los.«

13 Ausgeschlafen, frisch geduscht und hergerichtet setzte sich Thomas Hansson ins Auto und fuhr zum Sender. Er hatte sich überlegt, stattdessen ein Taxi oder die Straßenbahn zu nehmen, war aber zu dem Schluss gekommen, dass es wohl am besten war, als zusätzliche Sicherheitsmaßnahme das Auto da zu haben. Dann konnte er sie fahren, wohin sie wollte.

Er kam rechtzeitig an. Eigentlich sogar viel zu früh. Bis zum Einlassbeginn dauerte es noch eine ganze Weile. Er machte einen Spaziergang in der näheren Umgebung, während sich die Minuten dahinschleppten.

Endlich war es dann so weit.

Als er die ersten Besuchertrupps auf den Haupteingang zuströmen sah, trat er dazu und schloss sich ihnen unauffällig an. Niemand schien ihn zu bemerken.

Drinnen im Foyer blieben die Besucher stehen. Viele von ihnen betrachteten die großen Hochglanz-Farbfotos von einigen der vielen Produktionen des Senders. Lauter Porträts bekannter Fernsehgrößen wie Oldsberg, Sven Wollter, Anna Mannheimer, Siewert Öholm, Lasse Brandeby, Galenskaparna und – natürlich – Fanny Cordell schauten von den Wänden herab.

Bald würde er sie zum allerersten Mal in natura vor sich sehen.

Ihn schwindelte bei dem Gedanken.

Mit einem Mal hatte er einen ganz trockenen Hals.

Seine Nervosität wurde kaum davon gedämpft, dass eine junge dunkelhaarige Dame eine Viertelstunde später die Treppe herabgestöckelt kam und den Gästen herzlich zulächelte. Thomas begriff, dass sie eine der Hostessen im Studio war, die gekommen war, um sie zu holen. Jetzt war es nur noch eine Stunde bis zum Beginn der Sendung.

Die Frau stellte sich vor, begrüßte sie zum Programm des Abends und lud alle ein Stockwerk höher zu Erfrischungen ein.

Sie folgten ihr und wurden zu einem Büfett geführt, das an der Glaswand in der Nähe der Bibliothek aufgebaut war. Zwei junge Leute bedienten hinter dem Tresen und schenkten Apfelschorle, Mineralwasser oder Leichtbier in Plastikbechern aus, während sie zugleich Schälchen mit Chips, Oliven und Erdnüssen reichten.

Das Gemurmel wurde lauter, die Stimmung war erwartungsvoll und ein wenig überdreht, die Minuten verstrichen.

Ihre Hostess hatte sie eine Weile sich selbst überlassen, tauchte jetzt aber wieder auf. Sie klatschte in die Hände und sagte: »Allmählich wird's ernst. Wenn also noch jemand zur Toilette möchte, schlage ich vor, das jetzt zu erledigen. Es macht sich nicht ganz so gut, während der Show vom Sitz aufzuspringen, auch wenn das in einer akuten Krise natürlich nicht ausgeschlossen ist … die Not kennt kein Gebot, wie man sagt.«

Allgemeines Gekicher, lautes Schlucken, mit dem die Plastikbecher geleert wurden, geschäftige Aktivität, während man den stillen Örtchen zustrebte.

Wenig später wurden alle miteinander ins Studio A geschleust, wo eine rote Lampe vor der Tür leuchtete, obwohl die Sendung erst in einer halben Stunde beginnen sollte.

Thomas kämpfte sich zu einem Platz weit vorn in der Schlange vor, um den denkbar besten Sitz zu ergattern.

Und dann waren sie im Allerheiligsten angekommen: dem Studio.

Es war wesentlich kleiner, als Thomas es sich vorgestellt hatte, und dass darin so ein Durcheinander herrschen würde, hätte er auch nicht erwartet. Am Bildschirm sah ja immer alles vollkommen wohlgeordnet aus: ein Podium für die Musiker und die Künstler, ein Tisch, ein paar Sessel, alles sehr diskret ohne störende Nebeneffekte.

Das Chaos von Kameras, Kabeln, Schminkkoffern und Requisiten, das praktisch jeden Quadratzentimeter Boden außer dem für das Sendebild reservierten Bereich ausfüllte, blieb sonst verborgen. Von der Decke hingen massenhaft Scheinwerfer.

Zuerst irritierte es seinen ausgeprägten Ordnungssinn, doch dann begriff er sehr schnell, dass der scheinbare Wirrwarr von einer straffen Organisation zusammengehalten wurde. Die Verantwortlichen wussten ganz genau, wo alles war. Jeder Einzelne hatte seine bestimmte Aufgabe, alle wirkten konzentriert und beherrscht.

Nur er, Thomas Hansson, war so aufgeregt, dass es schon fast an Hysterie grenzte – er, der sich sonst von nichts aus der Ruhe bringen ließ.

Er hoffte, dass keiner etwas merkte, dass niemand hörte, wie sein Herz unter Hochdruck pumpte. Das da unten sind Profis bis in die Fingerspitzen, dachte er zufrieden. Genau die kompetente, würdige Umgebung, die eine Königin wie Fanny verdiente.

Er suchte sich einen Platz am Rand von Reihe vier in dem der Moderatorin am nächsten gelegenen Teil der beiden Tribünen aus. Es war ein ausgezeichneter Platz.

Ein Anflug von Panik befiel ihn: Nahm er die Sendung wirklich korrekt auf Video auf? Er hatte zwar den Videorecorder programmiert, aber sicherheitshalber hatte er auch noch einen Arbeitskollegen um Hilfe gebeten. Schon vor einigen Tagen hatte er ihm eine neue Videokassette gegeben, mit der Bitte, die Sendung für ihn aufzunehmen. An sich konnte also nichts schief gehen.

Alles andere wäre eine Schande – wirklich zu schlimm, wenn er ausgerechnet die Sendung verpasste, in der er selbst im Publikum saß!

Aber jetzt war es viel zu spät, sich darüber den Kopf zu zerbrechen. Er konnte nichts machen, während er da saß, nur hoffen, dass wenigstens eine der beiden Kassetten korrekt aufnahm.

Jemand knuffte ihn in die Schulter, und er schaute nach rechts. Sein Nachbar, ein älterer Herr mit nach hinten gekämmten stahlgrauen Haaren, verlangte nach seiner Aufmerksamkeit.

Mein übliches Pech: Das hat mir gerade noch gefehlt, eine Quasselstrippe am Hals zu haben.

»Sind Sie zum ersten Mal hier?«

Er musste sich beherrschen, um den anderen nicht anzufahren. »Ja«, gab er mit dem Hintergedanken zurück, die knappe Antwort würde seinen Nachbarn von weiteren Gesprächsversuchen abhalten. Doch der alte Herr schien seinen Unwillen nicht zu bemerken.

»Dann gefällt es Ihnen bestimmt. Ich weiß, wovon ich rede, denn als eine Art Veteran auf der Tribüne bin ich schrecklich gern mitten im Geschehen. Das ist ein riesiger Unterschied, ob man bei einer echten Liveaufzeichnung dabei ist oder zu Hause vor dem Fernseher sitzt. *Funny Fanny* ist übrigens meine absolute Lieblingssendung. Ich hab schon viele Folgen live gesehen. Sie ist phantastisch.«

Und schon war Thomas seinem Nebenmann freundlicher

gesonnen, auch wenn er immer noch fürchtete, dass er ihn mit seinem Geplapper stören könnte, wenn die Kameras anliefen. Dann würde er den Alten wohl bitten müssen, sich seine Kommentare für später aufzuheben. Aber wahrscheinlich war er ja so vernünftig, währenddessen den Mund zu halten. Immerhin hatte er einen guten Geschmack: *Sie ist phantastisch.*

»Weil Sie neu sind, kann ich Ihnen ein bisschen erzählen, wie es hier zugeht«, sagte der Fan mit den stahlgrauen Haaren. »Fernsehen ist mein größtes Hobby, und ich möchte immer wissen, wie etwas funktioniert. Sehen Sie den Apparat ein paar Meter vom Tisch? Genau den. Das ist der Teleprompter, da läuft der Text durch, den die Moderatorin ablesen kann, falls sie mal nicht weiter weiß. Die Zuschauer merken natürlich nichts.«

»Aber Fanny Cordell hat das doch wohl nicht nötig?«

»O doch, den benutzen die meisten.«

In Thomas stieg ein wenig die Enttäuschung hoch.

»Und ihr Song am Ende? Benutzt sie dabei den Telepomp...«

»...prompter.«

»Benutzt sie dabei auch den Teleprompter?«

»Das nehme ich an. Es ist nicht leicht, sich alles zu merken. Schon gar nicht in einer Livesendung.«

Das Stimmengewirr auf den Zuschauertribünen wurde leiser, als ein bärtiger Mann das Studio betrat und in ein an seinem Pulli befestigtes Mikrophon bis fünf zählte.

»Meine Freunde«, sagte er. »Nicht dass ich meine mathematischen Fähigkeiten unter Beweis stellen wollte, das Mikro muss nur getestet werden.«

»Das Mikro ist das kleine Ding, das er am Pulli angesteckt trägt«, flüsterte der Grauhaarige, und Thomas gab ihm mit einem bedächtigen Nicken zu verstehen, dass er die Information aufgenommen hatte.

Sein Nachbar ging offensichtlich davon aus, dass er total hinter dem Mond war und von nichts eine Ahnung hatte.

Die verstärkte Stimme füllte den Saal: »Ich habe die Ehre, heute Abend Studioleiter zu sein, und es ist mir ein Vergnügen, Sie zu einem der größten Erfolge aller Zeiten von Göteborg-TV begrüßen zu dürfen. Für eine Produktion dieses Kalibers braucht man kolossal viele Mitarbeiter, von denen jeder auf seine Art gleich wichtig ist. Hier geht's ja schließlich um Teamwork, das verstehen Sie sicher. Natürlich kann ich hier jetzt nicht alle aufzählen, aber wenigstens ein paar Schlüsselfiguren möchte ich Ihnen kurz vorstellen. Zuallererst den Mann, den Sie ausschimpfen dürfen, wenn Ihnen das Programm nicht gefällt: der Produzent, Bosse Svärd!«

Er winkte einen rundlichen Mann mittleren Alters mit auffällig gestreiftem Blazer herbei. Mit großer Geste winkte Svärd den Zuschauern zu, ließ lachend seine weißen Zähne aufblitzen und wurde mit Applaus belohnt. Dann machte er einer untersetzten, zierlichen Frau um die fünfunddreißig Platz. Sie trug verschlissene Jeans, eine weite braune Strickjacke mit V-Ausschnitt und weiße Turnschuhe mit ziegelroten Flecken. Sie hatte ein bescheidenes Auftreten, und ihr war schon von weitem anzumerken, dass sie nicht gern im Mittelpunkt stand. Der Kontrast zwischen ihr und dem korpulenten Wichtigtuer Svärd war augenfällig.

»Unsere hoch geschätzte Aufnahmeleiterin Carita Zell!«, rief der Studioleiter, der als nächstes die Mitglieder der kleinen Hausband und die Gäste, die in der Sendung eingeladen waren, vorstellte.

Als dieser Teil überstanden war, machte sich der Anheizer allmählich an seine eigentliche Aufgabe: das Publikum in Stimmung zu bringen. Kurze Verhaltensregeln wusste er mit deftigen Schwänken aufzulockern, und in den nächsten Minuten nahmen die Lachsalven zu.

Irgendwann fragte der Bärtige: »Fehlt euch was?«

Gemurmel in den Sitzreihen.

Mit lauterer Stimme: »Ich will wissen, ob euch was fehlt!«

»Ja.«

Er hielt die Hände wie Trichter hinter die Ohren: »Ich kann nichts hören.«

»Ja!«

»Was, ja?«

»Uns fehlt was.«

»Und was ist das?«

»Fanny Cordell«, rief es von der Tribüne. »Uns fehlt Fanny.«

Bis dahin hatte Thomas still gesessen und war sogar ein wenig peinlich berührt gewesen, doch jetzt ließ er sich von der allgemeinen Euphorie anstecken.

»Uns fehlt Fanny«, stimmte er ein, dass es schallte.

»Das hat ein Ende, meine Freunde, denn hier kommt sie!«

Und da kam sie tatsächlich: Das lange, schimmernde Haar offen, erschien sie auf halbhohen Absätzen, die schwarze Hose hauteng, dazu eine azurblaue, langärmlige Bluse, die lose um ihre Hüften fiel.

Thomas war der Ohnmacht nahe. Der Puls dröhnte ihm in den Ohren.

Meine Güte, in Wirklichkeit ist sie ja noch schöner als im Fernsehen und in den Zeitschriften! Die lässt mich nie an sich ran.

Doch diese Gedanken wichen einer überwältigenden Entschlossenheit. Mehr als je zuvor war er davon überzeugt, dass er sie bekommen musste. Alle anderen Alternativen waren undenkbar. Ohne sie konnte er nicht leben. Er wollte es nicht. Würde es nicht.

»Ist sie nicht unvergleichlich?«, flüsterte es von rechts.

Thomas antwortete nicht. Er wandte den Blick nicht eine

Sekunde von dem bezaubernden Wesen, das jetzt auf dem Podium Stellung bezogen hatte, ein Mikrophon in der von keinem Ring geschmückten Linken.

Als sie redete, ergoss sich ihre Stimme wie Balsam über das Studio, in dem es allmählich warm wurde von den hellen Scheinwerfern und den vielen Menschen, die sich die Luft in dem begrenzten Raum teilten.

»Seid ihr in Form?«, fragte sie.

Alle waren in Form.

»Geht's euch gut?«

Allen ging es gut.

»Glaubt ihr, dass die Sendung sehenswert wird?«

Alle glaubten, dass die Sendung sehenswert würde.

»Gut. Denn das hängt nur von euch ab. Ihr seid ausschlaggebend für die Qualität der heutigen Sendung. Nicht ich. Nicht einer unserer tollen Gäste. Nicht unsere legendäre Studioband. Sondern ihr. Ja, genau ihr!«

Thomas fiel auf, wie fest er die Fäuste geballt hatte – seine Knöchel waren ganz weiß geworden. Wenn es nur nach ihm ging, würde Fanny die erfolgreichste Vorstellung der Welt und aller Zeiten hinlegen. Er würde sie mit seiner ganzen Kraft unterstützen.

Sein Nachbar flüsterte: »So stellt sie den Kontakt mit dem Publikum her. Das kommt immer an.«

Kannst du nicht den Mund halten, alter Sack? Willst du mir den ganzen Abend versauen?

Mit ihrer sinnlichen, ein wenig heiseren Stimme fuhr sie fort: »War jemand von euch schon einmal in einer *Funny-Fanny*-Livesendung dabei?«

Ein paar Leute meldeten sich, das eine oder andere »Ja« war zu hören; die meisten schüttelten allerdings den Kopf.

»Hat jemand was dagegen, wenn ich für alle Fälle mein Schlusslied probe?«

Niemand hatte was dagegen.

Sie sang mitreißend und zog die bekannte Melodie mit dem eigens für sie geschriebenen Text dreimal hintereinander durch. Beim ersten Mal gab das Publikum keinen Mucks von sich, beim zweiten Mal summte es auf ein Zeichen des Einheizers vorsichtig die Melodie mit, beim dritten Mal fiel es aus voller Kehle ein.

»Danke für die Unterstützung«, sagte sie mit einem Lächeln, wie nur sie es zuwege brachte. »Wenn ich den Text vergesse, müsst ihr ihn mir vorsagen.«

»Nimm doch den Teleprompter«, murmelte der Grauhaarige.

Noch eine solche Bemerkung, und ich geb dir nach der Sendung eins auf die Nase. Hast du nicht vorhin erst gesagt, sie wäre einzigartig?

»Bald ist es soweit«, rief der Bärtige. »Macht euch alle bereit.«

Es wurde unruhig, Leute liefen hin und her, die Kameraleute nahmen ihre Positionen ein. Eine Maskenbildnerin kam auf Fanny zu, betrachtete sie prüfend, flüsterte etwas und ging.

Wie kann sie so souverän die Ruhe bewahren, wie sie da sitzt und all die Papiere durchblättert? So eine Gelassenheit habe ich noch nie erlebt. Ich habe es doch schon immer gewusst – sie ist einmalig.

»Was sie sich da gerade durchsieht, ist der Verlaufsplan«, sagte der alte Mann.

Thomas bedankte sich ungeduldig, ohne die Moderatorin aus den Augen zu lassen, die bequem zurückgelehnt in ihrem Sessel saß. Dann strich sie sich über die Augenbrauen und glättete in einem bedingten Reflex eine nicht vorhandene Falte ihrer Bluse.

»Noch zwanzig Sekunden bis zum Vorspann.«

Fanny, kühl und nicht im mindesten gehetzt: »Fangen wir mit der Zwei an?«

Eine Geisterstimme antwortete: »Ja. Geh dann zur Drei rüber. Pass auf, der Vorspann läuft.«

Jemand sagte: »Leg los.«

Gleich darauf wurde die Beleuchtung im Studio gedämpft, die Studioband spielte die Erkennungsmelodie, Fanny legte den Kopf schief und sagte so einschmeichelnd wie möglich:

»Kennen Sie alle *Funny Girl*? Damit meine ich jetzt nicht die Moderatorin von heute Abend – ich bin Fanny, ist das nicht funny –, sondern das Musical, mit dem Barbra Streisand 1964 ihren großen Durchbruch hatte. Jetzt wüsste ich aber gern, ob Sie auch *Funny Boy* kennen, das wunderbare Werk von Povel Ravel und Hasse Ekman aus den späten fünfziger Jahren? Aber Girl oder Boy, Frau oder Mann, alt oder jung – alle sind gleich willkommen zur brandaktuellen *Funny Fanny* von heute Abend.«

Sie war sagenhaft. Man konnte sie unmöglich nicht lieben. Dass sie ein Profi war, wusste er natürlich schon seit langem, aber dass sie so ungeheuer charmant war, übertraf selbst seine kühnsten Erwartungen.

Die Stunde ging rum wie im Nu.

Fanny sang ihr Schlusslied (ohne die Hilfe des Publikums, wenn auch mit einem unauffälligen Seitenblick zum Teleprompter), bedankte sich, lud alle zur Freitagssendung ein und warf mit ihren schlanken Fingern verführerische Kusshände ins Publikum. Hunderttausende hingerissener Fernsehzuschauer hatten das Gefühl, dass die Küsse nur ihnen und keinem anderen galten.

Auf den Monitoren an der Decke konnten die Zuschauer im Studio verfolgen, wie der Nachspann ablief, und dann wurden die Kameras aus- und zugleich die Studiobeleuchtung eingeschaltet. Die Bühne lag in heller Beleuchtung da, so grell, dass es fast in den Augen schmerzte.

Thomas reichte seinem Banknachbarn (der die ganze

Sendung über ruhig gewesen war) die Hand zum Abschied. Anstandshalber rang er sich auch ein Dankeschön für die Informationen ab.

Jetzt wurde es schwierig.

Fügsam ließ er sich von der Menge zum Ausgang mitnehmen, bog aber unterwegs in die Herrentoilette ab, ohne unnötige Aufmerksamkeit zu erregen. In einer Kabine schloss er sich ein, klappte den Deckel runter und setzte sich, um zu warten, bis Ruhe einkehrte.

Hinter der Tür hörte er, wie Türen und Reißverschlüsse geöffnet wurden und wie es gegen Porzellan plätscherte. Offenbar hatten sich viele während der Aufnahme beherrschen müssen und holten nun das Versäumte nach.

Die Zeit verging. Und dann trat allmählich Stille ein.

Nachdem er noch ein paar Minuten gewartet hatte, war er so weit. Länger wagte er nicht abzuwarten, weil er nicht wusste, wie lange sie sich gewöhnlich im Sender aufhielt.

Doch noch bestand kaum Gefahr, dass sie schon fort war. Natürlich dauerte es seine Zeit, bis sie sich umgezogen und abgeschminkt hatte, und vielleicht war sie in diesem Moment gerade dabei, die Sendung mit einem oder mehreren Kollegen durchzusprechen.

Das wäre bald vorüber.

Er trat hinaus und sah sich vorsichtig in alle Richtungen um.

Die Bahn war frei, das Publikum fort.

Er wusste, wo die Garderoben lagen (das hatte ihnen die Studiohostess erzählt) und fand rasch den richtigen Gang.

Wenn der jetzt nur leer war.

So war es.

Thomas hatte ein schlechtes Gewissen, weil er sich unerlaubt an diesem Ort aufhielt. Aber besonders große Sorgen machte er sich dennoch nicht. Wenn ihn jemand zur Rede stellte, würde er einfach sagen, dass er mit seiner alten Freundin Fanny Cordell ein paar Worte wechseln wollte, wenn sie nichts dagegen hatte. Aber er hoffte natürlich, diese riskante Notlösung umgehen zu können.

Hinter lichtdurchlässigen Vorhängen sah er Leute in einem Konferenzraum. Jemand trank Kaffee, leise Stimmen waren aus der Tür neben dem kleinen Büro der Studiohostess zu hören. Sie redete in ein an der Wand befestigtes Telefon, und niemand bemerkte seine Anwesenheit.

So weit, so gut.

Er huschte an der Maske vorbei und las von den Türschildern ab.

Da war es.

Ihr Name stand auf einem Papierschild: Fanny C.

Die magische Stunde nahte. Sein Atem ging schneller. Wie ihm schon früher am Abend aufgefallen war, hatte ihn ein ungewöhnlicher Ansturm von Nervosität überkommen. Jetzt kribbelte es in seinem Bauch. Das war jedoch kein unangenehmes Gefühl. Im Gegenteil, es stimulierte ihn und trieb ihn an; im Grunde musste er diesen Adrenalinausstoß nur ausnutzen, versuchen, etwas aus dem zusätzlichen Kick zu machen.

Mit einem Mal brach ganz in seiner Nähe hektische Betriebsamkeit los. Schritte und Stimmen näherten sich.

Er drehte sich um und tat so, als läse er einen Aushang an der Wand. Niemand schien sich dafür zu interessieren, was er da tat – oder wer er war.

Nacheinander rauschten sie an ihm vorbei, und er verspürte einen Sog in der Magengrube, als *sie* ihn mit kurzem Auflachen passierte, von einem Hauch Parfüm umweht. Er kannte sich da nicht aus, merkte aber durchaus, dass es sich um eine richtig exklusive Duftnote handelte.

Für eine wie Fanny war nur das Beste gut genug.

Jetzt musste er sich nur noch ganz kurz gedulden.

Eine Minute verstrich.

Noch eine.

Er studierte immer noch das Plakat an der Wand, wollte aber nicht länger als nötig ungeschützt auf dem Gang stehen. Jemand konnte ja auftauchen und fragen, was er da zu tun hatte, und vielleicht war es doch keine so gute Idee, Fanny als Alibi für seinen Besuch anzugeben, wenn er es sich genau überlegte. Es war wichtig, so rasch wie möglich mit ihr in Kontakt zu treten. Andererseits war ihm klar, dass er ihr etwas Zeit lassen musste, sich in der Garderobe zu sammeln, ehe er seinen Vorstoß wagte.

Da stand er nun, hin- und hergerissen, und zählte bemüht langsam bis fünfundzwanzig.

Nach kurzem Zögern machte er bis fünfzig weiter.

Das musste reichen.

Er nahm all seinen Mut zusammen, zog den kleinen Blumenstrauß, den er am Vormittag gekauft hatte, aus der Umhängetasche, hielt ihn mit der linken Hand hinter dem Rücken, klopfte kurz mit der rechten Hand und versuchte, sein Herz aus dem Hals an seinen gewöhnlichen Platz im Brustkorb zurückzuhusten.

Hinter der Tür hörte er etwas: Jemand räusperte sich, Stuhlbeine scharrten über den Boden, beschwingte Schritte.

Jetzt war es so weit.

Nun gab es kein Zurück mehr.

Spiel deine Karten sorgfältig aus, mach keinen Fehler. Denk dran, alles kommt auf den ersten Eindruck an.

So eine Chance kam vielleicht nie wieder, also konnte er sich keinen Patzer leisten. Diese kostbare Gelegenheit durfte er absolut nicht vermasseln.

Die Tür ging auf, und da stand sie in Fleisch und Blut vor ihm: zum Greifen nahe.

Er schnappte nach Luft.

Plötzlich kam es ihm so vor, als würde sein Kopf gleich

explodieren. Das Blut schoss ihm in den Schädel, und ihm war ganz schwummerig.

Sie sah ein wenig überrascht drein, hatte bestimmt jemand anderen erwartet.

»Ja?«

Ein einziges kurzes Wort – ihm genügte es, um die Stimme aus dem Fernsehen wieder zu erkennen.

Er brachte keinen Ton heraus. Seine Kehle war wie von unsichtbaren Fäden zusammengeschnürt.

Eine Wahnsinnspleite sondergleichen.

Fanny zog die Augenbrauen zur nächsten Frage hoch, diesmal wortlos.

Er sah es, konnte sie aber nur dämlich anglotzen.

Plötzlich lächelte sie.

»Wollen Sie zu mir? Oder haben Sie sich verlaufen?«

14 Sie erinnerte sich nicht, ihn jemals zuvor gesehen zu haben: dunkle Haare, blasse Haut unter den stark geröteten Wangen, flackernder Blick, ordentlich angezogen mit langer Hose und Blazer, gut gebaut, sah nicht schlecht aus, in ihrem Alter, offenbar hypernervös.

Endlich brachte er etwas heraus: »Ich wollte zu Ihnen.«

»Und wie sind Sie hier reingekommen?«

»Ich hatte … ich … ich dachte«, stammelte er und kam sich vor wie ein großer Tölpel.

»Okay«, sagte sie, drehte sich um, riss ein Stück Papier von einem Blatt auf dem Tisch und begann, ihr Autogramm zu schreiben.

Dann reichte sie ihm den Zettel.

»Bitte sehr. Jetzt muss ich mich aber abschminken.«

Nimm dich zusammen, Thomas Hansson!

Er versuchte, einen klaren Kopf zu bekommen.

»Ich möchte Ihnen die hier gern überreichen«, sagte er,

»als kleines Dankeschön für alles, was Sie getan haben. Für die große Freude, die Sie mir und so vielen anderen bereitet haben.«

Die Andeutung eines zweiten Lächelns huschte vorüber, während sie den Strauß entgegennahm. Ihre Bluse war am Hals aufgeknöpft. An einer Schulter sah er einen schwarzen BH-Träger aufblitzen. Bei dem Anblick wurde ihm heiß.

»Danke. Wie nett.«

»Ich saß heute Abend im Publikum. Sie waren unheimlich toll. Wie immer.«

»Freut mich.«

»Ich habe fast alle Ihre Shows auf Video aufgenommen.«

»Dann gefällt Ihnen die Sendung wohl.«

»Mehr, als Sie sich vorstellen können.«

»Wie gesagt: Es war mir ein Vergnügen.«

»Kann ich ...«

»Ich hab's ein wenig eilig«, unterbrach sie ihn und klang dabei schon nicht mehr so verführerisch sanft wie sonst. Ihre Stimme war einen Tick schärfer, abweisend und kühl, schon fast unhöflich.

»Ich habe einen Vorschlag.«

»Und ich muss mich abschminken. Noch einmal, vielen Dank für die Blumen.«

Sie versuchte die Tür zu schließen, aber er konnte gerade noch seinen Fuß dazwischenstecken. Da er nun schon so weit gekommen war, dachte er nicht daran, aufzugeben. Jetzt oder nie! Er würde sie rumkriegen, wenn sie sich nur selbst die Möglichkeit einräumte, ihn richtig kennen zu lernen.

Sichtbar irritiert machte sie die Tür wieder auf, während sie gleichzeitig den obersten Knopf ihrer Bluse zuknöpfte.

»Sie haben hier nichts zu suchen«, stellte sie fest. »Das hier ist Privatgelände.«

»Ich bewundere Sie grenzenlos.«

»Und ich habe Ihnen für die Blumen gedankt, obwohl das offenbar noch nicht so ganz bei Ihnen angekommen ist.«

Sie konnte ihn mal mit ihrer Ironie.

»Sie haben keinen größeren Fan auf dieser Welt«, sagte er.

»Bitte. Gehen Sie jetzt. Ich will nicht unangenehm werden, aber ich bin hundemüde. Ich muss mich abschminken und gehen. Bitte gehen Sie weg, bevor es ungemütlich wird.«

»Ich heiße Thomas Hansson.«

»Okay, Herr Hansson. Jetzt *muss* ich …«

Er unterbrach sie mit der Information, aus welcher Stadt er kam.

»Ist es ein besonderes Verdienst, von da zu kommen?«

Diesmal ging er auf die Spitze ein.

»Das habe ich nicht behauptet, aber ich weiß zufällig, dass Sie als Kind eine Zeit lang in Stad waren, das nur ein paar Kilometer nördlich von meiner Heimatstadt liegt. Außerdem gehört es zum guten Ton, dass man sich vorstellt.«

»Dann wäre das also erledigt. Aber ich weiß nicht, was Sie dazu berechtigt, den Ausdruck ›guten Ton‹ in den Mund zu nehmen. Auf Wiedersehen!«

»Noch was.«

»Sie geben wohl nicht so leicht auf«, sagte sie und dachte, dass sie sein hartnäckiges Generve an Lars Öster erinnerte.

»Haben Sie meine Briefe bekommen?«

»Haben Sie eigentlich eine Ahnung, wie viele Briefe ich jeden Tag bekomme?«

»Nein.«

»Dutzende.«

»Kann ich mir leicht denken. Deshalb habe ich es Ihnen nie vorgehalten, dass Sie sich nicht die Mühe gemacht haben, mir zu antworten. Obwohl auch das zum guten Ton gehört, seine Korrespondenz zu pflegen. Nach dreiundzwanzig Briefen könnte man ja meinen, dass Sie sich auch einmal hätten zurückmelden können.«

Unwillkürlich sperrte sie die Augen auf: »Haben Sie mir *dreiundzwanzig* Mal geschrieben?«

Er nickte.

Ein Hauch von Furcht überkam sie: Der Mann vor ihr war eindeutig ein geisteskranker Fanatiker. Einer, der nie aufgab und der ihr jetzt auf die Pelle gerückt war. Vor dieser Sorte gefährlicher Aufdringlichkeit musste sie sich hüten.

»Sie ticken ja wohl nicht richtig«, sagte sie.

»Wenn ich Sie heute Abend zum Essen ausführen darf, können Sie sich selbst davon überzeugen, wie richtig ich ticke.«

»Sie ticken *nicht* richtig. Haben Sie nicht gehört, was ich sage?«

»Kommen Sie nun mit oder nicht? Ich bin es nicht gewöhnt, auf diese Weise die kalte Schulter gezeigt zu kriegen.«

»Gehen Sie jetzt, bevor ich die Geduld verliere.«

Er rang sich ein Lächeln ab, das sie erschreckte, weil es nicht bis zu seinen Augen reichte.

»Wir sind hier leider auf falschen Fuß miteinander geraten, was sicher mein Fehler ist. Ich habe es verkehrt angefangen. Aber das ist ja kein Unglück, wir können alles wieder ausbügeln, wenn Sie mit mir essen gehen. Oder wenigstens etwas trinken.«

»Im Leben nicht. Haben Sie nicht gehört, dass ich keine Zeit habe?«

»Doch, ich bin ja schließlich nicht taub. Aber etwas müssen Sie doch zwischen die Zähne kriegen. Ich habe mehrere Restaurants ausgekundschaftet. Und es ist kein Problem. Die Küchen schließen erst um …«

Jetzt hörte sie sich richtig feindselig an: »Was bringt Sie auf den Gedanken, dass ich mit einem wie Sie ausgehen würde? Überschätzen Sie sich da nicht etwas?«

Er wich einen Schritt zurück. Seine Wangen glühten.

Einem wie Sie …

»Es war doch nur eine höfliche Frage. Darf man vielleicht nicht fragen, ist das verboten? Oder sind Sie dafür zu großartig? Eine Diva, der es Spaß macht, auf normalen, netten Leuten rumzutrampeln?«

Fanny schnaubte verächtlich.

»Normale, nette Leute? Die sich unerlaubt aufdrängen und aggressiv und störend auftreten? Wenn Sie wüssten, wie oft ich auf so taktlose Typen wie Sie stoße, würden Sie sich erschrecken. Ich kann nicht allein ein Lokal betreten, ohne dass ein ganzer Schwarm Kerle hinter mir herläuft. Ihre Sorte habe ich so was von satt, dass ich mich übergeben könnte. Ich bin kurz davor, wegen solchen, wie Sie es sind, meine Fernsehkarriere hinzuschmeißen und mir wieder einen normalen Beruf zu suchen, wo man wenigstens nicht von durchgeknallten Irren belästigt wird.«

Er musterte sie kalt.

»Jetzt ist man also schon ein durchgeknallter Irrer. Ich warne Sie. Nehmen Sie sich in Acht, hüten Sie Ihre Zunge.«

»Sie haben die Frechheit, mir zu drohen? Nachdem Sie sich unerlaubt hier reingeschlichen haben und sich weigern, Leine zu ziehen?«

»Deuten Sie es, wie Sie wollen.«

»Wenn Sie nicht augenblicklich hier verschwinden, schreie ich um Hilfe.«

Inzwischen war sie so laut geworden, dass eine Maskenbildnerin weiter unten im Flur den Kopf aus der Tür steckte und rief: »Alles in Ordnung, Fanny?«

»Aber ja.«

»Sicher?«

»Kein Problem«, versicherte ihr Fanny und sah in den Gang hinaus. »Ich hab Besuch von einem alten Freund, und wir sind wohl etwas laut geworden. Aber er will gerade gehen.«

Die Maskenbildnerin sagte etwas, das sie nicht verstanden.

Fannys Augen blitzten vor Wut, als sie sich wieder dem Eindringling zuwandte.

»Jetzt habe ich Sie also gerettet, obwohl Sie es nicht wert sind. Nun ziehen Sie aber Leine und lassen mich ein für alle Mal in Ruhe. Sonst hetze ich Ihnen die Polzei auf den Hals.«

»Sie enttäuschen mich sehr, Fanny Cordell. Sie sind nicht so, wie ich gedacht hatte. Überhaupt nicht.«

»Ist mir scheißegal, was Sie gedacht haben! Raus mit Ihnen. Verschwinden Sie! Ein zweites Mal decke ich Sie nicht. Dann sind Sie kein *alter Freund* mehr, und seien Sie versichert, dass man sich in dieser Branche einflussreiche Freunde schaffen kann. Freunde, die einem nur zu gerne einen kleinen Gefallen tun, wenn man sie drum bittet.«

»Wer droht hier wem?«

»Zischen Sie ab, ehe ich es mir anders überlege und Sie wegen Belästigung anzeige.«

»Wie Sie wollen, Sie aufgeblasene Kuh. Ich gehe. Aber Sie werden noch von mir hören.«

»Versuchen Sie es doch.«

»Verlassen Sie sich drauf. Mich werden Sie nicht so schnell los.«

»Nehmen Sie die hier mit«, sagte sie und warf ihm den Strauß vor die Füße.

»Ich verstehe.«

Die Tür wurde mit einem kräftigen Knall zugeschlagen, und er zog mit hochrotem Kopf von dannen. Es kam ihm so vor, als spürte er die Blicke der Maskenbildnerin im Nacken.

Er drehte sich nicht um.

Es war die größte Schmach seines Lebens.

Dass man sich so dermaßen in seinen Mitmenschen täuschen kann, dachte er erbittert. Er hatte sich auf das Gröbste getäuscht, ein Idealbild errichtet, das überhaupt nicht existierte.

Jetzt – seit er ihren wahren, abstoßenden Charakter erkannt hatte – sah er ein, dass der berühmte Charme nur eine Maske war, mit der sie um die Gunst des Publikums warb. Besonders toll sah sie gar nicht mal aus, so aus der Nähe betrachtet. Auf dem Bildschirm musste die Schminke eine falsche Schönheit hervorgezaubert haben.

Soeben hatte er bemerkt, dass ihre Haut an den Wangen und Nasenflügeln großporig war, die Augen blinzelnde Schlitze und das Haar steif von Spray. Und ihre Brüste waren kleiner, als es im Fernsehen und auf Fotos den Anschein hatte.

Künstlich erzeugte Schönheit.

Außerdem war ihre Sprache ordinär gewesen, und jetzt war er vollständig davon überzeugt, dass andere ihre Texte für die Sendungen verfassten. Anonyme Ghostwriter steuerten die kreativen Ideen bei, während sie den Ruhm einstrich.

Hinter ihr stand ja eine gut funktionierende, kompetente Redaktion. Kein Wunder, dass sie es damit zu etwas gebracht hatte. Da wäre es ja schon eher ein Verdienst gewesen, wenn sie es mit so einem Mitarbeiterstab geschafft hätte, zu versagen.

Aller Wahrscheinlichkeit nach hatte sie die Früchte fremder Arbeit an sich gerafft, um sich dann ganz ungeniert mit fremden Federn zu schmücken.

Und um der Wahrheit die Ehre zu geben: Besonders

gut singen konnte sie auch nicht. Sein Sitznachbar mit den stahlgrauen Haaren hatte vollkommen Recht gehabt mit seiner Behauptung, sie brauche diesen Teleprompter.

Ihm wurde auf einmal kristallklar, wie unglaublich überschätzt sie war; eigentlich war es unfassbar, dass er sie nicht schon längst durchschaut hatte.

Du liebe Güte, ihn so brutal fertig zu machen, wo er ihr doch nur in allerbester Absicht mit Blumen aufwartete und ihr seine Bewunderung beteuerte! Was für eine undankbare, abscheuliche Person!

Der Hass durchfuhr seinen ganzen Körper.

Er würde ihr das genervte Grinsen schon noch aus dem selbstzufriedenen Gesicht fegen.

Er hatte vor, es ihr heimzuzahlen, und zwar so, dass sie es spürte.

Er wollte ihr einen gehörigen Denkzettel verpassen.

Aber wie?

Vielleicht, indem er mittels fingierter Leserbriefe an Zeitungen üble Gerüchte über sie verbreitete oder im Internet über sie herzog?

Oder sollte er warten, bis sie ihren Urlaub in Sydstranden anfing? Bis dahin war es ja nicht mehr allzu lang hin.

Er bereute, erwähnt zu haben, dass er in der Nähe von Stad wohnte, das ja wiederum nur wenige Kilometer von dem beliebten Badeort entfernt lag, in dem sie ihr schickes Sommerhaus gebucht hatte. Jetzt konnte er nur hoffen, dass sie nicht umbuchte, was unnötige Mehrarbeit für ihn zur Folge hätte.

Aber ganz gleich, wohin sie verreiste, früher oder später würde er seine Rache an ihr nehmen, so herzlos und boshaft, wie sie ihn abserviert hatte.

Das wusste er.

Vielleicht war es unbedacht von ihm gewesen, ihr seinen Namen zu verraten. Das beraubte ihn eines Vorsprungs, der ihm gut gelegen kommen würde, wenn er seine Racheaktion einleitete.

Aber da ließ sich ja nun nichts mehr dran ändern.

Thomas Hansson dachte über geeignete Strategien nach, wie er ihr schaden könnte, während er an dem späten Frühlingsabend zum Parkplatz schlenderte.

Als er an einem Abfalleimer vorbeikam, brach er alle Blumen mittendurch und stopfte das, was einmal ein Strauß gewesen war, hinein. Trotz seiner Aufregung dachte er nicht daran, seinen üblichen Sinn für Ordnung zu vernachlässigen.

Leute, die ihren Abfall auf den Bürgersteig warfen, waren ihm verhasst. Es war sogar schon vorgekommen, dass er dem einen oder anderen Sünder hinterhergelaufen war und ihn dazu angehalten hatte, zurückzugehen und seinen Dreck aufzuheben.

Aufgebracht kehrte er ins Hotel zurück, wo er das Auto abstellte, nur um sofort in die Stadt zu gehen. Er besuchte zwei Kneipen in der Nähe der Hauptstraße Avenyn, trank aber in jeder nicht mehr als ein großes Bier vom Fass.

Eine Zeit lang überlegte er ernstlich, ob er irgendeine attraktive junge Frau aufreißen sollte, nur um sich abzureagieren, verwarf den Gedanken aber nach kurzem Überlegen wieder.

Er war nicht in der Stimmung für Erotik.

Das, wofür er angereist war, hatte sich zerschlagen. Es gab überhaupt keinen Grund, sich auf die Suche nach einem Double für Fanny Cordell zu machen. Sie hatte ihre Chance auf eine Beziehung mit ihm gehabt und verspielt.

Sie war die Verliererin, er der Gewinner.

Was für ein unwahrscheinliches Glück, dass er gerade noch rechtzeitig entdeckt hatte, was für eine grässliche Person der übelsten Sorte sie war!

Kurz nach eins war er wieder in seinem Hotelzimmer, wo

er zur Entspannung den Fernseher laufen ließ, während er darauf wartete, dass sich die Müdigkeit einstellte.

Er musste ziemlich lange warten.

Er war immer noch zutiefst bestürzt, weil sie ihn so roh und unverschämt an den Pranger gestellt und ihm seine ehrlichen Motive nicht abgenommen hatte. Zu allem Überfluss hatte sie ihm auch noch mit einflussreichen Freunden gedroht, die ihr nur zu gern zur Hand gingen, wenn sie sie um einen Gefallen bat.

Er hatte nicht vor, passiv auf seinen vier Buchstaben sitzen zu bleiben und abzuwarten, bis sie ihm einen ihrer Schlägertypen auf den Hals hetzte. Es war das Sicherste, wenn er selbst zuerst losschlug. Thomas Hansson war nicht der Typ, der sich rumschubsen und abservieren ließ wie ein rückgratloser Schwächling.

Als er endlich in unruhigen Schlaf fiel, träumte er davon, wie sie ihn triumphierend und mit schadenfrohem Grinsen abblitzen ließ.

Früh am Morgen wachte er auf. Sein erster Gedanke war, wie er ihr die scheußliche Behandlung, der sie ihn ausgesetzt hatte, am besten heimzahlen konnte. Fernsehstar hin oder her: Fanny Cordell stand in seiner Schuld.

Und seine Schulden musste man immer bezahlen.

So oder so.

15 Fanny rechnete damit, dass Julia wie gewöhnlich etwa eine Stunde nach Schluss der Sendung anrief. Wenn nicht, würde sie selbst zum Hörer greifen müssen. Heute Abend brauchte sie das Gespräch mit einem Menschen, der ihr nahe stand und auf den sie sich verlassen konnte.

Die Verstimmung nach ihrer Begegnung mit dem obsessiven Fremden ließ sich nicht abschütteln. Nicht einmal eine besonders ausgedehnte Dusche konnte das klebrige Unbehagen abspülen, das er bei ihr erzeugt hatte. Er hatte so eine Besessenheit ausgestrahlt, und als sie ihn abservierte, war er regelrecht gehässig geworden.

Wenn sie ehrlich war, musste sie sich eingestehen, dass er ihr ein klein wenig Angst gemacht hatte. Die Gefahr, dass er ihr in Zukunft Probleme bereiten würde, ließ sich nicht ausschließen. Er schien nicht der Typ zu sein, der einen Rückschlag hinnahm. Bestimmt würde er wiederkommen. Sie musste auf der Hut sein in nächster Zeit.

Was hatte er gesagt?

Ich warne Sie. Nehmen Sie sich in Acht.

Und: *Sie werden noch von mir hören.*

Drohungen, sicher. Aber am meisten beängstigt hatte sie sein unheimlich bohrender Blick. Trotz der Wut, die in ihm hochgekocht sein musste, lag so etwas wie disziplinierte Kälte darin, und ihr wurde klar, dass man diesen Mann nicht unterschätzen durfte. Dem war einiges zuzutrauen.

Sein unverschämtes Auftreten hatte sie so aus der Fassung gebracht, dass sie ein wenig unbedacht etwas zu harsch geworden war. Normalerweise hatte sie sich besser unter Kontrolle. Aber sie war müde gewesen, erschöpft, überhaupt nicht in der Verfassung, sich noch länger rumzustreiten. Und er hatte sich ihr ja nun mal unerlaubt aufgedrängt. Nach einem zögernden, verlegenen Auftakt war sein Auftreten langsam, aber sicher umgeschlagen, als er sie nicht dazu überreden konnte, mit ihm auszugehen.

Am Ende war er aggressiv geworden, hatte dabei aber eine Beherrschung gewahrt, die ihr Angst machte. Wenn sie nur nicht von einem Psychopathen belästigt wurde! Sie hatte so schon genug Sorgen, bei all den Verrücktheiten, die sich offenbar um sie zusammenbrauten.

Nach der Dusche ging sie in einen der Garderobenräume, wo sie einen Teil ihrer Fanpost in ein paar überquellenden

Schubladen untergebracht hatte, in der Absicht, sie später durchzuarbeiten, wenn sie dazu kam.

Später ...

Fanny verzog das Gesicht. In den letzten Monaten hatte sie im Prinzip nur gearbeitet, gearbeitet, gearbeitet – ständig unter unmenschlich hartem Druck, bei jeder kleinsten Bewegung angestiert von einer sensationslüsternen Öffentlichkeit, ständig in dem Bewusstsein, dass jeder noch so kleine Patzer beißende Kritik nach sich ziehen konnte. Sie wusste, dass sie überall Feinde hatte, die über sie herzogen, und viele sie am liebsten untergehen sähen. Die Branche war gnadenlos, und wurde erst einmal zur Treibjagd geblasen, ging es schonungslos voran.

Vielleicht steigerte sie sich da jetzt auch in etwas hinein, wo sie sich doch gerade so dermaßen ausgelaugt und urlaubsreif fühlte. Nicht mehr lange, und sie bekam ihre ersehnte Erholungspause.

Die Frage war nur, ob sie es tatsächlich wagen sollte, nach Sydstranden zu fahren – schließlich kam ihr Angreifer des heutigen Abends ja aus der Nachbargemeinde. Und die Vorstellung, dass er auftauchte und ihr die wertvollen Urlaubstage verdarb, war natürlich abschreckend.

Vor Typen wie Thomas Hansson konnte man sich nur schwer schützen. Wenn er sich wirklich vorgenommen hatte, ihr etwas anzutun, würde ihn auch ein größerer geographischer Abstand nicht davon abhalten.

Natürlich hätte sie ihr Urlaubsziel nicht in diesem Zeitungsartikel verraten sollen. Aber es wäre ja doch durchgesickert, und sie gab sich nicht gern rätselhaft und unnahbar wie eine moderne Greta Garbo. Fanny vertrat die Einstellung, man solle so weit wie möglich mit offenen Karten spielen und keine Geheimniskrämerei betreiben. Sie wollte sich nicht interessanter machen, als sie war.

Alles wäre einfacher, wenn sie nicht diese Flugangst hätte.

In einer exotischeren Weltengegend hätte sie sich ungestörter aufhalten können als in heimischen Gefilden – das war ihr durchaus bewusst.

Andererseits gefiel es ihr in Schweden. Sie zog Urlaubsorte vor, die sie relativ bequem in wenigen Stunden per Auto oder Bahn erreichen konnte.

Bisher hatte Fanny ihr Programm im ersten Teil der ersehnten Ferien klar vor Augen gehabt.

Zuerst ein paar Tage zu Hause zum Putzen, Aufräumen und Erledigen von Angesammeltem, damit sie später wieder unbeschwert nach Göteborg zurückkehren konnte. Einen Nachmittag hatte sie für ihr jährliches Gespräch mit dem Finanzprüfer reserviert.

Dann zwei Wochen in Sydstranden, wo sie hauptsächlich vorhatte, sich von der Außenwelt abzuschirmen, nur zu lesen, fernzusehen und ein- oder zweimal am Tag Sport zu treiben. Vielleicht kam sie auch zum Schwimmen im Meer, vorzugsweise zu Zeiten, wenn es an dem langgestreckten Strand nicht gerade von Leuten wimmelte. Sie freute sich unheimlich darauf, in die Gegend zurückzukehren, mit der sie so viele wunderbare Erinnerungen verbanden.

Anschließend eine Woche mit Julia nach London. Die Fährtickets von Göteborg waren schon bestellt (Luxuskabine für zwei), das Hotelzimmer gebucht. Es würde wunderbar sein, ohne festen Zeitplan nur einfach mit ihrer Schwester zusammen zu sein. Sie würden in den Tag hineinleben, aber die Erwartung war nicht ganz abwegig, dass mindestens ein Theater- oder Musicalbesuch im West End drin wäre.

So hatte sie sich also ihren Urlaub vorgestellt, doch das Auftauchen von Thomas Hansson zwang sie womöglich dazu, umzuplanen und Sydstranden gegen ein anderes Reiseziel zu tauschen. Aber es widerstrebte ihr, sich von so einem Grobian den Urlaub verderben zu lassen.

Sie beschloss, Thomas Hansson ungeachtet, alles genau wie geplant durchzuziehen.

Für die Zeit nach London schwebte ihr noch nichts Festes vor, sie hatte nur vage Ideen. Sie rechnete damit, dass ihr Urlaubsrest von diversen Veranstaltungen aufgesplittet sein würde. Bislang hatte sie erst drei Angebote angenommen: eine Minishow im Rahmen der Einweihung eines Einkaufszentrums in der Gegend von Stockholm, ihre Jurybeteiligung während einer Oldie-Ausstellung in Båstad und ihre Teilnahme an einem Werbe-Event in Värmland, wo sie unter anderem dazu ausersehen war, irgendeine »Miss« zu krönen.

Je nachdem, wie erholt sie sich fühlte, würde noch der eine oder andere Auftritt hinzukommen.

Eins jedoch war sicher: An Anfragen würde es nicht fehlen.

Wäre das ihr Wunsch, so hätte sie sich den ganzen Sommer über jeden Tag ein neues Engagement sichern können, aber sie wusste, dass man seine Ressourcen nicht verschleudern durfte.

In ihrem Umfeld hatte sie viel zu viele abschreckende Beispiele von Kollegen vor Augen, die ausgebrannt waren, weil sie nicht vernünftig genug gewesen waren, auf die Bremse zu treten, sondern den Fuß erst vom Gas genommen hatten, als es zu spät und der Schaden bereits irreparabel war.

Sie würde nicht denselben Fehler machen. Sie war vorgewarnt, was geschehen konnte, wenn man den Hals nicht voll kriegte.

Fanny zog die Schubladen mit ihrer angesammelten Post heraus. Widerwillig betrachtete sie die unsortierten Stapel Karten und Briefe. Die Menge kam ihr überwältigend vor. Die Versuchung war groß, einfach alles unbesehen wegzuwerfen, aber es konnte ja auch etwas wirklich Wichtiges darunter sein. Sie nahm sich vor, diese zeitraubende Aufgabe noch am ersten Urlaubstag hinter sich zu bringen – der zweite war hauptsächlich dem Finanzprüfer vorbehalten.

Träge und lustlos durchwühlte sie aufs Geratewohl die Berge. Nach einer Viertelstunde wenig erfolgreichen Suchens hatte sie zwei Umschläge mit einem Thomas Hansson als Absender gefunden.

Zwei von dreiundzwanzig.

Das bedeutete also, dass irgendwo noch sehr viel mehr lagerten, entweder in diesen Stapeln vergraben oder noch im Fernsehsender. Sie konnten auch schon weggeworfen worden sein – zumindest ein paar von ihnen. Sie wollte später weitersuchen und war sich ziemlich sicher, dass sie nach und nach noch mehr seiner Ergüsse aufspüren würde.

Falls nun wirklich er ausgerechnet diese beiden Briefe geschrieben hatte.

Doch es sah ganz danach aus.

Sein Wohnort stand fein säuberlich vor dem Datum. Auch im Übrigen entsprach alles präzise der gängigen Konvention. Offenbar hielt er sich peinlich genau an Formalitäten.

Als sie nicht ohne Bangen die Briefe las, verflogen ihre letzten Zweifel an der Identität des Verfassers. Seine Stimme drang gleichsam aus den Zeilen heraus, als wäre er anwesend und läse ihr das Geschriebene in seiner penetranten Art vor.

Er redete sie unterwürfig, mit einer gewissen Hochachtung an, höflich und dem Anschein nach wohlwollend. Sie musste ihm lassen, dass er sich gewandt und sogar ein wenig elegant ausdrückte.

Doch hinter all den schmeichelnden Formulierungen ahnte sie etwas anderes als nette, unkomplizierte Schwärmerei – vermutlich lauerten da auch blinde Begierde, Besitzstreben. Das Liebenswürdige, Verbindliche war nur ein Mittel zu seinem Zweck.

Sie sah die stechenden Augen in dem blassen Gesicht vor sich. Thomas Hansson war höchstwahrscheinlich ein gefährlicher Mensch, wenn er nicht seinen Willen bekam, bereit, so weit zu gehen wie nötig, um an sein Ziel zu gelangen.

Dass er psychisch gestört war, stand für sie außer Frage.

Eine Gänsehaut überlief ihren Rücken in voller Breite.

Sie beschloss, beide Briefe aufzuheben, für den Fall, dass sie sie eventuell später nochmal brauchte.

16 Es klingelte.

Julia.

»Endlich! Das wurde aber auch Zeit«, sagte Fanny. »Ich hab so auf dich gewartet. Ich hab's alle Viertelstunde bei dir versucht, aber du bist ja nie da.«

»Ich war eine Weile in Finspång, bei Freunden.«

»Und dein Handy?«

»Das ist kaputt.«

»Dann lass es reparieren. Oder kauf dir ein neues.«

»Mach ich.«

»Hast du nie daran gedacht, dir einen Anrufbeantworter zuzulegen?«

»Du machst mich ganz nervös. Ich brauch nicht mal zu fragen, ob was passiert ist. Man hört es dir an.«

»Wirklich?«

»Ja, du klingst so anders. So merkwürdig. Was ist los? Doch hoffentlich nichts Ernstes, oder?«

»Mir ist *wirklich* was passiert.«

»Hat dich der Schmuddel-Produzent Bosse wieder betatscht?«

»Wenn es doch bloß das wäre«, sagte Fanny und erzählte von Thomas Hanssons Auftauchen im Sender und seinem unangenehmen Verhalten.

»Du glaubst also nicht, dass es bloß ein unbesonnener Fan war, dem du den Kopf verdreht hast?«, fragte Julia.

»Nein, die Typen kenne ich nur zu gut. Lästig, aber ungefährlich. Der hier war was ganz anderes. Er wirkte irgendwie ... wie soll ich sagen ... bedrohlich ist vielleicht das passende Wort. Mir war gar nicht wohl, als ich den Sender verließ. Ich hatte so ein Gefühl, als ob er mich beobachtete, als ob er irgendwo da draußen im Dunkeln auf der Lauer lag.«

»Hast du ihn gesehen?«

»Nein, aber es war ein Gefühl, als ob er da wäre.«

»Klingt gruselig.«

»Ist es auch. Zum Glück hab ich auf dem Parkplatz einen aus der Band erwischt und ihn gebeten, mich nach Hause zu fahren.«

»Anscheinend ist es diesem Thomas da leicht gefallen, dich in der Garderobe zu finden. Habt ihr keinen Wachdienst im Haus?«

»So was hat es noch nie gegeben, dass mich jemand nach der Sendung belästigt hätte. Davor oder währenddessen übrigens auch nicht.«

»Das hier ist aber gar nicht gut, Schwesterherz.«

Fanny sah Julia vor sich: Wahrscheinlich zwirbelte ihre Schwester gerade eine Strähne ihrer langen, blonden Haare, den Hörer zwischen Ohr und Schulter geklemmt, und dachte mit kraus gezogener Nase nach.

»Übrigens«, sagte Fanny, »ich hab vergessen, zu erwähnen, dass mir der höfliche Herr Hannson jede Menge Briefe geschrieben hat.«

»Wie viele?«

»Dreiundzwanzig.«

»Dreiundzwanzig!«

»Hat er gesagt.«

»Der ist doch verrückt.«

»Darauf habe ich ihn hingewiesen, mit genau diesen Worten. Aber das hat ihm gar nicht gefallen. Und dann wollte er mit mir ausgehen, um mir Gelegenheit zu geben, mich selbst davon zu überzeugen, ob er geistesgestört ist oder nicht.«

»Wie viele von den dreiundzwanzig Briefen hast du beantwortet?«

»Nicht einen.«

»Und wie hat er darauf reagiert?«

»Ob du's glaubst oder nicht, er hatte Verständnis dafür, dass ich von Fanpost überschwemmt werde und die Briefe nicht allesamt beantworten kann. Hat er jedenfalls gesagt. Und offenbar stimmte es auch. Er scheint mir nicht der Typ zu sein, der das eine sagt und etwas anderes meint.«

»Du hast doch ein unglaubliches Talent, durchgeknallte Typen anzuziehen. Einfach unschlagbar. Was ich von Lasse halte, weißt du ja.«

»Ja, den magst du nicht. Hast ihn nie gemocht. Du hast mich früh genug vor ihm gewarnt.«

»Hast du etwa auf mich gehört?«

»Hätte ich das bloß getan. In einer Hinsicht erinnert dieser Thomas wirklich ein wenig an Lasse: Er ist genauso nervig. Er hat mir dasselbe Zeug immer und immer wieder vorgekaut, obwohl ich ihm eine Abfuhr nach der anderen erteilte. Wie du weißt, kann Lasse auch so bescheuert stur sein, wenn er sich was in den Kopf gesetzt hat. Aber dieser Psychopath ist irgendwie noch … wie soll ich sagen? Er scheint bereit zu sein, noch einen Schritt weiter zu gehen als Lasse. Er hat auch erzählt, dass er fast alle meine Sendungen auf Video aufgenommen hat.«

»Was für ein Spinner! Der ist doch krankhaft von dir besessen. Schaff dir lieber einen richtigen Kerl an. Für eine Frau in deinem Alter kann es nicht gut sein, allein zu leben.«

»Hör auf, Julia. Manchmal kommst du rüber wie eine hängen gebliebene Schallplatte.«

»Ja, ich weiß. Aber hab ich etwa nicht Recht?«

»Wer ist die Älteste von uns beiden?«

»Ich. Dreizehn Monate älter als du.«

»Und hast *du* etwa einen?«

»Fanny, das ist jetzt …«

»Na bitte. Dann bist du auf dem Gebiet ja wohl nicht die beste Ratgeberin der Welt für mich.«

»Es gibt da einen wesentlichen Unterschied.«

»Ich weiß, was jetzt kommt.«

»Nämlich, dass Micke und ich uns gerade erst getrennt haben, und das ist furchtbar traurig für mich. Ich hab eine Woche lang nur geweint. Wir haben lange versucht, ein Kind zu kriegen, aber es hat leider nicht geklappt. Außerdem haben wir uns erst nach vielen Jahren getrennt, während du jetzt schon ewig einen auf alte Jungfer machst.«

»Jetzt hör schon auf, Julia. Manchmal bist du so was von spießig! Wie im 19. Jahrhundert! Muss denn jede Frau einen Partner haben? Darf man nicht sein eigenes Leben leben, wenigstens eine Zeit lang?«

»Wir kommen offensichtlich nicht weiter, also zurück zu diesem Thomas. Wie heißt er noch gleich? Hansson?«

»Waren wir mit dem nicht fertig?«

»Hast du was dagegen, wenn ich mich diskret ein wenig nach ihm umhöre?«

»Überhaupt nicht.«

»Ich meine, es kann nicht schaden, etwas über den Irren in Erfahrung zu bringen, falls er vorhat, sich nochmal vor dir zu produzieren.«

»Aber lass mich dabei bitte aus dem Spiel.«

»Für den Anfang kannst du mir ja ein paar von diesen Briefen schicken.«

»Ich such morgen weiter und mach Kopien von denen, die ich finde.«

»Seine Adresse steht doch bestimmt auf dem Umschlag?«

»Ja. Auf den Briefen auch. Er ist sehr gewissenhaft.«

»Und sehr verrückt, so wie's aussieht. Mir gefällt nicht, dass er so nahe an Sydstranden wohnt. Aber das soll dich natürlich nicht davon abhalten, deine beiden Wochen da unten zu verbringen.«

»Ich werde hinfahren, wie geplant.«

»Find ich gut, dass du dir von so einem Gestörten nicht den Urlaub verderben lässt. Außerdem weiß er vielleicht nichts von deinen Urlaubsplänen.«

»Doch. Leider. Es stand ja in der Zeitung.«

»Vielleicht hat er die ja nicht gelesen.«

»Den Briefen nach zu urteilen, weiß er über alles, was ich mache und tue, Bescheid. Absolut alles. Auf jeden Fall hat er gesagt, er wüsste, dass ich zwei Wochen in Sydstranden was gebucht habe. Bestimmt findet er auch noch die genaue Adresse raus.«

Fanny unterbrach sich und zögerte kurz, ehe sie weiterredete: »Andererseits, wenn's der Typ echt drauf angelegt hat, mich aufzuspüren, ist es egal, wo ich hinfahre. Dann verfolgt er mich auch bis nach Anchorage oder Singapur.«

»Ich hab den Eindruck, der Typ ist gefährlich. Vor dem musst du dich in Acht nehmen.«

»Genau das hat er auch gesagt: dass ich mich in Acht nehmen soll.«

»Ich glaube, ich nehm zurück, was ich eben gesagt hab. Du solltest es dir vielleicht doch noch überlegen mit Sydstranden.«

»In dem Punkt lass ich mich nicht umstimmen.«

»In Anchorage oder Singapur *bist* du schwerer zu finden.«

»Aber es ist auch für mich schwerer, da hinzugelangen.«

»Wo liegt Anchorage überhaupt?«

»In Alaska.«

»Okay, dann bleibt es also doch beim guten alten Sydstranden?«

»Na klar.«

»Nimm seine Warnungen oder Drohungen, oder was auch immer er da von sich gibt, nicht zu sehr auf die leichte Schulter.«

»Mach ich schon nicht.«

»Denk an den Säureanschlag in Miami Beach.«

»Danke sehr. Du brauchst mir nicht noch mehr Angst zu machen als unbedingt nötig. Es ist so schon schlimm genug.«

»Entschuldige, Fanny. Vielleicht wäre es das Beste, zur Polizei zu gehen.«

»Und was sagen? Dass mich ein Irrer belästigt hat? Vergiss nicht, er hat mich nicht angegriffen.«

»Er hat dir doch gedroht, oder etwa nicht?«

»An sich schon.«

»Siehst du. Das müsste der Polizei vollkommen genügen. Besonders, wenn du erwähnst, dass er dir einen Brief nach dem anderen schreibt, ohne je eine Antwort zu bekommen. Und vergiss nicht, die Videoaufzeichnungen zu erwähnen. Ich sehe richtig vor mir, wie er Abend für Abend davorsitzt und sich dran aufgeilt.«

»Vielleicht übertreiben wir da jetzt doch ein wenig. Es wird schon vorbeigehen. Bestimmt war das nur ein einmaliger Ausrutscher. Ich hab ihn abblitzen lassen, da sind bei ihm die Sicherungen durchgebrannt. Mehr wird da nicht dran sein. In Zukunft wird er mich bestimmt in Ruhe lassen.«

»Das klingt aber nicht sehr überzeugt.«

»Muss wohl daran liegen, dass ich nicht überzeugt bin. Nicht so richtig.«

»Mach es, wie ich gesagt habe. Schalte die Polizei ein.«

»Damit ich jede Menge unerwünschte Schlagzeilen kriege? *Fanny Cordell nach der Show von Stalker belästigt.* Was soll man von so einem Aufmacher halten? Die Leute werden sagen, ich täte alles, nur um in die Schlagzeilen zu kommen.«

»Scheißegal, was die Leute sagen. Ich finde, die Sache wird unheimlich. Du weißt genauso gut wie ich, dass eine ganze Menge Prominente schlechte Erfahrungen mit Stalkern gemacht haben, manche wurden regelrecht terrorisiert. Warum sollte es nicht auch dich treffen?«

»Darf ich dich an ein Gespräch erinnern, das wir vor nicht allzu langer Zeit hatten? Damals hat jemand behauptet, dass bei weitem nicht alle Stars belästigt und verfolgt werden.«

»Davon weiß ich nichts mehr.«

»Du erinnerst dich immer nur an das, woran du dich erinnern willst, und vergisst den Rest. Ich will auf keinen Fall in so einem Zusammenhang durch die Presse gezogen werden, begreif das doch. Ist dir übrigens klar, was für ein gefundenes Fressen das für eine gewisse Gaby Swancke wäre?«

»Geht's jetzt hier um dich oder um diese Zicke?«

»Julia, die Polizei kann ich auf dieser vagen Grundlage einfach nicht einschalten.«

»Du musst es ja wissen. Wie du meinst. Aber eins kannst du mir wenigstens versprechen.«

»Was?«

»Halt die Augen offen.«

»Versprochen.«

Das Versprechen wollte sie einlösen. Sie würde die Augen offen halten.

Aber natürlich hoffte sie, dass alles im Sande verlief und sie Thomas Hansson nie wieder sehen musste.

»Gibt's sonst noch was?«, wollte Julia wissen.

»Ja, wenn du mir versprichst, es für dich zu behalten«,

antwortete Fanny und erzählte von den Plänen, in der letzten Frühjahrssendung den Mörder Sven-Erik Olsson einzuladen.

17 Als Projektleiterin einer der meistgesehenen Fernsehsendungen des Landes tätig zu sein, erforderte unter anderem eine äußerst robuste Psyche und eine tüchtige Portion Stehvermögen.

Boel Ahlqvist wusste von sich, dass sie so etwas wie eine Elefantenhaut hatte. Niemand war vollkommen unempfindlich für Kritik, aber mit ihrem Panzer konnte sie Tadel besser als die meisten anderen von sich abprallen lassen.

Eine weitere wertvolle Eigenschaft war, dass sie Konflikten nicht aus dem Weg ging. Falls erforderlich, zog sie gerne für ihre Ideen in den Kampf, auch in Situationen, die manch anderem unangenehm gewesen wären. Und sie besaß die beneidenswerte Fähigkeit, Rückschläge rasch von sich abschütteln zu können, um ihre Energie und Kraft direkt auf die nächste Aufgabe zu konzentrieren.

Mit ihrer robusten Konstitution war sie auffallend gut geeignet für den harten Beruf, den sie sich freiwillig ausgesucht hatte. Doch so dickhäutig sie auch war, gab es doch Aufgaben, vor denen sie sich am liebsten gedrückt hätte.

Eine solche hatte sie gerade vor sich.

Noch dazu völlig unnötigerweise.

So wie sie es sah, war es nämlich völlig überflüssig, die Hinterbliebenen von Lisette Agnelius anzurufen. Ganz gleich, wie diese dazu standen, würde Sven-Erik Olsson ja doch für das Finale der Sendestaffel ins Studio geholt werden – Boel hatte vor, ihren Willen um jeden Preis durchzusetzen.

Aber Fanny hatte nun mal ein besseres Gefühl, wenn Lisettes nächste Angehörigen informiert wurden und ihnen grünes Licht gaben. Fanny war als Talkmasterin einsame Spitze, dafür vielleicht ein wenig zu empfindlich in moralischen Fragen. Immer wieder ging es ihr um »Ethik und Moral«, offenbar ihre beiden Lieblingswörter.

Es gehörte zu Boel Ahlqvists Lebensphilosophie, unangenehme Dinge möglichst rasch zu erledigen, und sie wusste, dass die Familie Agnelius an diesem Tag von einer Urlaubsreise zurückgekehrt war.

Also gab es keinen Grund, länger zu warten.

Sie setzte sich ans Telefon und wählte.

»Kjell Agnelius.«

»Guten Tag. Ich heiße Boel Ahlqvist. Störe ich vielleicht gerade?«

»Nein, durchaus nicht.«

»Danke.«

»Wie war nochmal Ihr Name?«

»Boel Ahlqvist. Ich bin die Projektleiterin der Fernsehshow *Funny Fanny*. Haben Sie die Sendung schon einmal gesehen?«

»Schon oft.«

»Wie gut. Wir in der Redaktion möchten Ihnen gerne einen Vorschlag machen.«

»Aha.«

»Wir sind sehr an einer Zusammenarbeit mit Ihnen interessiert.«

»Hat das was mit meiner Tochter zu tun?«

»In gewisser Weise.«

»In welcher Weise?«

»Man kann sagen, dass es mit ihr zu tun hat.«

»Nicht nur in gewisser Weise?«

»Nein, eher in erster Linie.«

»Ehrlich gesagt, ich habe darauf gewartet, dass man mit so etwas an mich herantritt. Vielleicht nicht ausgerechnet Sie. Aber jemand, der in der Tragödie rumschnüffeln will.

So etwas gibt es ja immer wieder, aber ich weiß wirklich nicht, ob wir Lust haben …«

»Hören Sie sich wenigstens an, wie wir uns die Sache vorstellen«, sagte Boel Ahlqvist und berichtete von der Idee.

Dann war sie fertig. Hielt den Atem an.

Der Vater der Ermordeten sagte nichts. Er schwieg lange, bevor er antwortete: »Ich müsste lügen, wenn ich behaupten würde, dass mich die Idee besonders anspricht. Unsere Lisette ist seit langem tot und begraben, und es widerstrebt mir, all das Schmerzhafte wieder ans Licht zu zerren.«

In der kurzen Pause legte sich die Projektleiterin rasch Argumente zurecht, mit denen sie ihn überreden könnte.

Agnelius fuhr fort: »Andererseits können wir Sie wohl nicht dran hindern, juristisch meine ich, wenn Sie sich wirklich vorgenommen haben, das mit Olsson durchzuziehen.«

Boel Ahlqvist schloss die Augen, erleichtert. Es würde also ohne großen Ärger über die Bühne gehen. Zum gegenwärtigen Zeitpunkt bestand kein Grund, Agnelius zu bestätigen, dass er mit seiner Einschätzung Recht hatte: Juristisch gäbe es keine Möglichkeit, das Studiogespräch mit dem verurteilten Mörder zu verhindern. Jedenfalls nicht für die Familie Agnelius.

Stattdessen sagte sie: »Natürlich lässt sich über eine angemessene Entschädigung reden.«

Die Stimme am anderen Ende der Leitung hörte sich kühler an: »Beleidigen Sie mich bitte nicht. Ersparen Sie mir solche Unverschämtheiten.«

»Ich hatte nicht im geringsten …«

»Glauben Sie ja nicht, ich würde mit Hintergedanken an irgendeinen finanziellen Profit zustimmen. Wir wollen kein Geld. Aber neugierig bin ich schon auf Olsson nach all den Jahren hinter Gittern. Bereut er mittlerweile, was er getan hat? Was für furchtbare Schmerzen er verursacht hat? Und kann er endlich erklären, *warum* er es tat – ein unschuldiges

Mädchen zu ermorden, das keiner Menschenseele je etwas zuleide getan hat?«

»Genau das will unsere Moderatorin aus ihm herausholen. Sie ist sehr geschickt im Umgang mit ihren Interviewpartnern.«

»Was mich angeht, so bekommen Sie meine Zustimmung. Aber ich muss zuvor noch mit meiner Frau darüber reden.«

»Das kann ich gut verstehen.«

»Rufen Sie mich in einer Viertelstunde nochmals an.«

Boel schaffte es, zwei Zigaretten zu rauchen und ein Dutzend Mal auf die Uhr zu sehen, ehe es so weit war, dass sie wieder zum Hörer greifen konnte.

Wenn seine Frau ihn nur nicht umgestimmt hat, dachte sie.

Nichts Gutes ahnend, wählte sie.

Aber ihre Befürchtungen bewahrheiteten sich nicht.

»Eva, meine Frau, ist der gleichen Meinung wie ich«, berichtete Kjell Agnelius. »Wir sind beide darauf gespannt, was Olsson zu sagen hat, und unserer Lisette kann es ja nicht mehr schaden. Denn er kann ihr schließlich nicht noch einmal wehtun, nicht wahr? Wenn er wieder rauskommt, und das wird wohl recht bald der Fall sein, ist keine Lisette mehr da, der er was antun könnte.«

Boel schauderte es, als sie hörte, wie belegt die Stimme des Mannes klang. Sie dachte über passende tröstende Worte nach, aber ihr fielen keine ein.

Die Zeit verging.

Doch dann sprach er weiter, wieder mit normaler Stimme: »Wie gesagt, wir haben keine Einwände.«

»Vielen Dank. Wir versprechen, uns Ihres Vertrauens würdig zu erweisen. Nur noch eine Sache.«

»*Noch* etwas?«

»Könnten Sie sich vorstellen, sich selbst an der Sendung zu beteiligen?«

»Auf keinen Fall. Dazu bringen Sie mich nie.«

»Und Ihre Frau? Würde sie möglicherweise mitmachen?«

»Kommt überhaupt nicht in Frage.«

»Etwas Ähnliches wurde in anderen Ländern versucht, mit Erfolg. Den Täter mit den Angehörigen des Opfers zu konfrontieren. Ich kenne Fälle, in denen sich beide Parteien besser gefühlt haben, nachdem sie sich miteinander aussprechen konnten.«

»Ich habe nichts mit Olsson zu besprechen.«

»Aber …«

»Hören Sie bitte auf damit. Begreifen Sie nicht, wie zynisch es von Ihnen ist, so etwas vorzuschlagen?«

Boel Ahlqvist war klug und erfahren genug, einzusehen, wann man besser einen Rückzieher machte.

»Selbstverständlich respektiere ich Ihre Entscheidung. Vielleicht möchten Sie stattdessen im Publikum sitzen, anonym und ohne dass die Kamera Sie anzoomt?«

»Nein. Wir kommen nicht in den Sender. Weder ich noch sonst jemand aus meiner Familie.«

»Ich verstehe. Dann sind wir uns also einig?«

»Ich nehme es an.«

»Würden Sie sich wünschen, dass Fanny Cordell Herrn Olsson eine ganz bestimmte Frage stellt? Oder gibt es etwas, was sie ihn nicht fragen sollte?«

»Ich weiß nicht … ich muss das Ganze erst mal verdauen. Es hat mich ziemlich mitgenommen.«

»Das kann ich gut verstehen. Lassen Sie sich nur Zeit. Wir haben keine Eile. Wir melden uns selbstverständlich vor der Sendung noch einmal, um die Details mit Ihnen abzustimmen. Bis dahin wäre ich dankbar, wenn Sie nichts davon nach außen durchsickern lassen. Und zögern Sie nicht, bei uns anzurufen, wenn Sie noch irgendwelche Fragen haben.«

Boel Ahlqvist atmete auf. Das wäre geschafft.

Ein Mann mit Selbstbeherrschung, dieser Kjell Agnelius.

Ihr war aufgefallen, dass er nicht einmal ausfällig geworden war, als er über den Mann sprach, der seine Tochter auf dem Gewissen hatte.

Die Projektleiterin tippte Fanny Cordells Handynummer ein.

»Fanny.«

»Hallo, ich hab gerade länger mit Kjell Agnelius telefoniert.«

»Und was sagt er?«

»Alles klar. Er hat grünes Licht gegeben.«

Er war sich der Notwendigkeit bewusst, den Vorstoß gründlich vorzubereiten.

Die Umgebung, der Zeitpunkt, das Objekt: Alles musste stimmen. Er durfte sich nicht zu sehr hineinsteigern, sondern musste geduldig bleiben, bis *sie* auftauchte.

Nach vielen sorgfältigen Berechnungen war er endlich so weit.

Er traf sie in der Bibliothek, eine gut gekleidete, dunkelhaarige Frau ohne Ring am Finger im richtigen Alter, mit dem richtigen alltäglichen Aussehen. Er hatte den Eindruck, dass man sich auf sie verlassen konnte.

Also konnte er loslegen.

Als er Kontakt zu ihr aufnahm, war er darauf eingestellt, sich zurückzuziehen, sowie er das kleinste Anzeichen von Unsicherheit entdeckte oder sich herausstellte, dass sie schon gebunden war. Er konnte sich natürlich auch einen Korb einhandeln, was dann ohne jede Bedeutung wäre. Dann brauchte er ja nur mit der zweiten weiterzumachen. Und mit der dritten und vierten, wenn es sein musste. Früher oder später biss eine an. Das wusste er aus Erfahrung. Bis dahin konnte er sich Zeit lassen.

Aber die Dunkelhaarige in der Bibliothek wies ihn nicht ab.

Ein paar Stunden nach ihrer ersten Begegnung trafen sie sich in einer Kneipe, wo er seinen ganzen Charme spielen ließ. Zwei Abende später schliefen sie miteinander. Sie verliebte sich bis über beide Ohren und schmiedete Zukunftspläne.

Es klappte genau so, wie er es sich erhofft und ausgerechnet hatte.

Sie gehörte ihm.

Solange er sie brauchte.

18 Fanny wurde von lautem Prasseln aufs Fensterbrett geweckt.

Der Krach wollte kein Ende nehmen.

Eine fehlgeleitete Schusssalve, dachte sie. Oder ein Hagelschauer.

Der Tag war gekommen, der Tag der letzten Sendung vor der Sommerpause.

Sie gönnte sich ein paar Minuten, um wach zu werden. Dann reckte und streckte sie sich, stand auf, trat ans Fenster, zog die Vorhänge zur Seite und stieß die Flügel auf.

Das Wetter war genau so, wie es sich angehört hatte.

Entsetzlich.

Grau, nass, drückend.

Eher spätherbstdüster als frühsommerlich.

Ein Trauerspiel.

Ihr fiel ein, dass es genauso heftig geregnet hatte, als Lisette ermordet wurde, in einem anderen Monat, einem anderen Jahr, einer anderen Gegend.

Und heute Abend würde sie, Fanny Magdalena Cordell, zum ersten Mal dem an diesem bestialischen Verbrechen Schuldigen begegnen.

Sie war sich über ihre Gefühle nicht im Klaren. Spannung, eine gewisse Nervosität, ein klein wenig Befangenheit, Angst, Neugier, professionelle Erwartung. Würde sie bewältigen, was da so ganz selbstverständlich von ihr erwartet wurde?

Eine lange, anstrengende, kräftezehrende Sendestaffel lag hinter ihr, und sie war dankbar, dass diese nun zu Ende ging. Sie verspürte das dringende Bedürfnis nach Ruhe und Erholung, und der Gedanke an den bevorstehenden Urlaub nahm etwas von dem Druck.

Noch eine Kraftanstrengung – und sie würde wochenlang normal leben können.

Nun ja, *einigermaßen* normal jedenfalls. Die Tage, an denen sie *ganz* normal lebte, schienen für immer vorbei zu sein.

Der heftige Hagelschauer war vorübergezogen, aber es goss immer noch aus allen Kübeln. Sie zog das Fenster zu, ließ es aber gekippt, um zu lüften, holte sich dann die Tageszeitung und kroch wieder ins Bett, wo sie sich noch eine Viertelstunde Zeitungslektüre gönnte.

Zuerst las sie natürlich den Artikel über die heutige Folge ihrer Sendung. Normalerweise gab ihre Redaktion die Namen der Gäste rechtzeitig bekannt, damit sie nicht nur in den Tageszeitungen, sondern auch in den speziellen Fernsehprogrammzeitschriften angekündigt werden konnten. Das war schließlich die beste PR, natürlich besonders dann, wenn es sich um populäre Promis handelte.

Aber für das große Finale heute Abend hatte ihre Presseabteilung nur die Namen des Raubtierexperten und der Sängerin verraten. Und dass man an diesem besonderen Abend einen Überraschungsgast präsentieren wollte. Diese Geheimnistuerei sollte die Leute natürlich noch neugieriger machen. Zu so einem Trick hatten sie bisher noch nie gegriffen.

Vielleicht würde es den Abendzeitungen gelingen, das

Rätsel auffliegen zu lassen und die Identität des geheimen Gastes zu lüften, vielleicht aber auch nicht. Das würde sich zeigen.

Bo Svärd war davon überzeugt, dass es die Quote in die Höhe treiben würde, wenn Sven-Erik Olssons Beteiligung bis zum Beginn der Sendung geheim gehalten wurde, während Fanny sich nicht sicher war, welche Wirkung sie damit wohl erzielen würden.

Nach einem Glas Orangensaft, einer halben Grapefruit und einer Tasse Kaffee zog sie ihren Trainingsanzug an, um Joggen zu gehen.

Der Regen hatte nicht nachgelassen. Eher im Gegenteil.

Aber das schreckte sie nicht ab.

Nichts und niemand konnte sie von einer Joggingrunde abhalten. Vor jeder Livesendung lief sie vormittags ein paar Kilometer, und sie war abergläubisch genug, an dieser Gewohnheit festzuhalten. Bislang war sie damit nur gut gefahren – warum ein Erfolgsrezept ändern?

Schnee, Eisregen und Jack-the-Ripper-Nebel waren ihr bislang erspart geblieben, aber sie war überzeugt, dass kein Unwetter der Welt sie von ihrem liebgewonnenen Ritual abhalten konnte. Und bei aller Unannehmlichkeit gab es doch auch einen Vorteil: Unterwegs würde sie wohl kaum jemand belästigen. Schließlich begaben sich nicht allzu viele freiwillig in dieses Sauwetter.

Normalerweise wurde sie beim Laufen fast immer von dem einen oder anderen gegrüßt, gerne rief man ihr auch Fragen zu, die sie, um nicht arrogant zu wirken, kurz und höflich beantwortete, um sich anschließend mit erhöhtem Tempo aus dem Staub zu machen.

Diesmal würde sie wenigstens ungestört laufen können.

Fanny fing im Schritttempo an, die Zipfelmütze über beide Ohren gezogen, und lief erst richtig los, als sie die Sendeanstalt passierte hatte, bog ab Richtung Stora Torp, vorbei am Gebäude des Forstverbandes, und weiter in den Wald. Sie behielt ihr Tempo bis zum Fußballstadion Kamratgården bei, wo sie eine kurze Pause zum Verschnaufen und Dehnen einlegte. Dafür war hier genau die richtige Stelle. Manchmal hatte sie aus der Ferne dem Training der Blauweißen zusehen können, aber diesmal lag die Anlage verlassen da. Nicht ein Auto auf dem Parkplatz, kein Licht in den Fenstern.

Zeit für den Rückweg.

Heimwärts ging es immer ein wenig schneller, teils, weil sie selbst etwas beschleunigte, teils, weil es leicht bergab ging. Sie lief mit federnden Schritten, manchmal kam es ihr vor, als berührten ihre Fußsohlen kaum den Boden.

Normalerweise hatte sie um diese Zeit des Vormittags vor jeder Sendung mit leicht nervösem Unwohlsein zu kämpfen, doch jetzt war alle Furcht von ihr abgefallen, auch die leichte Beunruhigung, die sie noch am Morgen verspürt hatte.

Sie war ruhig und siegessicher, obwohl sie womöglich kurz vor ihrer bislang größten journalistischen Herausforderung stand.

Ihr wurde klar, dass ihre Verfassung vermutlich damit zusammenhing, dass die Frühjahrsstaffel im Großen und Ganzen nach Wunsch verlaufen war. Genau genommen war alles richtig gut gegangen. Deshalb würde der Gesamteindruck selbst von einem eventuellen Rückschlag an diesem letzten Abend nicht getrübt werden.

Wie üblich nahm sie zuletzt noch die Treppe im Laufschritt und maß dann noch im Flur ihren Puls. Ihre Kondition war hervorragend. Im Vergleich zu ihrer Verfassung vor ein paar Jahren war sie deutlich fitter geworden.

Nach der Dusche entspannte sie sich mit einem mittelschweren Kreuzworträtsel und einem großen Erdbeerjoghurt, ehe sie sich ans Klavier setzte. Wie immer ging es ihr gut, wenn sie sich am Klavier entspannen konnte. Sie brauchte diese Stunden ohne Publikum, ohne die Leistungsansprüche, mit denen sie sich in ihrer Kindheit aus eigenem Antrieb gefordert hatte. Sie musste darauf achten, sich auch künftig solche kleinen Fluchten aus der Realität zu gestatten.

Fanny lächelte vor sich hin, froh über den Tag, darüber, dass ihr das Klavier gut gestimmt vorkam, dass die anstrengende Frühjahrsstaffel bald zu Ende ging, dass ihr Urlaub winkte, der Sommer unmittelbar bevorstand, froh über fast alles.

Wenig später ging sie zu Fuß zum Sender, einen rotweißen Regenschirm über sich gespannt. Nötig war er kaum. Der Regen hatte fast aufgehört.

In guter Stimmung fand die übliche Redaktionssitzung statt, in der an den letzten Details gefeilt wurde. Üblicherweise führte Fanny kurz vor der Sendung noch ein Gespräch mit den Gästen, aber jetzt lehnte sie ab, als Bo Svärd fragte, ob sie Sven-Erik Olsson vorher treffen wolle.

»Ganz bestimmt nicht?«

»Hundertprozentig.«

»Aber ein Vorgespräch in der Garderobe könnte die Atmosphäre zwischen euch lockern.«

»Das kann schon sein, aber wer hat gesagt, dass ich eine lockere Atmosphäre zwischen uns haben will?«

»Möchtest du den Mörder nicht unter vier Augen treffen? So ein Erlebnis könnte doch stimulierend sein?«

»Kein bisschen. Was soll stimulierend daran sein, einen Schwerverbrecher zu treffen? Das mit ›unter vier Augen‹ kannst du übrigens vergessen. Olsson kommt natürlich nicht allein. Er braucht ja wohl Bewachung.«

»Selbstverständlich wird er bewacht«, sagte Svärd. »Der Gefängnisdirektor überlässt nichts dem Zufall. Nicht nach der Geschichte mit Lars Norén im vorigen Jahr. Rede ruhig mit ihm. Es macht ja wohl nichts, wenn ein paar Aufseher zuhören.«

»Hört ihr nicht, dass ich den Mann vorher nicht treffen will?«

»Tu, was immer du für richtig hältst, Fanny«, sagte Boel Ahlqvist.

»Was machen wir, wenn er seinerseits drauf besteht, dich vorher zu treffen?«, fragte Svärd.

»Dann lass dir eine Ausrede einfallen. Streng deine Phantasie ein bisschen an.«

»Ich hab keine.«

»*Du* und keine Phantasie?!«

»Sie hat jedenfalls nicht ausgereicht, um dir nahe zu kommen. Obwohl ich's weiß Gott versucht habe.«

Das sagte er so leichthin, wie um das Scherzhafte der Bemerkung zu betonen. Fanny fragte sich, ob noch andere außer ihr die mitschwingenden Vibrationen spürten.

Magnus Olandersson mischte sich ein: »Bisher ist Olsson erstaunlich kooperativ gewesen. Er stellt keinerlei Bedingungen für das Interview. Du kannst ihn fragen, was du willst, ohne dass er es dir übel nimmt.«

»Wie gut«, sagte Fanny und überlegte, ob sie eine weich lockende oder eine unversöhnlich hart zupackende Eröffnung wählen sollte.

Das würde sich finden, wenn es so weit war. Oft war es am besten, der Eingebung des Moments zu folgen.

Das Meeting dauerte eine gute Stunde.

Danach gingen alle zum Mittagessen in die fast voll besetzte Kantine. Auf der Speisekarte hatten sie die Wahl zwischen drei Gerichten. Fanny nahm den Rotbarsch. Hinterher einen Schokopudding mit Sahne. Nach einer Tasse Kaffee verließ sie den Sender, um sich in ihrer Wohnung zu sammeln. Es tat ihr gut, kurz aus der geschäftigen Arbeitsatmosphäre herauszukommen.

Etwas später am Nachmittag war sie wieder im Gebäude.

Bis zur Sendung waren es noch genau sechs Stunden.

19 Sie waren auf Sendung.

Dem ersten Gast hatte sich Fanny nur mit mäßigem Interesse gewidmet. Zwar hatte sie dem erfahrenen Afrikaexperten höflich und pflichtbewusst zugehört, aber ihre Gedanken waren dabei um die Attraktion des Abends gekreist: das Gespräch mit dem verurteilten Frauenmörder.

Während des Zwischensongs versuchte Fanny, sich vollkommen auf die Begegnung mit Sven-Erik Olsson einzustellen.

In ihrer Magengrube bohrte ein Unruheherd. Sie empfand eine mit Abneigung vermengte Faszination vor dem Gespräch mit dem Mann, der vor knapp zwölf Jahren kaltblütig eine Achtzehnjährige am selben Abend ermordet hatte, an dem sie sich zu ihrer ersten Fahrt als frisch gebackene Führerscheinbesitzerin hinters Steuer gesetzt hatte.

Die Sängerin war fertig, bekam Applaus, verabschiedete sich von Fanny und verschwand mit einem künstlichen Lächeln in den Kulissen.

Die Studioscheinwerfer wurden auf Halbdunkel gedimmt, und eine unpersönliche Stimme aus dem Off rekonstruierte kurz die Umstände des Mordes an Lisette Agnelius im September 1990. Sven-Erik Olsson hatte ihr in einem Waldstück südlich von Ulricehamn das junge Leben genommen, die furchtbare Tat gestanden und büßte nun eine lange Freiheitsstrafe ab.

»Heute Abend ist er hier bei uns. Willkommen, Sven-Erik Olsson!«

Ein Raunen lief durch den Saal, als Lisettes Mörder die Bühne überquerte, um auf Fannys Gästesessel Platz zu nehmen. Niemand klatschte. Die Atmosphäre war aufgeladen, im Zaum gehaltene Neugier und offene Feindseligkeit lagen in der Luft.

Fanny wandte sich direkt an die Fernsehzuschauer und sagte bedeutungsvoll: »Lassen Sie mich vorab betonen: Wir in der Redaktion hatten lange Zeit gewisse Zweifel an dem Vorschlag, einen Gewaltverbrecher in unsere Sendung einzuladen. In vielen langen, oft hitzigen Diskussionen haben wir die moralischen und ethischen Aspekte von allen Seiten durchleuchtet. Wir sind uns durchaus bewusst, dass es eine äußerst umstrittene Entscheidung ist, denn viele werden Olssons Auftreten in der Sendung als kalkulierte Effekthascherei betrachten. Persönlich liegt es mir fern, solchen Ansichten ihre Berechtigung abzustreiten, und ich verstehe diejenigen, die Anstoß nehmen. Aber im Endeffekt haben wir uns dann doch darauf geeinigt, Sven-Erik Olsson einzuladen, um uns nach all diesen Jahren wenigstens ansatzweise einem Verständnis davon zu nähern, wie es zu dieser unverzeihlichen Tat kommen konnte. Lassen Sie mich noch darauf hinweisen, dass das alles in Abstimmung mit Lisettes Angehörigen geschieht.«

Erst nach dieser langen Vorrede wandte sich Fanny ihrem Gast zu, stand auf und schüttelte ihm mit einem Nicken neutral die Hand.

»Willkommen in der Sendung.«

»Danke sehr. Der Tapetenwechsel wird mir gut tun.«

Vereinzelt nervöses Gekicher in den Zuschauerreihen.

Aha, ein Spaßvogel. Ein zum Scherzen aufgelegter Mörder.

Doch weiter machte Olsson keine Scherze mehr. Praktisch das ganze Gespräch über blieb er steif, verschlossen, vorsichtig in der Wortwahl, defensiv.

Fanny stellte fest, dass die Zeit im Gefängnis ihm offenbar ziemlich zugesetzt hatte. Er war überhaupt nicht mehr der

Muskelprotz, als der er auf den Prozessfotos herüberkam. Wie er so gebeugt und mit aneinander gelegten Fingerspitzen dasaß, wirkte er wie ein menschliches Wrack. Er schluckte ständig, das Gesicht wirkte eingefallen, die grauen Haare waren schütter geworden (auf den Fotos aus den neunziger Jahren waren sie noch dicht und dunkel gewesen).

Unter den Augen hatte er tiefe Ringe.

Fanny wusste, dass er achtundfünfzig war, hätte ihn aber auf mindestens fünfundsechzig geschätzt. Und dabei hatte die Maskenbildnerin bereits ihr Bestes getan.

»Eines möchte ich von Beginn an klarstellen«, sagte sie und sah ihm direkt in die Augen.

»Und das wäre?«

»Ihrer Tat bringen wir nicht die mindeste Toleranz entgegen. Wenn Sie also glauben, dieses Gespräch als Beitrag zu Ihrer Verteidigung nützen zu können, irren Sie.«

Vereinzelter Applaus aus dem Publikum.

In der Regie brüllte Carita Zell: »Holt das Gesicht von dem Typ näher ran. Zoom, bis man ihm in die Nasenlöcher sieht!«

Sven-Erik Olsson erhob sich halb vom Sessel und hielt die Tischplatte mit beiden Händen umklammert.

»Wenn Sie mich so behandeln wollen«, sagte er, »dann gehe ich vielleicht besser gleich wieder.«

»Zweiereinstellung«, kommandierte Zell.

Bo Svärd kniff die Augen zusammen. Würde alles platzen, noch bevor es überhaupt angefangen hatte?

Aber Fanny ließ sich nicht beirren.

»Bitte sehr. Ich werde Sie nicht daran hindern, wenn Sie so wild darauf sind, in Ihre Zelle zurückzukehren und den Tapetenwechsel, wie Sie vorhin sagten, abzubrechen. Wir haben Ihnen dieses Gespräch angeboten, und Sie haben zugesagt, zu uns ins Studio zu kommen. Wie es weitergeht, das liegt ganz bei Ihnen.«

Olsson setzte sich wieder.

»Ich bleibe«, sagte er.

Fanny spürte, dass die Spielchen ihres Gastes sie anstachelten. Alles ergab sich ganz von allein, genau wie sie gehofft hatte. Ihre Erwartungen wurden sogar übertroffen.

Sie achtete darauf, ihr Pulver nicht zu früh zu verschießen, fragte zum Auftakt des Gesprächs nach der Zeit im Gefängnis, ließ Olsson ausreden, Zeit gewinnen.

Doch dann zog sie allmählich die Zügel an.

»Wie sieht es mit der Reue aus? Sie hatten ja reichlich Zeit, über Ihre Tat nachzudenken.«

»Natürlich habe ich es schon bereut. Tausende von Malen. Aber was hilft das?«

»Haben Sie sich Gedanken über die Hinterbliebenen gemacht? Wie sie sich nach diesem unersetzlichen Verlust fühlen?«

»Ja, ich möchte sie um Entschuldigung bitten. Sie alle. Aber ich weiß, dass damit wenig geholfen ist. Sind heute Abend übrigens welche von ihnen hier?«

»Nein.«

»Ich will nicht um Verständnis heischen. Das Einzige, was ich zu meiner Verteidigung vorbringen kann, ist, dass ich an dem Abend nicht wusste, was ich tat.«

»Im Urteil steht etwas anderes.«

»Soll das eine neue Verhandlung werden, oder was wird hier gespielt?«

Fanny verzog keine Miene.

»Warum? Diese Frage müssen Sie sich doch immer und immer wieder gestellt haben: Warum haben Sie Lisette ums Leben gebracht?«

»Ich weiß es nicht.«

»Das ist keine erschöpfende Antwort.«

»Ich muss völlig von ihr besessen gewesen sein. Es ist jetzt so lange her, aber es kann nicht anders gewesen sein.

Ja, sie hatte mich verhext. Es war eine Qual für mich, sie in der Fahrschule zu sehen, nur ab und zu ein Wort mit ihr wechseln, sie nicht berühren zu dürfen. Ich glaube, ich habe sie geliebt, auf meine Art.«

»Eine seltsame Art, seine Liebe zu zeigen.«

»Ich wollte sie fragen, ob sie mit mir ausgeht, aber ich wusste, dass ich mir in meinem Alter und bei meinem Aussehen keine Chancen ausrechnen konnte, so eine junge Schönheit rumzukriegen. Das tat weh. Es quälte mich mehr, als ich je beschreiben kann.«

Er unterbrach sich kurz, und Fanny war so klug, abzuwarten, bis er weiterredete.

»Wer so etwas noch nie durchgemacht hat, hat keine Ahnung, was für ein Gefühl das ist. Es war, als ob ein Feuer in mir brannte, das nur gelöscht werden könnte, wenn ich mit ihr in Kontakt käme. Ich bin ihr gefolgt. Habe sie ausspioniert. An jenem Abend hatte ich wie üblich das Haus bewacht, in dem sie wohnte. Ich wollte gerade wegfahren, weil es in Strömen regnete. Ich hätte nie gedacht, dass sie noch rausgehen würde. Aber genau das tat sie dann doch. Und ich folgte ihr. Ich habe mir immer und immer wieder überlegt, was passiert wäre, wenn sie das Haus nicht verlassen hätte. Wäre sie dann heute noch am Leben? Oder hätte … Tja, aber nun ist es eben so gekommen.«

»Sie haben nichts unternommen, um Ihr Verbrechen zu vertuschen. Wollten Sie verhaftet werden?«

»Ich vermute es.«

»Und sind auch nicht in Berufung gegangen?«

»Ich wollte die volle Strafe auf mich nehmen. Will es immer noch.«

Das Gespräch ging weiter, obwohl die Sendezeit schon um zwei Minuten überschritten war. Bo Svärd hatte es in aller Eile geschafft, die Genehmigung der Senderleitung einzuholen, dass sie leicht überzogen, aber jetzt gab er Fanny mit der gebräuchlichen Geste am Hals das Zeichen zum Schlussmachen. Das Gleiche gab Carita Zell ihr via Knopf im Ohr durch.

Im Vorfeld hatten sie bereits beschlossen, auf Fannys übliches Abschiedslied zu verzichten. So eine Darbietung wäre in diesem Zusammenhang natürlich völlig unpassend gewesen.

Fanny wandte sich an die Fernsehzuschauer: »Wir sind schon spät dran und werden und müssen jetzt gleich nicht nur dieses Gespräch, sondern auch diese Sendung und die ganze Frühjahrsstaffel von *Funny Fanny* beenden. Aber eine letzte Frage habe ich noch an Sven-Erik Olsson.«

Sie wandte sich dem Mörder zu, lehnte sich vor und sah ihm in die Augen. Er erwiderte ihren Blick, und sie verspürte ein Ziehen in der Magengrube, gab aber nicht nach.

»Sie werden bald aus der Haft entlassen; viele beklagen das. Wenn Sie wieder in Freiheit sind, besteht dann nicht die Gefahr einer Wiederholung dessen, was damals geschah? Ich meine, was einmal passiert ist, könnte schließlich wieder passieren, oder?«

Die Frage war bewusst provokativ gestellt, und Fanny hatte nicht die leiseste Hoffnung, eine andere Antwort als ein bestimmtes, abfertigendes »Nein« zu hören.

Aber Olsson antwortete ruhig: »Das Böse konnte einmal Macht über mich gewinnen, aber ich habe es mittlerweile überwunden. Von mir haben die Leute also nichts zu befürchten. Aber ich kann mir vorstellen, dass viele wünschen, ich würde nie mehr aus der Zelle rauskommen. Ja, die meisten finden sicher, dass ich lebenslang hinter Gittern bleiben sollte, wie Sie ja eben angedeutet haben.«

Damit war das Gespräch beendet.

Fanny stand auf, um ihrem Gast zu danken, der sich ebenfalls erhob. Im nächsten Moment überraschte er sie damit, dass er sich vorbeugte, sie um den Nacken fasste und an sich zog. Sie konnte nicht rechtzeitig zurückweichen.

Die Fernsehzuschauer und das Studiopublikum sahen das als reine Höflichkeitsgeste, mit der er sie zum Abschied auf die Wange küsste.

Doch dabei flüsterte er ihr etwas ins Ohr, während er zugleich mit ein paar Fingern das Mikrophon zuhielt: »Du hast völlig Recht, bald komme ich raus.«

Erschreckt stieß sie ihn von sich weg und sah ihm zugleich in die Augen. Doch diesmal musste sie sich sofort wieder von ihm abwenden. Sie hatte etwas entdeckt, das ihr mehr Angst einflößte als alles, was bis dahin gewesen war.

Einen klaffenden Abgrund.

Und eine Binsenweisheit fiel ihr ein: *Die Augen sind der Spiegel der Seele.*

Ihr brach der kalte Schweiß aus. Er hatte sie angesehen, als wäre sie Lisette Agnelius und nicht Fanny Cordell.

Bald komme ich raus.

Sie hörte ihr Blut in den Adern rauschen. Und in dem Moment glaubte sie, sich Lisettes namenlosen Schrecken, ihre Angst vorstellen zu können, als sie sich von einer lebensfrohen, starken jungen Frau in das wehrlose Opfer eines psychotischen Gewalttäters verwandelte.

Nur mit größter Selbstüberwindung brachte Fanny ihre Gesichtszüge unter Kontrolle und konnte die Sendung abmoderieren. Sie hoffte, dass niemand gemerkt hatte, wie sie für ein paar Sekunden die Fassung verloren hatte. Noch im selben Moment beschloss sie, keiner Menschenseele zu verraten, was der Mörder ihr zugeflüstert hatte. Nicht einmal Julia sollte es erfahren.

Sven-Erik Olsson wurde von seinen Bewachern abgeführt. Das Publikum verließ das Studio. Das Personal traf Vorkehrungen für das Abschlussfest.

Eine Viertelstunde später versammelten sich die Mitarbeiter zum Gratulieren und Feiern im Studio. Boel Ahlqvist hielt eine kleine Rede, in der sie allen für die hervorragende Arbeit während der gesamten Staffel dankte, man stieß mit Sekt an, aß Räucherlachs, Parmaschinken, Würstchen, delikate Schnittchen und jede Menge Cracker, Käse und Obst.

Nach einer Weile klatschte Carita Zell in die Hände und bat um Ruhe.

Alle sahen verwundert die Aufnahmeleiterin an, die in einer derart großen geselligen Versammlung noch nie das Wort ergriffen hatte.

»Eine Sache wüsste ich gerne«, sagte Carita. »Und nicht nur ich. Fanny, was hättest du gemacht, wenn Olsson einfach aufgestanden und gegangen wäre? Es war doch noch fast eine halbe Stunde Sendezeit zu füllen.«

»Was ich gemacht hätte? Ihn zurückgeholt natürlich!«

Schallendes Lachen.

Als Fanny viel später in ihre Garderobe zurückkehrte, war sie ausgesprochen zufrieden mit der gesamten Frühjahrsstaffel und nicht zuletzt mit diesem Sendefinale (auch wenn Olssons Abschiedsflüstern ihrer Freude einen kleinen Dämpfer verpasste).

Rein professionell gab es nichts auszusetzen.

Und doch …

Unter der Zufriedenheit mit ihrer Arbeit drängte anderes an die Oberfläche, das sich nicht wegschieben ließ. Sie fühlte sich, als wäre nur noch die äußere Hülle von ihr übrig. Völlig ausgebrannt. Leer. Eines wichtigen Inhalts beraubt, den sie nicht näher bestimmen konnte.

Wahrscheinlich war sie einfach nur erschöpft, am Ende ihrer Kräfte. Sie hoffte, dass sie sich im Urlaub regenerieren würde.

Plötzlich musste sie gegen das drängende Bedürfnis ankämpfen, sich nur hinzusetzen und in Tränen auszubrechen.

So sehr war ihr danach, sich einfach auszuheulen.

Doch es blieb bei einem dicken Klumpen, der ihr auf halbem Weg zwischen Brust und Hals stecken blieb.

20 Schön, wieder zu Hause zu sein.

Beim Hereinkommen stellte er die schwere Reisetasche und die Tüte mit Spirituosen im Flur ab, schloss die Tür, hängte seine Jacke auf und ging in die Küche, um sich einen Drink zu mixen.

Den er sich verdient hatte: Der Rückflug von St. Helier war anstrengend gewesen, mit einer Verspätung bei der Zwischenlandung in Gatwick und diversen Scherereien mit dem Gepäck in Landvetter. Außerdem war sein Parkticket – insgesamt hatte er dreihundertzwanzig Kronen für das lange Abstellen auf dem bewachten Parkplatz hingeblättert – so zerknittert gewesen, dass es sich nicht mehr lesen ließ. Die Schranke an der Ausfahrt war einfach nicht hochgegangen, sodass er das Auto mitten im Stoßverkehr wieder stehen lassen und zum Auslands-Terminal sprinten musste, um ein neues, verwendbares Ticket zu holen.

Aber jetzt war er auf jeden Fall glücklich wieder in seiner Wohnung angelangt, voller neuer Eindrücke von seiner ersten Auslandsreise nach vielen Jahren.

Auf die Jersey-Woche blickte er mit angenehmen Erinnerungen zurück. Die britische Kanalinsel hatte all seine Erwartungen erfüllt, teilweise sogar übertroffen.

Vor vielen Jahren hatte er einen Film über Lilly Langtry gesehen. Sie wurde »Die Lilie von Jersey« genannt und war eine skandalumwitterte Schönheit, eine verheiratete Dame aus der besseren Gesellschaft, die ihr bigottes Umfeld damit schockierte, dass sie erst Berufsschauspielerin und dann auch noch Theaterdirektorin in London wurde. Zu etwas Derartigem hatte sich eine Dame ihres Ranges nun wirklich noch nie zuvor herabgelassen. Sie bringt ja Schande über uns alle, wie sich eine ihrer gehässigsten Kritikerinnen so empört ausgedrückt hatte.

Ihn hatte ihr Schicksal fasziniert. Und damals war sein Interesse an der Insel erwacht, das die spannende Krimiserie »Jim Bergerac ermittelt« weiter genährt hatte.

Aus verschiedenen Gründen hatte es dann doch noch Jahre gedauert, bis er sich diesen Urlaubswunsch erfüllen konnte.

Jedenfalls war die Reise ganz nach Wunsch verlaufen. Er hatte sich einer Chartergruppe angeschlossen und einige sehr nette Bekanntschaften gemacht. Mit Gruppenausflügen auf der Insel hatte er sich allerdings zurückgehalten. Ein Besuch in dem unterirdischen Krankenhaus, das die Deutschen in der Besatzungszeit während des Zweiten Weltkriegs hatten errichten lassen, eine Weinprobe in St. Mary und eine Eintagestour mit dem Bus rund um die in voller Blüte stehende Blumeninsel hatten ihm gereicht. Im Übrigen hatte er sich in der Stadt St. Helier in der Nähe seiner Unterkunft, einer gemütlichen Pension am Meer, aufgehalten.

Am liebsten war er auf eigene Faust durch die Stadt gebummelt. Oder war in ein Restaurant oder eine Kneipe an der Strandpromenade eingekehrt, wo er das ewige Kommen und Gehen von Ebbe und Flut beobachten konnte.

Als Einziges hatte ihn der Autoverkehr gestört. Die Inselbewohner fuhren sehr viel und meistens viel zu schnell, wenn man an die schmalen, oft schwer passierbaren Straßen dachte. Er hätte seinen Schülern nie erlaubt …

Er verbot sich, diesen Gedanken weiterzuverfolgen, ärgerlich über sich selbst, weil er damit den verhassten Sven-Erik Olsson heraufbeschworen hatte, ein Trauma, das er die ganze Urlaubswoche über von sich hatte fernhalten können.

Im Moment empfand er nur Müdigkeit, das überwältigende Bedürfnis, sich auszuschlafen.

Nach einem kräftigen Schluck an seinem Drink ging er ins Wohnzimmer und schaltete den Fernseher ein. Anschließend trat er in den Flur, um das Gepäck zu holen. Fanny Cordells einschmeichelnde, unverwechselbare Stimme folgte ihm auf dem Weg.

Er hatte nichts gegen ihre Sendungen, auch wenn er kein direkter Fan von ihr war. Wie er es sah, hatte sie durchaus anspruchsvolle Unterhaltung zu bieten, die man sich ansehen konnte oder auch nicht.

Plötzlich blieb er wie erstarrt stehen.

Das klang doch wie …

Es konnte nicht wahr sein!

Er musste sich verhört haben.

Langsam drehte er sich um, während sein Puls schneller schlug, starrte verständnislos auf die Mattscheibe und musste nach Luft schnappen, so schlimm war der Schock.

21 Helge Boström wurde vom Druck weicher Lippen auf seiner Wange geweckt. Er wusste, dass sie ihn auf das lila Feuermal küsste. Das machte sie immer so, eine Tradition, die auf den Abend zurückging, als sie das erste Mal miteinander geschlafen hatten, in seiner kleinen Studentenbude in Svartbäcken in Uppsala.

An viele Einzelheiten dieses Erlebnisses konnte er sich noch haarscharf erinnern: ihr über den Bauch hochgeschobener Rock, die bloßen weißen Brüste, ihr nach süßem, starkem Likör duftender Atem, die raschen, stoßweisen Atemzüge; und das Bett, das so hundsgemein geknarrt hatte, die Angst, dass seine Zimmernachbarn sie hörten; das Bild mit röhrendem Hirsch, das beim Höhepunkt von der Wand gefallen war; die kurzen, halb vom Kissen erstickten Schreie, ihr so heftig pochendes Herz, der Kuss auf die Wange.

Damals war Ethel eine bezaubernd schöne junge Frau gewesen, von allen Seiten umschwärmt, während er gerade im Endspurt seines langen Jurastudiums gesteckt hatte.

Vieles sprach gegen ihn im Kampf um das so begehrenswerte, ansteckend fröhliche Mädchen: der Altersunterschied, die harte Konkurrenz jüngerer, flotterer Männer, seine starke Abhängigkeit vom Tabak (sie war Nichtraucherin), seine rationale Nüchternheit (sie war damals schon sehr schöngeistig).

Vom Aussehen her hatte er auch nicht viel zu bieten gehabt, schon damals nicht. Und Ethels Geschmack an gutem Wein ging ihm ebenfalls ab.

Und doch hatten sie zueinander gefunden.

Und wie um ihm zu beweisen, dass sie das Mal auf seiner Wange überhaupt nicht störte, hatte sie es also an ihrem ersten Liebesabend lange, lange geküsst, während sie ihm ihre Liebe beteuert und ihn so fest umarmt hatte, als wolle sie ihn nie wieder loslassen.

Jetzt waren sie seit über dreißig Jahren verheiratet, hatten zwei erwachsene Kinder und eine harmonische Beziehung, die, wie es ja nur natürlich war, nicht mehr annähernd so leidenschaftlich wie in der Anfangsphase war.

Auf erotischem Gebiet hatte es sich eigentlich sogar ein wenig abgekühlt zwischen ihnen, und er sah auch ein, dass es an ihm lag: Ethel wünschte sich mehr Einsatz, das wusste er, war aber viel zu feinfühlig, um ihn zu bedrängen.

Und er war zu müde und zu apathisch.

Vielleicht lag es daran, dass das viele Rauchen seiner Libido schadete.

Ich muss mit dem Qualmen aufhören, dachte er gewohnheitsmäßig und sah seine Frau an.

Sie war immer noch eine strahlende Schönheit, wenn

auch eine Spur zu üppig. Die imposanten Formen zeichneten sich unter dem durchsichtigen Negligé ab, man sah, dass sie darunter nur einen Slip und einen etwas zu knapp sitzenden BH trug, dem der Druck ihres Busens schwer zu schaffen machte.

Wie stellte sie es bloß an, schon um diese Tageszeit so appetitlich auszusehen? Was für ein Bild er am frühen Morgen vor der ersten Wäsche abgab, wusste er nur allzu gut: kein appetitliches.

Was hatte sie damals in ihm gesehen?

Was sah sie jetzt in ihm?

Sie fuhr sich durch die langen, schwarzglänzenden Haare und lächelte mit Augen und Mund: »Gut geschlafen?«

Er nickte und überlegte, ob er sie an sich ziehen sollte; er wusste, dass ihr eine Initiative in diese Richtung gefallen würde. Aber sein rauchimprägnierter, von der Nacht abgestandener Mundgeruch war der Romantik nicht gerade zuträglich. Außerdem war er noch nicht richtig zu sich gekommen.

»Ja. Und du?«

»Wie ein Murmeltier. Der Kaffee ist fertig. Aber lies zuerst das hier. Du stehst in der Zeitung.«

Sie hielt ihm das Blatt hin.

Er richtete sich halb auf, klopfte das Kissen zurecht, knipste die Nachttischlampe an und blätterte sich durch die Seiten, während sie ging.

Er hörte sie in der Küche herumklappern.

Der Artikel befand sich in der Mitte der Zeitung, oben auf einer linken Seite.

Überschrieben waren die drei Spalten mit:

Ist es richtig, einen verurteilten Mörder im Fernsehen auftreten zu lassen?

Zwei Porträtfotos waren darunter abgedruckt: eins von ihm, eins von Sten Wall.

Zufrieden mit seinem Foto (das Feuermal war nicht zu sehen), stellte Boström schadenfroh fest, das Walls Porträt nicht so vorteilhaft ausfiel. Das Vollmondgesicht des Kommissars zog sich fast über die ganze Breite der Spalte, und er schaute einfältig drein.

»Ich sehe deutlich jünger aus«, rief er zufrieden.

Ethel steckte den Kopf zur Tür herein.

»Wovon redest du?«

»Von den Fotos im *Bladet.* Sten sieht ja alt aus, dass es kracht.«

»Und von dir haben sie ein Jugendfoto genommen«, zog sie ihn auf.

Als er den Artikel las, verflog einiges an Begeisterung. In seiner Rolle als Landespolizeidirektor hatte er Diplomatie und Vorsicht gelernt. Er wählte sorgfältig seine Worte, darauf bedacht, nicht unnötig anzuecken. Außerdem hatte er schon immer allergisch auf die Presse wie auch auf jede andere Art öffentlicher Aufmerksamkeit reagiert – niemand konnte ihm vorwerfen, sich gern in den Vordergrund zu drängen. Im Gegenteil, man kritisierte ihn eher für zu große Zurückhaltung.

Er hatte überhaupt nicht vorgehabt, sich zu der Frage, ob Fanny Cordells Interview mit Sven-Erik Olsson gerechtfertigt war, zu äußern. Aber er hatte sich von Kicki Bengtsson, einer Journalistin, zu der er großes Vertrauen hatte, überreden lassen. Hätte sich der berüchtigte Schürzenjäger und Sensationsgeier Egon Fager an ihn gewandt, der hätte ein glattes Nein kassiert. Bei dem Menschen konnte man nie wissen, wie er einem das Wort im Munde herumdrehen und was er sich sonst noch für seltsame Falschmeldungen einfallen lassen würde.

Kicki Bengtsson hatte ihn zwar korrekt zitiert, doch als er

seine wiederholten »Einerseits-und-andererseits«-Aussagen las, ging ihm auf, dass er sich eindeutiger hätte festlegen müssen.

Vor allem, wenn er seine Worte mit Walls klarer Botschaft verglich.

Ganz besonders ärgerte sich Boström über eine Passage in dem Interview mit dem Kommissar: »In einem Terrorland wie China werden abstoßende Massenhinrichtungen verurteilter Mörder, Gewalttäter und Drogendealer inszeniert. Die Opfer werden in die Stadien geführt, um den Hals ein Schild, auf dem ihr Verbrechen zu lesen ist, während die Publikumsmassen sie verhöhnen. Dann werden sie per Genickschuss hingerichtet und ihre Organe umgehend zu Transplantationszwecken verkauft. Außerdem müssen die Hinterbliebenen der Hingerichteten die Munition bezahlen. Dieses scheußliche Schauspiel verstößt eklatant gegen die Menschenrechte und gehört natürlich abgeschafft.

Vergleicht man es damit, so mag es lächerlich erscheinen, überhaupt darüber zu diskutieren, ob das Live-Interview mit Sven-Erik Olsson im Fernsehen hätte verhindert werden sollen. Natürlich darf ein Schwerverbrecher nicht öffentlich glorifiziert werden; aber in diesem Fall handelte es sich um ein seriös geführtes Gespräch, das in gewisser Weise neues Licht auf den Fall geworfen hat. Ich persönlich kann daran keinen groben journalistischen Übergriff entdecken.

Etwas anderes wäre es gewesen, wenn sich die Hinterbliebenen von Lisette Agnelius deutlich dagegen ausgesprochen hätten, aber sie hatten ja ihre Einwilligung erteilt.«

Boström legte die Zeitung aus der Hand, verärgert, dass er nicht selbst auf die Sache mit China gekommen war.

Widerstrebend hatte er sich vor langer Zeit eingestanden, dass Wall einer der besten, engagiertesten Polizisten war, mit denen er je zusammengearbeitet hatte, pflichtbewusst und von einer Berufsleidenschaft beseelt, die in mancher Hinsicht einmalig war.

Das Herz hatte er auch noch auf dem rechten Fleck.

Aber der alte Junggeselle hätte die chinesische Munition aus dem Spiel lassen sollen. Jedenfalls in demselben Artikel, in dem er selbst, Helge Boström, sich so vage und ausweichend äußerte.

Er zündete sich eine Zigarette an, nahm einen tiefen Zug, hustete heftig und drückte sie gleich wieder aus.

Dann ging er in die Küche, wo er ein Glas Orangensaft trank. Seine Frau stand mit dem Rücken zu ihm, die Hände in die runden Hüften gestemmt. Hier und da schaute weiche Haut hervor. Der Anblick erregte ihn, und er spürte, wie seine Manneskraft zurückkehrte.

Er ging zu ihr, küsste sie zwischen die Schulterblätter und merkte, wie sie innehielt.

»Was meinst du, ob ich bei der Arbeit anrufe und sage, dass ich mich eine halbe Stunde verspäte?«

Überrascht drehte sie sich um, mit einem genauso hinreißenden Lächeln wie damals, als er sich Hals über Kopf in sie verliebt hatte.

»Du hast deine hellen Momente«, sagte sie.

»Etwa nicht?«

»Aber warum gerade jetzt?«

»Mir ist nur ein altes knarrendes Bett in den Sinn gekommen.«

Ihr verblüffter Gesichtsausdruck brachte ihn dazu, zu ergänzen: »Ich weiß, dass ich das öfter sagen sollte, aber ich liebe dich, Ethel.«

»Ich weiß.«

22 Noch bevor er wieder zurück in der Zelle war, wurde ihm klar, dass er sich nie zu dem Fernsehinterview hätte bereit erklären sollen.

Und zwar nicht nur deshalb, weil er sich vor den Zuschauern unausweichlich zum Gespött machen musste. Das hielt er aus, er hatte gelernt, sich darüber hinwegzusetzen. Schließlich war ihm von Anfang an klar gewesen, auf was er sich da einließ. Es ließ ihn völlig kalt. Die langen Jahre hinter Gittern hatten ihn immun gegen Sticheleien gemacht.

Nein, das Problem war, dass er die Freiheit gerochen und in vollen Zügen gespürt hatte, was ihm entgangen war. Die schöne Talkmasterin hatte ihn wieder zum Leben erweckt. Er spürte ein Ziehen im Bauch, während er sich an ihre Nähe erinnerte. Er hatte ihren dezenten Parfümduft in der Nase, spürte noch nach dem kurzen Körperkontakt ihre warme Haut, erinnerte sich an ihre erregte Schrecksekunde, als er ihr ins Ohr geflüstert hatte.

Zum ersten Mal seit seiner Inhaftierung verspürte er eine heftige, fast verzehrende Sehnsucht, aus dem Gefängnis zu kommen. Es war nicht der übliche Traum davon, sich draußen in der Gesellschaft frei bewegen zu können – unter bloßem Himmel, ohne Begrenzungen –, sondern etwas anderes: etwas, das mit Lisette zu tun hatte.

Etwas, das diese Fanny Cordell angefacht hatte.

Etwas, das er – wie er geglaubt hatte, erfolgreich – zu begraben versucht hatte.

Etwas, das wiedergekehrt war.

Er erinnerte sich an den herbstfeuchten Wald, an die aufreizende Angst des Mädchens, das halb nackt unter ihm zappelte, erinnerte sich an sein explosives, wahnsinniges Bedürfnis. All das war also nicht für immer verschwunden. Wie hatte er sich so täuschen können! Es kam wieder, peinigte ihn wie Messerstiche, erweckte ihn zu neuem Leben.

Sven-Erik Olsson begriff, dass er einiges an Qualen vor

sich hatte. Und dass die Zeit bis zu seiner Entlassung langsam vergehen würde.

Nervtötend langsam.

Aber er musste durchhalten.

Eines Tages …

23 Es war ein ebenerdiges Haus, weiß mit rosa Fensterläden, schwarzem Dach und verglaster Südveranda. Dunkelrote Kletterrosen zogen sich an einem Giebel hoch, und auf dem Grundstück standen zahlreiche Obstbäume. Mit seinen hohen Hecken war es von der Straße her so gut wie uneinsehbar. Nur durch die Öffnung des Gartentors konnten Vorbeigehende einen Blick auf die Eingangstür erhaschen, der Rest blieb hinter dichter Vegetation verborgen.

Fanny sah sofort, dass sie eine gute Wahl getroffen hatte.

Genau das Sommerhäuschen, das ich mir gewünscht habe, dachte sie zufrieden, während sie darauf wartete, dass der Vermieter aufschloss. Wie vereinbart, hatte sie ihn kurz vor ihrer Ankunft angerufen, und sie hatten einen Treffpunkt vor dem Badhotel ausgemacht, das ganz in der Nähe lag.

»Kann man von hier aus das Meer sehen?«, fragte sie.

»Nein, aber spüren. Und hören. Horchen Sie nur!«

Fanny spitzte die Ohren. Der Mann hatte nicht übertrieben. In der kühlen Brise konnte sie das Wellenrauschen hören und sich das Gluckern der Brandung am feinen Sandstrand vorstellen. Aber im Moment hatte sie noch keine Lust auf ein Bad im kühlen Nass. Sie wartete lieber, bis das Wasser etwas wärmer würde. In einer Zeitung hatte sie gelesen, dass es in dieser Bucht nur sechzehn Grad »warm« war.

»In zwei, drei Minuten sind Sie zu Fuß an der See«, versprach er.

Fanny lächelte in sich hinein. Die Einheimischen hatten

das Meer schon in ihren Kindheitssommern vor ziemlich langer Zeit immer »die See« genannt. Etwas so Unveränderliches kam ihr fast ein wenig heimelig vor und vermittelte ihr ein Gefühl von Geborgenheit.

Sie konnte sich nicht erinnern, dass es bei ihren letzten Aufenthalten in Sydstranden markierte Joggingstrecken in dem nahen Wald gegeben hatte. Aber das lag sicher daran, dass sie damals noch nicht regelmäßig lief und nicht darauf geachtet hatte.

Der Vermieter hatte ihr gerade von den Jogging-Pfaden durchs Hökafält erzählt, und jetzt zeigte er in die Richtung.

»Sie liegen nur ein paar Meter nach Norden«, sagte er. »Drei hervorragende Runden. Zweieinhalb, vier und sechs Kilometer. Wie Sie wollen. Ich selber nehme immer die kürzeste. Sie ist beleuchtet, wenn Sie lieber abends joggen. Aber um diese Jahreszeit ist es ja fast bis Mitternacht hell draußen.«

Er half ihr, das Gepäck hineinzutragen, führte sie durchs Haus, erklärte alles und wünschte ihr einen schönen Urlaub.

»Ich fühle mich sehr geehrt, eine solche Berühmtheit im Haus zu haben, das muss ich sagen.«

Fanny, der das peinlich war, dankte ihm. Sie betrachtete sich nicht als »Berühmtheit«, ganz und gar nicht. Bislang war es ihr nicht gelungen, sich an ihre Promi-Rolle zu gewöhnen, und wahrscheinlich würde sie es auch nie so weit bringen.

Sie packte das Notwendigste aus und machte ein paar zusätzliche Inspektionsrunden, um sich einzugewöhnen. Dann setzte sie sich in einen der knarzenden Sessel auf der Veranda und dachte daran, dass sie zwei herrliche, unberührte Wochen lang ungestört sein würde, mit dem einzigen Ziel, sich zu entspannen. Ein Luxus, ein Genuss, eine Gunst. Wahrscheinlich würde es eine Weile dauern, bis sie nach der hektischen, über weite Strecken anstrengenden Frühjahrsstaffel wieder vollkommen zu sich selbst fand.

Die Abschlussshow war insgesamt viel wohlwollender aufgenommen worden, als sie erwartet hatte. Die Reaktionen auf ihre Begegnung mit Sven-Erik Olsson fielen überwiegend positiv aus. Die meisten – sowohl unter den Rezensenten als auch unter den normalen Zuschauern – hielten es für eine legitime journalistische Vorgehensweise, den verurteilten Mörder in einer Livesendung zu interviewen. Und man war sich einig, dass sie diese Aufgabe kompetent und überzeugend gemeistert hatte. Die eine oder andere kritische Stimme wurde natürlich auch laut, aber alles in allem hatte sie schon deutlich härtere Ausfälle zu parieren gehabt.

Das war jetzt Geschichte. Im Herbst kam eine neue *Funny-Fanny*-Staffel an die Reihe, aber sie wusste, dass es am besten für sie war, überhaupt nicht an die beruflichen Herausforderungen zu denken, die vor ihr lagen. Bald genug würden die Vorbereitungen für den Neuanfang beginnen, doch bis dahin wollte sie versuchen, ihre kostbare Freiheit so vernünftig wie möglich zu nutzen.

Endlich Urlaub!

Sie verscheuchte eine aufdringliche Schmeißfliege, schloss die Augen und döste vor sich hin.

Der wohlbekannte Klingelton ihres Handys riss sie aus dem Halbschlaf.

Verärgert verdrehte sie die Augen, als Bo Svärds Stimme an ihr Ohr drang.

»Sei jetzt nicht böse, Fanny«, sagte er.

»Habe ich denn Grund dazu? Böse zu sein?«

»Es ist nämlich so, dass ich zufällig gerade in Stad bin.«

Das Holz knarzte, als sie sich im Sessel aufrichtete.

»Zufällig? Erzähl mir nicht, dass du das nicht von langer Hand geplant hast.«

»Überhaupt nicht«, versicherte er.

»Du musst mich schon für besonders dumm halten.«

»Bitte, Fanny. Sei jetzt nicht so. Ich bin bloß auf der Durchreise.«

»Du bleibst also nicht?«

»Nur über Nacht. Im Stadshotel. Ich hab gedacht, wir ...«

»Sag's nicht.«

»Morgen früh fahr ich weiter. Bin unterwegs zu meiner Schwester und meinem Schwager in Vellinge. Werde wahrscheinlich noch ein paar Tage Kopenhagen dranhängen. Ich möchte mich so gern mit dir auf einen Drink treffen, jetzt, wo wir beide Urlaub haben.«

Fanny überlegte.

Er deutete ihr Schweigen positiv und fuhr eifrig fort: »Ich kann leicht zum Badhotel rausfahren. Lass uns einfach in entspannter Atmosphäre was essen gehen, jetzt, wo wir nicht mehr andauernd den Job im Kopf haben müssen. Und wenn du ganz ehrlich zu dir selbst bist: Im Frühling hast du einmal zu mir gesagt, du könntest dir gut vorstellen, irgendwann später mal mit mir auszugehen.«

»Um weiter ganz ehrlich zu sein, damals hab ich auch gesagt, dass außer Essen und Trinken nichts drin ist. Gar nichts. Nie mehr als das. Weißt du das auch noch?«

Er seufzte.

»Ich weiß. Nichts außer Essen und Trinken, mit der Bedingung bin ich einverstanden. Wenn du dich nur mit mir triffst.«

Wie leicht, dachte Fanny, *könnte ich mich jetzt aus allem rauswinden, wenn ich mir bloß eine Notlüge einfallen ließe, dass ich einen anderen Termin hätte. Oder ihm einfach direkt sagen, dass ich keine Lust habe, ihn zu treffen. Aber andererseits ...*

Bo Svärd fuhr fort: »Mir ist ja klar, dass du deinen Urlaub ganz zurückgezogen verbringen willst. Dich von der Außenwelt abschirmen. Bücher lesen, selber kochen und so weiter. Das ist nur zu verständlich. Aber wenigstens einmal in den zwei Wochen wäre es doch trotzdem nett, essen zu gehen, oder? Und dann doch am besten in Gesellschaft, damit du deine Ruhe hast vor all diesen aufdringlichen Typen, nicht wahr? Ich übernehme nur zu gern die Rolle als Wachhund.«

Da hatte er sogar Recht. Wenn sie in ein Restaurant ging, bot ihr eine Begleitung einen gewissen Schutz vor Neugierigen. Eigentlich hatte sie sogar richtige Lust, ihren ersten Urlaubstag ordentlich zu feiern, und sie hatte ja versprochen, mit ihm auszugehen. Vielleicht war dies die beste Gelegenheit, sich seine hartnäckige Anmache ein für alle Mal vom Hals zu schaffen.

»Na gut.«

»Wunderbar! Wann treffen wir uns?«

»So gegen acht?«

»Soll ich dich abholen?«

Er will meine Adresse haben. Oder hat er sich die schon besorgt?

»Nein, nicht nötig. Ich wohne in der Nähe. Wir können uns ruhig pünktlich um acht vor dem Badhotel treffen.«

»Also Punkt acht.«

»Und Bosse.«

»Ja?«

»Nur Essen und Trinken. Sonst nichts.«

»Bis später.«

Den Anfang der Joggingstrecke fand Fanny ohne Mühe. Sie entschied sich für die mittellange Strecke, lief mit schnellen Schritten drauflos und begegnete nur einem Hund und zwei Rentnern. Alle drei ignorierten sie. Zum Schluss machte sie noch fünf Minuten Dehnungsübungen und fühlte sich gut.

Nachdem sie sich geduscht und umgezogen hatte, fuhr sie mit dem Auto zu einem Laden an der Hauptstraße von Sydstranden. Ihr war klar, dass man sie erkennen würde, deshalb wappnete sie sich innerlich gegen Blicke und Annäherungsversuche. Ohne Hast versorgte sie sich aus den gut bestückten Regalen und verließ den Laden mit zwei randvollen Plastiktüten mit Proviant für die nächsten Tage.

Als sie zu ihrem Parkplatz zurückging, hörte sie jemanden ihren Namen rufen.

Sie schaute sich um und sah einen Mann mit rotkariertem Hemd von weitem auf sie zukommen. Sie wollte schon stehen bleiben und auf ihn warten, tat dann aber doch so, als hätte sie nichts gehört. Es konnte ja ein Reporter sein, der Witterung aufgenommen hatte, und sie war nicht eben darauf versessen, mit Journalisten zu reden. Nicht schon am ersten Tag in Freiheit.

Also schloss sie rasch den Wagen auf, stellte die Tüten auf dem Rücksitz ab und schlug die Fahrertür im selben Moment zu, in dem sie wieder gerufen wurde.

Sie fuhr weg und sah im Rückspiegel, wie der Mann seine Schritte beschleunigte, um sie einzuholen. Doch dann gab er auf, blieb stehen und breitete in einer resignierten Geste die Arme aus.

Während sie etwas später die Lebensmittel verstaute, hörte sie Geräusche vom Garten her. Sie ging schnell ins Wohnzimmer und konnte im Fenster gerade noch einen Zipfel des rotkarierten Hemdes sehen.

Nachdem sie sich im richtigen Winkel zum Fenster aufgestellt hatte, konnte sie den Fremden gut beobachten, ohne dass er sie drinnen im dunklen Haus sah.

Kein Zweifel: Es war derselbe, der sie vorhin am Supermarkt auf sich hatte aufmerksam machen wollen; offensichtlich war er ihr gefolgt.

Sie spürte, wie die Wut in ihr hochkochte – eine Schande

war das, nicht in Ruhe gelassen zu werden, kein Privatleben für sich haben zu dürfen!

Aber als es laut an die Haustür klopfte, setzte ein anderes Gefühl ein. Ein leichtes Unbehagen, schon fast an der Grenze zu Furcht, verdrängte ihren Ärger.

Zum Glück war es draußen taghell.

Sie wollte ihn schon einfach nicht beachten, doch beim nächsten energischen, lang anhaltenden Klopfen öffnete sie die Tür dann doch einen Spalt breit. Sie konnte ebenso gut herausfinden, was er wollte. Sonst kam er sicher später wieder. Vielleicht nach Einbruch der Dunkelheit.

»Zu wem wollen Sie?«, fragte sie.

»Zu Ihnen. Sie sind doch Fanny Cordell?«

Sie nickte. Ihr Unbehagen nahm zu.

»Wollen wir uns nicht begrüßen?«, schlug er vor und reichte ihr die Hand.

Fanny ergriff sie nicht. Stattdessen zog sie die Tür noch etwas weiter zu, um ihm keine Gelegenheit zu geben, seinen Fuß hineinzustecken. Sie war auf dem Sprung, sie beim mindesten Zeichen von Gefahr ganz zuzuziehen.

»Ich möchte Sie nicht erschrecken und muss mich für meine Aufdringlichkeit entschuldigen. Aber kann ich nicht hereinkommen? Es ist nicht so angenehm, hier draußen auf den Stufen zu stehen und zu reden.«

»Was wollen Sie denn eigentlich?«

»Es ist wegen dieser Fernsehsendung.«

»Welche?«

»Der von vorgestern, mit Sven-Erik Olsson. Über den möchte ich reden.«

»Warum?«

»Weil er mein Leben zerstört hat.«

Fanny sah ihn verblüfft an. »Sind Sie Kjell Agnelius? Ich hatte es so verstanden, dass Sie unserer Projektleiterin die Genehmigung gegeben hatten ...«

»Ich heiße Gustaf Bern. Darf ich nun reinkommen oder nicht?«

24 Ihr Mitleid hatte er rasch geweckt.

Seine packende Erzählung ging ihr unter die Haut. Sie verstand sehr gut, was für eine Tortur er durchgemacht hatte. Oder glaubte es zu verstehen: Es war nicht ganz leicht, sich in den Schmerz eines anderen Menschen hineinzuversetzen.

Als sie sich sicher gewesen war, dass Passanten auf der Straße ihn vor ihrer Haustür bemerkt hatten, hatte sie ihn hereingelassen. Der Mann hatte etwas rührend Unschuldiges in seinem Verhalten, und darüber hinaus war es helllichter Tag, daher hatte Fanny die Lage als gefahrlos eingestuft.

Sie schätzte Gustaf Bern auf Mitte fünzig. Er hatte buschige Augenbrauen und den Ansatz zu einem Bauch. Er war sommerlich gekleidet: helle Hose, kurzärmliges Hemd, Sandalen. Seine sommersprossigen Unterarme waren von dichtem Flaum bedeckt, der in der Sonne goldrot schimmerte.

Mit eintönig leiernder, trister Stimme hatte er seine tragische Geschichte erzählt:

»Damals hatte ich ein blühendes Geschäft mit Fahrschulen sowohl zu Hause in Ulricehamn als auch in Borås. Ich hatte die Firma selbst aus dem Boden gestampft und bei Null angefangen, wie man so sagt. Privat und beruflich lief alles bestens. Wir wohnten in einem tollen Haus mit wundervollem Blick über den Åsund, unsere Söhne hatten ihre Ausbildungen beendet, und die Firma hatte einen guten Ruf.

Aber eines Tages ging alles in die Brüche. Regelrecht alles.

Und ich war wieder da, wo ich angefangen hatte: bei Null.

Eigentlich ist es schon seltsam, wie man sich manchmal in seinen Mitmenschen täuschen kann. Mein engster Mitarbeiter war Sven-Erik Olsson, ein guter Freund, mit dem ich oft in der Freizeit verkehrte und auf den ich mich blind verließ. Nur wenige Tage vor der Katastrophe hatte ich sogar ernsthaft mit meiner Frau überlegt, ihm die Leitung der Schule in Borås zu übertragen.

Das kommt mir heute nur noch wie Spott und Hohn vor.

Sven-Erik war zwar ein wenig verschlossen und hatte etwas von einem Einzelgänger. Aber wenn wir uns trafen, hatten wir unseren Spaß, und die Schüler kamen gut mit ihm zurecht. Jedenfalls kamen mir nie Klagen zu Ohren. Er begrapschte keine jungen Mädchen, hatte keine unbeherrschten Wutausbrüche, nichts von all dem.

Er war ruhig und zuverlässig. Manchmal ein wenig schwerfällig.

Ich hatte nicht die leiseste Ahnung, was für ein Monstrum sich hinter der harmlosen Fassade verbarg.

Es war ein Schock für uns alle.

Als das Unfassbare geschehen war, stand ich vor einem Scherbenhaufen. Schließlich trifft eine Tragödie wie die mit der armen Lisette ja nicht nur das Opfer und deren nächste Angehörige.

Für mich persönlich war mit einem Schlag alles aus.

Als Sven-Eriks furchtbares Verbrechen bekannt wurde, änderte sich das Verhalten der Leute zu mir und der Fahrschule gravierend. Die einen legten auf, wenn ich anrief, andere wechselten die Straßenseite, wenn ich ihnen in der Stadt begegnete, alte Freunde wichen meinen Blicken aus.

Ich bekam anonyme Schmähbriefe, das Fenster meiner Fahrschule wurde mit Schimpfworten beschmiert – und die Kunden blieben rapide weg. Ein Drittel meiner Fahrschüler in Borås wanderte ab, in Ulricehamn war es noch schlimmer. Da schrumpfte meine Klientel in einem halben Jahr fast auf die Hälfte.

Natürlich gab es auch treue Seelen. Solche, die hinter mir standen und begriffen, dass ich keineswegs für die grausame Tat belangt werden konnte, die sich einer meiner Mitarbeiter hatte zuschulden kommen lassen.

Aber viel zu viele waren mir feindlich gesonnen. Einige deuteten sogar an, ich könnte etwas mit dem Mord zu tun haben. Behaupteten, ich wäre mitverantwortlich, nur weil ich Sven-Erik Olsson eingestellt und mich außerdem erdreistet hatte, ihn zum Freund zu haben. Die Situation war völlig absurd. Widerwärtig.

Meine Schule in Borås musste ich ziemlich bald schließen. In Ulricehamn kämpfte ich bis zuletzt, aber auf lange Sicht war es aussichtslos. Mir blieb also nichts anderes übrig, als mein ganzes Lebenswerk aufzugeben.

Dass die Firma pleite ging, war das eine. Viel schlimmer war, dass mich meine Frau Elaine, mit der ich seit fünfundzwanzig Jahren verheiratet war, von einem auf den anderen Tag verließ. Ich hatte natürlich auf volle Unterstützung von dem Menschen gezählt, der mir am nächsten stand, aber sie sagte, sie könne nicht mehr. Die vielen böswilligen Verleumdungen machten ihr schwer zu schaffen, und als das Geld zur Neige ging, ging sie ihrer Wege.

Ich versuchte natürlich, sie zu überreden. Aber es ging nicht. Ihr Entschluss stand fest. Ihre Liebe vertrug offenbar keine allzu großen Belastungen, und wenn ich es recht bedenke, war es vielleicht gut so, dass ich erfuhr, wie es um sie bestellt war. Im Herbst 1992 ließen wir uns scheiden, verkauften das Haus und teilten den Erlös. Zu der Zeit war mein ganzes Leben ein einziges Chaos. Ich hatte sogar Selbstmordgedanken; eine Zeit lang schien mir das der einzige Ausweg aus der Hölle.

Der einzige Trost war, dass meine Söhne ja ihre Studien

beendet hatten. Beide hatten gute Stellen, auf dem Gebiet musste man sich also wenigstens keine Sorgen machen. Ihre Zukunft schien gesichert. Ich hätte es einfach nicht geschafft, sie mit durchzubringen. Ich hatte genug damit zu tun, mich selbst einigermaßen über Wasser zu halten, aber der Verkauf des Hauses gab mir natürlich eine gewisse Sicherheit.

Es war anstrengend, aber es ging. Ich kam mit Gelegenheitsarbeiten hier zu Hause und in Dänemark durch. Bis vor zwei Jahren war das immer nur Knochenarbeit gewesen in Jobs, von denen ich wenig verstand, aber die ganze Zeit über gab ich meinen Traum nicht auf, wieder in meinem alten Berufsfeld tätig werden zu können. Ich sehnte mich danach, wieder als Fahrlehrer hinter der Doppelsteuerung zu sitzen, bewarb mich immer wieder, bekam aber nur Absagen. Wahrscheinlich, weil ich zu alt war, vielleicht auch, weil man die alte Geschichte mit dem Mörder Olsson kannte. Würde ich die nie loswerden?

Aber schließlich kam sie doch. Meine Chance. Hier in Stad. Beim Einstellungsgespräch legte ich gleich die Karten auf den Tisch und erzählte dem Fahrschulbesitzer von Sven-Erik Olsson, damit er es nicht hinten herum erfuhr. Er sagte, das sei ihm völlig egal, ich sei schließlich nicht für die Tat eines anderen verantwortlich zu machen.

Sie werden verstehen, dass ich ihn wegen dieser Meinung hoch achtete. Das tue ich auch heute noch, und ich habe mir vorgenommen, ihn nie zu enttäuschen, sondern alles zu geben, um mich seines Vertrauens würdig zu erweisen. Und ich wage zu behaupten, dass er es nicht bereut hat, auf mich gesetzt zu haben.

Endlich ging es wieder aufwärts, und ich merkte, wie sehr mir die Fahrstunden gefehlt hatten. Ich dachte immer seltener an Sven-Erik Olsson und die Folgen seines furchtbaren Verbrechens. Ja, es war mir schon fast gelungen, ihn vollständig zu verdrängen.

Aber dann kommt man von einer wunderbaren Urlaubswoche auf einer Kanalinsel wieder, macht den Fernseher an – und fällt in ein tiefes Loch. Man ist wieder mitten im Albtraum, und alles nur wegen Ihnen.«

Gustaf Bern bedachte Fanny mit einem strafenden Blick. »Dieses Mörderschwein hätten Sie nie interviewen dürfen, das wollte ich nur gesagt haben. Deshalb habe ich Sie aufgesucht.«

»Ich kann Sie gut verstehen«, sagte Fanny. »Es muss Sie sehr mitgenommen haben, Ihren früheren Mitarbeiter im Fernsehen zu sehen. Und ich muss ehrlich gestehen, dass wir in der Redaktion lange hin und her diskutiert haben, ehe wir uns entschieden haben, ihn zum Studiogespräch in die Livesendung einzuladen. Es gab Argumente dafür und dagegen, aber es wurde nun mal gesendet, und geschehen ist geschehen.«

Hier hätte sie darauf hinweisen können, dass sie es gewesen war, die dem Projekt am meisten Widerstand entgegengebracht und dass sie sich einer deutlichen Mehrheit gebeugt hatte. Aber sie fand es unfair, ihre Kollegen anzuschwärzen, indem sie die internen Debatten verriet, und außerdem hatte sie ihre Einstellung zur Sache am Ende ja selbst geändert.

»Ich halte es für unverantwortlich, einen wie Sven-Erik Olsson in einer so beliebten Sendung auftreten zu lassen, noch dazu zur besten Sendezeit. Auf etwas so Idiotisches kann nur das schwedische Fernsehen verfallen.«

»Da muss ich Ihnen widersprechen«, protestierte Fanny mit etwas lauterer Stimme. »Schweden nimmt im Gegenteil rein medienmäßig eine recht bescheidene Haltung in solchen Angelegenheiten ein. In verschiedenen Weltengegenden werden verdächtigte Verbrecher mit Namen und Foto in Zeitungen und Fernsehen gezeigt, lange bevor sie verurteilt sind, manchmal schon bei geringfügigen Vergehen. Ethisch und moralisch stehen wir hoch über vielen anderen Ländern, das muss so klar gesagt werden.«

»Für mich nicht«, sagte Gustaf Bern. »Ich bleibe dabei, Sie haben unerhört unverantwortlich gehandelt, als Sie die miese Ratte vor die Fernsehkameras geholt haben. Aber danke fürs Zuhören.«

Dann stand er auf und ging, ohne ihr die Hand zu geben und ohne sich auch nur einmal auf dem Weg zur Haustür umzudrehen.

Als Fanny aus dem Sessel aufstand und aus dem vorderen Fenster schaute, konnte sie sehen, wie sein rotkariertes Hemd durch die Pforte in der Heckenöffnung verschwand.

Eine Minute später rief sie ihre Schwester an. Sie war auf Festnetz nicht zu erreichen, ging aber ans Handy. Ihr Atem ging schwer und keuchend.

»Störe ich?«

»Du störst nie, Schwesterherz.«

»Weißt du, wie du dich anhörst?«

»Ich glaube schon.«

»Und ich störe trotzdem nicht?«

»Es ist gar nicht so, wie du denkst. Ich sitze hier im Fitnesscenter in der Umkleide, hab mich gerade an den Maschinen ausgetobt und bin noch nicht wieder zu Atem gekommen. Ich wollte gerade unter die Dusche, als du angerufen hast.«

»Soll ich dich später anrufen?«

»Nein. Ich bin allein hier drin. Erzähl ruhig.«

Und Fanny erzählte.

Ihre Schwester hörte sich aufmerksam den Bericht über Bosse Svärds Anruf und Gustaf Berns Auftauchen an.

Als Fanny ausgeredet hatte, sagte Julia: »Freut mich zu hören, dass dein Urlaub so richtig angefangen hat.«

25 Die Sonne glitzerte so strahlend hell auf dem Meer, dass es sie blendete.

Fanny stand auf einer der vielen Dünen, ließ sich von der auffällig kühlen Brise umfächeln und füllte ihre Lungen mit dem Geruch nach Tang und Salz.

Im Süden ließen sich im blauen Dunst die Rücken einer langgestreckten Hügelkette erahnen, in entgegengesetzter Richtung löste sich die meilenweite Sandfläche verschwommen in der Ferne auf.

Vor ihr dehnte sich die Meeresbucht in voller Breite aus. Die Wasseroberfläche war von vielen kleinen weiß schäumenden Gischtkronen gekräuselt, und ein einsames Schiff steuerte ein paar Seemeilen von der Küste entfernt Richtung Norden. Der Horizont schien ihr jetzt ein wenig näher gerückt zu sein als in den Sommern ihrer Kindheit, aber weit weg war er immer noch.

Ein Raubvogel rüttelte landeinwärts, genau da, wo das flache Land und der Wald sich trafen. Fanny dachte, es könnte wohl ein Rotmilan sein, aber sicher war sie sich nicht. In einer kurzen Phase ihrer Jugend hatte sie sich sehr für Vögel begeistert und sogar an ein paar Exkursionen der »Jungen Ornithologen« ihrer Heimatstadt teilgenommen.

Aber das Interesse war genauso rasch wieder abgeflaut, wie es aufgekommen war.

In angenehm sorgloser Urlaubsstimmung schlenderte sie weiter. Das sonnige Wetter hätte eigentlich mehr Besucher anlocken müssen, aber man sah erstaunlich wenig Leute. Die Badesaison war noch nicht in vollem Gange. Sobald sich die Sonne hinter einer der wenigen Haufenwolken verbarg, kam es einem regelrecht kühl vor.

Geräusche von ein paar Kindern, die in der Brandung planschten, drangen an ihr Ohr, aber weiter draußen im Meer konnte sie keinen Schwimmer entdecken. Die Badelustigen warteten noch auf kommende, wärmere Tage.

Vereinzelt hatten besonders Mutige diskret oder schamlos die Hüllen fallen lassen, um frühe Sonnenbräune zu erhaschen. Hie und da waren blasse Körper zu sehen, die sich in den Dünen oder direkt auf dem Sand von der zaghaften Maisonne bescheinen ließen. Kreidebleiche Mädchenbrüste reckten sich ebenso der Sonne entgegen wie dicke Altmännerbäuche.

Aber besonders gut besucht war der Südstrand in dieser Spätnachmittagsstunde nicht.

Das spärliche Besucheraufkommen verleitete Fanny dazu, sich von den dicht mit Strandhafer bewachsenen Dünen herunterzuwagen. Sie zog ihre Schuhe aus und lief barfuß in die Brandung hinein. Kaltes Wasser umspülte ihre Knöchel. Sogar sehr kaltes Wasser. Sie fröstelte, während sich die lähmende Kälte ihre Waden hinaufzog. Wenn es in ihren zwei Wochen nicht deutlich wärmer wurde, wagte sie sich bestimmt nicht in die Wellen, das stand fest.

Nach einer Weile hatte sie sich jedoch an das eiskalte Wasser gewöhnt, spürte es gar nicht mehr. Sie spazierte weiter, während die Gischt ihre Füße umspülte, und nach etwa einer Viertelstunde erfasste sie ein wundervolles Gefühl von Freiheit.

Solch ein Urlaub war einfach die beste Methode, sich zu entspannen, alles hinter sich zu lassen und sich für kommende Anforderungen zu stärken.

Und schon sah sie dem Treffen mit Bo Svärd im Badhotel mit durchaus wohlwollenden Gefühlen entgegen. Es konnte richtig nett werden, auszugehen, ein paar Gläser Wein zu trinken, etwas Gutes zu essen und sich zu freuen, dass ihr Urlaub endlich angefangen hatte.

Und sie wusste, wie sie mit ihm umzugehen hatte, wenn er allzu zudringlich wurde.

Sie ging zu den Dünen zurück.

Mit einem Mal beschlich sie ein unheimliches Gefühl in

der Magengegend. Sie konnte es nicht näher beschreiben, aber ein siebter Sinn sagte ihr, dass sich unerwünschte Begleitung eingestellt hatte. Jemand folgte ihr, versteckt. Als sie sich herumdrehte, sah sie nichts außer wehenden Strandhaferhalmen. Sicherlich hatte sie sich alles nur eingebildet.

Doch das nagende Unbehagen ließ sich nicht abschütteln. Schaudernd erinnerte sie sich, dass sie schon einmal genau so einen Spaziergang erlebt hatte, an dem Abend, als sie den Sender verlassen hatte, nachdem sie Thomas Hansson in die Wüste geschickt hatte. Auch damals war es ihr so vorgekommen, als ob ihr jemand heimlich folgte. Sie verbannte alle Gedanken an den aufdringlichen, blassen Fanatiker und lenkte ihre Schritte zum Häuschen zurück.

Bestimmt war es schon höchste Zeit, sich für das Abendessen fertig zu machen.

26 Fanny brauchte nicht besonders lange, um zu dem verabredeten Treffpunkt zu gelangen.

Sie hatte flache Schuhe und schlichte Kleidung ausgesucht, um nicht unnötig Aufmerksamkeit auf sich zu ziehen. Sie würde das Badhotel als ganz gewöhnlicher Gast betreten, sich auf ihre Begleitung konzentrieren und einen entspannenden Abend bei gutem Essen und Wein genießen.

Das hatte sie sich vorgenommen, und genau so würde es ablaufen.

Auf dem kurzen Weg kam sie an vielen ganzjährig genutzten Gebäuden und Sommerhäusern vorbei. Die Unterschiede waren gewaltig: protzige, schon fast palastartige Angebervillen mischten sich unter geschmackvolle größere Häuser und Sommerhäuschen, die so unansehnlich waren, dass sie sich für ihre Existenz zu entschuldigen schienen. Die Gärten waren überwiegend gut gepflegt und bemerkenswert geschmackvoll angelegt.

Die Hauptstraße entlang reihten sich zahlreiche Pizzerien und Restaurants, die seit ihrem letzten Besuch in Sydstranden wie Pilze aus dem Boden geschossen waren.

Die Sonne verbarg sich hinter grauen Wolkenbänken, aber die frühere frische Brise hatte sich gelegt, sodass es ein windstiller, lauer Abend war.

Bo Svärd war von weitem zu sehen, wie er sich an einen mit Putten verzierten Trinkbrunnen auf dem Rasen vor dem Badhotel lehnte.

Mit leichtem Entsetzen stellte Fanny fest, dass sein auffälliges Outfit farblich zu der in Grün, Rot und Gold gehaltenen Holzfassade passte. Doch was an der Bäderarchitektur geschmackvoll aussah, wirkte an dem eitlen Fernsehproduzenten lächerlich. Sein pfauenhaftes Auftreten war fast immer von schlechtem Geschmack und mangelhaftem Urteil in Kleiderfragen begleitet. Das wesentlich ältere Badhotel war mit Sicherheit würdiger gealtert.

Im Gegensatz zu dem auf jung getrimmten Produzenten war das Hotel elegant und ansprechend. In seinem Baujahr, 1927, hatte es die im Jahr zuvor abgebrannte »Strandhütte« ersetzt. Das war die Blütezeit einer phantasievollen Architektur mit vielen verschnörkelten Holzornamenten gewesen, und Fanny hatte eben erst in der Lokalzeitung gelesen, dass das Badhotel in diesem Frühjahr von den Einwohnern zum attraktivsten Gebäude der Stadt, dann von einer Jury zum Schmuckstück der ganzen Provinz gewählt worden war.

An dieser Wahl gab es nichts auszusetzen, auch wenn Fanny fand, dass das Rathaus am Stortorget in Stad eine Klasse für sich war und beide die Auszeichnung verdient gehabt hätten.

Aber dieses Gebäude hier hatte natürlich auch seine Vorzüge.

Zwei breite Seitenflügel wurden durch einen länglichen Hauptteil verbunden, in dem der Speise- und der Tanzsaal lagen. Davor zog sich über die ganze Länge eine laubenartige Veranda, deren Dach von Marmorsäulen getragen wurde. Manchmal wurde auch draußen serviert, aber heute Abend hielten sich offenbar alle lieber im Haus auf.

Fast alle.

Am Geländer lehnte ein einsamer älterer Herr, der genießerisch an einer dicken Zigarre zog. Über dem prallen Bauch spannte sich eine Weste, und er wirkte wie ein Relikt aus der Zeit, als Kaufleute und anderes Großbürgertum die alten Sitznischen besetzten. Er schien irgendwie zum Etablissement zu gehören und die Uhr um ein paar Jahrzehnte zurückgedreht zu haben.

Die Westseite des Gebäudes war mit zahlreichen Fenstern versehen, sowohl halbrunde mit Rosetten als auch rechteckige mit Sprossen, und ein Dachtürmchen mit Kupferverkleidung war von Grünspan überzogen. Stuck und Verzierungen fanden sich vielfach, aber nie so, dass es überladen oder kitschig aussah. Alles war ausgewogen und harmonisch, architektonisch ging das Hotel eine gelungene Symbiose mit dem ansehnlich gestutzten Garten und dem behaglichen Zigarrenraucher ein.

Gegenüber lagen eine Minigolfbahn und ein Touristikbüro, auf der anderen Seite ein offener Platz, der früher für Markt, Zirkus oder Rummel genutzt worden war. Fanny fragte sich, ob das heute noch so war.

Hinter dem Haus drängte der Wald heran, und wenige hundert Meter zur anderen Seite begannen Sandstrand und Meer.

Fanny ging an einer Gruppe junger Männer um die zwanzig mit Dosenbier in den Händen vorbei. Ein paar von ihnen pfiffen ganz ungeniert, und einer machte einen schwankenden Schritt auf sie zu, hielt aber an, als er sah, dass jemand auf sie wartete.

Bo Svärd empfing sie mit breitem Lächeln und einem raschen Kuss auf den Mund mit rauchiger Fahne. Sie schob ihn von sich weg und sah, dass er einen dunklen Fleck auf dem rechten, senfgelben Hosenbein hatte: verschütteter Whisky?

»Jetzt amüsieren wir uns«, sagte er und öffnete einen Knopf seines knapp sitzenden rot- und grünkarierten Jacketts.

»Versprochen?«

»Hoch und heilig.«

»Keine Arbeitsthemen?«

»Fast überhaupt nicht.«

»Und kein ... na ja, du weißt schon.«

»Verlass dich auf mich.«

»Keine Küsse mehr?«

Zur Antwort machte er einen Schmollmund, den man mit etwas gutem Willen als Nein auslegen konnte.

Sein schriller Aufzug irritierte Fanny. So albern gekleidet, musste er ja unnötig viele Blicke auf sie beide ziehen.

Doch sie nahm ihren Mut zusammen, folgte ihrem Begleiter durch den großzügigen Eingangsbereich und betrat den geräumigen Speisesaal, mitten unter all die vielen prüfenden, erstaunten Blicke, das verstohlene Flüstern hinter vorgehaltenen Servietten: »Guck mal! Siehst du, wer da hinten kommt?«

Fanny war es nicht angenehm, doch an diesen Spießrutenlauf musste sie sich gewöhnen, sie musste es schaffen, wollte sie in Zukunft nicht ein reines Einsiedlerleben führen.

Es ging trotz allem besser als erwartet. Zwar bemerkte sie, dass die allermeisten sie erkannten, doch fast alle waren so taktvoll, sie in Ruhe zu lassen. Nur die eine oder andere Bitte um ein Autogramm, ruhig und höflich: Das war auszuhalten.

Der Produzent Bosse hatte Recht gehabt, er wirkte wie

ein Puffer. Er schirmte sie von der Umgebung ab, zwar nicht so vollständig, dass niemand sie mehr erreichte, aber doch so wirkungsvoll, dass sie weitgehend verschont blieb.

Außerdem hatte er eine Nische weit weg von der Bühne für Musiker ergattert. Da saßen sie ziemlich abgeschieden, kaum von Gästen an Nachbartischen gestört.

»Fast wie ein Séparée«, sagte er mit kindlicher Begeisterung.

Er kommt mir vor wie eine Kröte, dachte sie, *in Menschengestalt.*

Das Jackett hatte er über den Stuhlrücken gehängt. Die Wangen leuchteten pfingstrosenrot, und das Hemd spannte deutlich über dem Bauch. Schon sprang ein Knopf unter dem Druck ab, ohne dass Svärd reagierte. Wahrscheinlich hatte er den Verlust gar nicht bemerkt.

Während sie die Speisekarte studierten, bestellten beide einen Drink: sie einen trockenen Martini mit zwei Oliven, er einen doppelten Whisky mit einem Glas Mineralwasser extra.

Fanny hoffte, dass er sich nicht zu viel zu schnell hinter die Binde kippte. Wenn er außer Kontrolle geriet, würde sie ihn unerbittlich sitzen lassen, um peinliche Szenen zu vermeiden.

Sie wählten die gleichen Speisen (»Toast Skagen« und »Kalbsfilet Oscar«) und einen spanischen Wein, den sie noch nicht kannte.

»Möchtest du einen Schnaps?«, fragte er.

»Nein, ich warte auf den Wein.«

»Hast du was dagegen, wenn ich mir als Aperitif einen Kurzen genehmige?«, fragte er.

»Aber nein. Und jeder zahlt die Hälfte der Rechnung.«

»Ich hatte vor, dich diesmal einzuladen.«

»Danke, aber ich möchte lieber, dass wir uns die Rechnung genau teilen.«

»Dann machst du aber einen Verlust, wenn du dir das mit dem Schnaps nicht nochmal überlegst.«

»Keine Diskussionen«, entschied sie.

Als der Kellner eine Viertelstunde später die Vorspeisen brachte, erzählte er ihnen, dass binnen kurzem zwei andere Größen des Showgeschäfts erwartet wurden.

»Wenn Sie am Samstag herkommen, kriegen Sie Sten und Stanley zu sehen und zu hören.«

»Hört sich gut an«, sagte Fanny.

»Wenn Sie das möchten, kann ich Ihnen jetzt schon diesen Tisch reservieren. Die Ecke hier ist nämlich besonders begehrt, müssen Sie wissen.«

Da ihr Gegenüber Anstalten machte, zu antworten, beeilte Fanny sich einzuwerfen: »Leider habe ich da schon etwas anderes vor. Aber danke für das Angebot.«

Der hilfsbereite Kellner zog sich zurück, und der Abend nahm seinen Lauf. In richtig angenehmer Atmosphäre.

Jetzt erzählte Fanny von Gustaf Berns unerwartetem Besuch und davon, wie sehr er unter dem Fernsehinterview mit Sven-Erik Olsson gelitten hatte.

»Der Mann hat mir Leid getan«, gab sie zu. »Er war völlig fertig mit der Welt.«

»Das kann ich gut verstehen«, sagte Bo Svärd mitfühlend. »Der arme Teufel. Aber wir könnten sogar einen Nutzen aus dieser Sache ziehen.«

»Indem wir Gustaf Bern zu *Funny Fanny* einladen?«

»Ganz genau. So habe ich mir das gedacht.«

»Keine gute Idee.«

»Warum nicht?«

»Hat der arme Fahrschullehrer nicht schon genug gelitten?«

»Doch, aber sieh das doch mal so: Er könnte eine späte Rehabilitierung erreichen, wenn er in deiner Sendung zu Wort käme.«

»Was denn für eine Rehabilitierung? Er hat doch nichts verbrochen.«

»Viele in Västergötland haben ihn doch wie einen Verbrecher behandelt, obwohl sie wussten, dass er unschuldig war und mit dem Mord an Lisette nichts zu tun hatte. Sein einziger Fehler war, dass er Sven-Erik Olsson eingestellt und außerdem noch freundschaftlich mit ihm verkehrt hatte.«

»Kann schon sein, aber ich fände es am besten, wenn wir diese ganze tragische Geschichte ruhen lassen würden.«

»Aber journalistisch könnten wir da spitzenmäßig noch eins draufsatteln, wenn wir in der ersten Herbstsendung genau da weitermachen, wo wir im Frühjahr aufgehört haben. Und dann könnten wir haarklein aufzeigen, dass nicht nur die Angehörigen des Opfers von solchen Tragödien getroffen werden. Auch andere können unverschuldet mit reingezogen werden, so wie dieser Bern.«

»Waren wir uns nicht einig, dass wir heute Abend nicht über die Arbeit reden wollten?«

»Hab ich vergessen. Außerdem hast du doch selber mit dem Thema angefangen«, sagte der Produzent und blinzelte ihr zu.

»Na gut, aber von jetzt an halten wir uns an die Absprache. Ich hab nur nachgegeben, als es um Sven-Erik Olsson ging. Bei Gustaf Bern bleibe ich hart. Dem Mann darf nicht noch mehr Schaden zugefügt werden. Nur dass du's weißt.«

Sie schob den leeren Teller des Hauptgangs weg.

»Das war lecker«, sagte sie.

Svärd nickte und fragte: »Kaffee und Likör?«

»Vielleicht ein kleines Gläschen. Bestell du, ich muss mir die Nase pudern.«

Er stand auf, ritterlich, aber leicht schwankend, und zog ihren Stuhl zurück. Fanny ging um eine Säule herum und zwischen ein paar Tischen hindurch ins Foyer. Hinter dem

Rücken eines Hoteldieners am Eingang sah sie eine Gestalt draußen im Garten, aber die Halle war leer.

Sie zuckte zusammen, als sie links von sich etwas rascheln hörte.

Und dann eine flüsternde, aber ganz deutliche Stimme: »Hältst du dich immer noch für was Besonderes?«

Ein lila Vorhang bewegte sich an der Wand gegenüber. Sie ging hin und zog ihn zur Seite.

Niemand war zu sehen, aber aus der entfernten Gaststube drangen Geräusche an ihr Ohr.

Als sie näher heranging, konnte sie das Gewimmel und Gedränge im Bierausschank sehen.

Wer hatte sie angesprochen?

Oder waren die Worte an jemand anderen gerichtet gewesen? Den sie nicht gesehen hatte?

Nein, bestimmt hatten sie ihr gegolten.

Hältst du dich immer noch für was Besonderes?

Nachdenklich und unangenehm berührt betrat sie die Damentoilette.

Da fiel es ihr ein, wer die verletzende Frage gestellt hatte.

Thomas Hansson natürlich.

»Er *muss* es gewesen sein, die Stimme habe ich doch wieder erkannt«, sagte sie im gleichen Moment, in dem die Tür einer Kabine aufging und eine junge Frau herauskam und ihren Rockbund zurechtrückte.

Sie warf Fanny einen verblüfften Blick zu. Ein Fernsehstar, der in der Damentoilette des Badhotels Selbstgespräche führte – wahrlich kein alltäglicher Anblick.

»Entschuldigung«, sagte Fanny, »ich habe nur laut gedacht.«

Die andere Frau lächelte und verschwand, ohne sich die Hände zu waschen.

Natürlich musste er das gewesen sein, der Verrückte, der so bedrohlich aufgetreten war. Aber was hatte sie sich erwartet? Ihn für immer los zu werden? Er wohnte immerhin in der Nähe, keine halbe Stunde mit dem Auto entfernt. Vielleicht war es doch keine so gute Idee gewesen, ausgerechnet hier Urlaub zu machen, genau genommen.

Sie nahm sich zusammen.

Von dem fiesen Typ ließ sie sich doch ihren ebenso herbeigesehnten wie verdienten Jahresurlaub nicht verderben. Es kam ihr zwar eindeutig so vor, als befände er sich an diesem Abend irgendwo in der Nähe, aber sie würde ihm keine Gelegenheit geben, ihr etwas anzutun.

Sie schob die Gedanken an ihn beiseite, ging auf die Toilette, wusch sich danach besonders gründlich die Hände und kehrte in den Speisesaal zurück.

Dort hatte die Tanzkapelle aufgespielt.

Und gerade als sie sich setzte, kam der Kellner mit Kaffee und einer ganzen Flasche Schwedenpunsch in einem Eiskübel.

»Ich hatte um ein kleines Gläschen gebeten«, sagte sie und sah Bo Svärd tadelnd an.

»Und das sollst du haben. Mehr als das, wenn du willst.«

Er würde sie nicht beschwipst und gefügig machen, falls er das vorhatte – in dem Fall eine leicht zu durchschauende, seit Urzeiten von Stümpern angewandte Taktik.

Ein Schatten fiel über das Tischtuch, und ein hochgewachsener Mann stand mit einer Verbeugung neben ihr.

»Darf ich bitten?«

»Nein, heute nicht«, sagte sie, bemüht, sich nicht hochnäsig-abweisend anzuhören.

Um die Wirkung ihres Neins zu mildern, lächelte sie ihn bedauernd an.

Vielleicht reizte ihn dieses Lächeln erst recht, denn er machte weiter: »Warum nicht? Sie haben doch wohl nichts Besseres vor, oder?«

Das kam in einem so arrogantem Ton, dass Fanny sauer wurde.

»Ich brauche das nicht näher zu begründen. Ein Nein ist ein Nein.«

»Nur ein kleines Tänzchen, wenn ich ganz lieb bitte?«

»Leider nein.«

Svärd mischte sich ein.

»Hören Sie nicht, dass sie nicht mit Ihnen tanzen will?«

»Was geht Sie das an?«

»Machen Sie, dass Sie hier wegkommen!« Der Produzent wurde laut.

Köpfe drehten sich in ihre Richtung, der Kavalier verzog sich, und Fanny legte Svärd beschwörend beide Hände auf den rechten Oberarm.

»Beruhig dich, Bosse. Mach jetzt bitte keine Szene.«

»Sieh dir doch nur die aufgeblasene Kröte an! Garantiert geht es um eine Wette, die er verloren hat, dass es kracht. Er hat damit angegeben, dass er mit dir tanzen würde, und irgendeiner mit mehr Vernunft im Schädel hat dagegen gehalten. Siehst du, was habe ich gesagt?«

Und ganz richtig: Mit einem Seitenblick erkannte Fanny, wie der Abgewiesene seine Brieftasche zückte und jemandem, der im Dunkeln stand, einen Schein reichte.

Kurz darauf betrat der Empfänger des Geldes die Tanzfläche und sah zu Fanny hinüber, die sich herumdrehte und ihn sofort erkannte.

Es war Thomas Hansson.

Er lächelte, dankte ihr mit einer Handbewegung und verbeugte sich übertrieben höflich in ihre Richtung.

Eine höhnische Geste, die sich nicht missverstehen ließ.

Dann war er weg, verschwunden im Halbdunkel.

Fanny war regelrecht erleichtert. Ihr war es recht, dass sie seine Anwesenheit bestätigt gefunden hatte. Also hatte er ihr draußen im Foyer diesen Satz zugeflüstert. Und vielleicht hatte er jetzt auf irgendeine absurde Art und Weise seine Rache an ihr genommen, indem er seinem Kumpel mit dieser Wette Geld abgeknöpft hatte.

Sie ging kurz mit sich selbst zu Rate, ob sie Svärd von Thomas Hansson erzählen sollte. Aber sie ließ es bleiben. Es gab keinen Grund, den Kollegen in ihre privaten Probleme einzuweihen. Stattdessen trank sie ihr Glas Punsch und ließ sich zu einem weiteren winzigen Schluck von etwa drei Fingerbreit überreden.

Das musste reichen.

Bosse Svärds glänzende Augen deuteten darauf hin, dass die ersten Annäherungsversuche nicht lange auf sich warten lassen würden. Noch waren sie verblümt und ziemlich harmlos, aber sie wusste, dass es nur schlimmer werden konnte.

Und das wollte sie sich ersparen.

Am besten jetzt einen Riegel vorschieben, solange er noch einigermaßen mit sich reden ließ.

Seine Hände waren ein wenig zu oft über den Tisch geglitten und auf ihren bloßen Armen gelandet. Bald würde er sich immer mehr Freiheiten herausnehmen, ihr immer näher auf die Pelle rücken – davon war sie überzeugt.

Sie blieb hart gegenüber all seinen Bitten und Betteleien. Und er gab rascher auf, als sie gedacht hätte: nach nicht einmal drei Minuten.

Sie bedankte sich für den netten Abend, ohne zu übertreiben: Es *war* nett gewesen, besser als sie gedacht hatte. Dann legte sie genügend Geld auf den Tisch, um ihren Teil der Rechnung zu begleichen, umarmte ihn kurz und ging.

Als sie sich umsah, bemerkte sie, dass er den Kellner rief, um nachzubestellen, obwohl noch reichlich Punsch in der Flasche war. Er würde sich einen tüchtigen Rausch antrinken.

Aber das war ja nicht ihr Problem.

27 Fanny dachte nicht an ein Taxi, als sie in die Abendkühle hinaustrat und das Badhotel hinter sich ließ.

Sie hatte keine fünf Minuten zu ihrem Sommerhaus zu gehen, und die Hauptflaniermeile war noch sehr belebt. Vor allem Jugendliche, die draußen unterwegs waren, aber sie sah auch ein paar Spaziergänger gesetzteren Alters und einen Rentner, der einen Labrador ausführte.

Je weiter sie sich von dem beliebten »Strandkrug« entfernte, desto weniger Leute begegneten ihr.

Schließlich war sie ganz allein, was sie vorübergehend leicht verunsicherte.

Was, wenn Thomas Hansson ihr folgte?

Die Wahrscheinlichkeit kam ihr gering vor, doch zur Sicherheit schlüpfte sie unbemerkt in eine Telefonzelle an einer scharfen Biegung, gegenüber einer verrammelten Konditorei. Sie griff nach dem Hörer, und während sie ein Gespräch vortäuschte, beobachtete sie von ihrem dunklen Aussichtsposten aus die Umgebung.

Der Weg lag immer noch verlassen da.

Sie wartete eine Weile, aber nichts geschah. Niemand folgte ihr, das stand fest.

Beruhigt ging sie weiter.

Das Häuschen leuchtete ihr entgegen. Als sie sich zu dem Treffen mit Bo Svärd aufgemacht hatte, war sie so vorausschauend gewesen, ein Türlicht und außerdem ein paar Lampen im Haus brennen zu lassen. Darüber war sie jetzt froh. Der Lichtschein schuf etwas wie Behaglichkeit.

Aus dem Kühlschrank zog sie eine große Flasche Mineralwasser, goss sich ein Glas ein, leerte es in großen Zügen und schenkte sich nach.

Mit dem Glas in der Hand ging Fanny auf die Veranda hinter dem Haus und setzte sich in eine Hollywoodschaukel. Sie trank jetzt langsamer, verschnaufte nach einem etwas turbulenten Tag.

Ab jetzt musste sie die Dinge wohl etwas ruhiger angehen, wenn sie einigermaßen erholt aus ihrem Urlaub zurückkommen wollte.

Am nächsten Tag würde sie sich, bis auf ihre unentbehrliche Joggingrunde, im Haus aufhalten. Sie wollte nur lesen, fernsehen, sich entspannen. Der Kühlschrank war so reichlich gefüllt, dass es ihr an nichts fehlen würde.

Nach ein paar Tagen konnte sie dann vielleicht einen kleinen Ausflug machen. Das würde sich mit der Zeit ergeben. Vorerst wollte sie einfach in den Tag hineinleben, ohne Pläne und ohne Stress.

Es war eine sternenklare Nacht, schön, aber ein wenig kühl. Sie sah, wie ihre Unterarme allmählich Gänsehaut bekamen. Aber sie war noch nicht richtig müde. Es war so schön beruhigend im stillen Garten, und sie ging ins Haus, um eine Decke zu holen.

Zurück in der Hollywoodschaukel, schloss sie die Augen und ließ sich willenlos von dem entspannenden Rhythmus einlullen.

Wieder sah sie den höhnisch grinsenden Thomas Hansson auf der Tanzfläche vor sich.

Sie fand es immer noch gut, dass sie ihn entdeckt hatte. Die Ungewissheit wäre viel schlimmer gewesen. Jetzt wusste sie, woran sie mit ihm war.

Er machte ihr keine Angst mehr. Jedenfalls nicht mehr so wie am Anfang. Die Zeit ließ die Bedrohung kleiner werden, ja, fast sogar ganz verschwinden.

Natürlich würde er nicht wagen, sie zu überfallen. Besonders nicht, seit er offen gezeigt hatte, dass er sich in ihrer Nähe aufhielt. Jede Menge Zeugen hatten ihn schließlich im Badhotel gesehen.

Von ihm hatte sie nichts zu befürchten.

Doch dann fiel ihr wieder ein, wie unverfroren er in den Sender eingedrungen war und an ihre Garderobentür geklopft hatte. Sie sah seine kalten Augen vor sich, hörte die harten Worte, erlebte noch einmal sein drohendes Auftreten, dachte an die dreiundzwanzig Briefe und kam zu dem Schluss, dass er ein Fanatiker eines Schlags war, wie ihr noch nie zuvor einer begegnet war.

Außer Sven-Erik Olsson natürlich.

Bald komme ich raus.

Fanny kribbelte es in den Haarwurzeln auf der Stirn.

Aber Olsson saß doch noch hinter Schloss und Riegel. Von ihm hatte sie nichts zu befürchten.

In der Nähe raschelte etwas. Es schien aus der ein paar Meter entfernten Hecke zu kommen.

Ein Vogel?

Eine Katze?

Ein Mensch?

Sie schlug die Augen auf – da geschah etwas.

Der Birnbaum war näher an sie herangerückt. Die Hecke auch. Die Terrasse war geschrumpft, aus der Abendkühle war Nachtkälte geworden, der Wind hatte aufgefrischt, das Dunkel verdichtete sich. Verzweigte Äste streckten sich ihr entgegen, knorrig und begehrlich.

Ihr wurde klar, dass sie sich in etwas hineinsteigerte, Angst bekam von den Gedanken an Thomas Hansson und Sven-Erik Olsson und deshalb anfing, sich alles Mögliche einzubilden. Und sie sah ein, dass es an ihrer Müdigkeit nach diesem langen, ereignisreichen und anstrengenden Tag liegen musste. Das und dazu der Alkohol hatten ihr offenbar den Rest gegeben.

Mit einem Mal hatte sie es eilig. Sie konnte nicht rasch genug ins Haus kommen. Im Eilschritt lief sie hinein, schloss die Tür ab und kontrollierte zusätzlich alle Türen und Fenster, während sie praktisch in jedem Raum das Licht anließ.

Sie ließ die Jalousien herab und zog die Vorhänge zu, schaute unter Betten und in Schränke. Keine Vorsichtsmaßnahme ließ sie aus – mit einer Ausnahme. In den Keller konnte sie nicht hinunter. Aber sie vergewisserte sich, dass die Tür davor abgeschlossen war.

Du liebe Güte, ich bin ja die reinste Hysterikerin.

Sowie sie diese Erkenntnis zuließ, war es, als käme sie zur Besinnung. Die Angst verschwand fast ganz, und sie dachte wieder in vernünftigen Bahnen. Was konnte ihr hier schon passieren? Im friedlichen Sydstranden, in einem hermetisch verschlossenen Haus?

Erleichtert ging sie ins Bad, um sich die Zähne zu putzen und zur Toilette zu gehen. Danach ging sie ins Schlafzimmer. Dort streifte sie alles ab, was sie am Leib trug, einschließlich Armbanduhr, Halskette und Fingerring. Sie schlief immer nackt, ob allein oder zu zweit, hatte es von jeher so gehalten. Ihre Lider waren bleischwer, die Gedanken verschwammen, ihre Ohren waren wie Watte: Sie würde im Nu einschlafen.

Sie legte den Kopf auf das Kissen und schloss die Augen.

Das Geräusch drang durch die vielen Schichten ihrer tiefen Betäubung zu ihr durch.

Mit weit aufgerissenen Augen und Herzklopfen hörte sie etwas am Fenster.

Ein Kratzen übers Blech.

Und es klang, als sagte jemand ihren Namen.

Du lieber Himmel! Das ist er!

Sie schlüpfte aus dem Bett und schlich sich durchs Zimmer, immer noch splitterfasernackt.

Vorsichtig, ängstlich, was für ein Anblick sich ihr bieten würde, hob sie eine Jalousienlamelle an und entdeckte eine Schattengestalt, die um die Ecke verschwand.

Fanny versuchte, keine Panik hochkommen zu lassen. Sie nahm das Handy und tippte Julias Nummer ein.

Geh ran! Bitte geh ran!

Die Stimme ihrer Schwester hörte sich hellwach an: »Hallo.«

»Ich bin's, hör zu, ich …«

»Bist du das, Fanny?«

»Ja, so hör doch …«

»Hast du was getrunken?«

»Ein bisschen. Nicht viel.«

»Warum redest du so leise? Ich kann dich kaum verstehen.«

»Ich muss flüstern. Aber hör mir jetzt endlich zu. Er ist hier!«

»Was redest du? Wer ist da?«

»Thomas Hansson, du weißt schon, der Verrückte. Er ist draußen im Garten.«

Einige Sekunden war es still, dann fragte ihre Schwester nervös: »Du hast doch wohl abgeschlossen?«

»Natürlich. Aber er kann ja ein Fenster einschlagen.«

»Bist du sicher, dass er es ist? Ich meine, hast du ihn da draußen gesehen?«

»Nein, es ist zu dunkel, um etwas zu erkennen. Aber wer sollte es denn sonst sein?«

»Was für ein Mistkerl!«

»Ich habe ihn heute Abend im Badhotel gesehen. Er hat mir höhnisch zugegrinst, während ich mit Bosse Svärd am Tisch saß, aber ich hätte nie gedacht, dass er sich bis hierher wagt.«

»Solche Irren darf man nie unterschätzen. Hast du was, um dich zu verteidigen?«

»Ich kann ein Messer aus der Küche holen.«

»Tu das. Und dann musst du ganz schnell die Polizei anrufen.«

»Um diese Zeit?«

»Wenn du in Gefahr bist, brauchst du Hilfe, das siehst du doch wohl ein.«

Fanny merkte, wie gut es ihr tat, mit ihrer Schwester zu reden. Es war, als dämpfte Julias Nervosität ihre eigenen Ängste. Sie fühlte sich immer selbstsicherer. Und sie war jetzt überzeugt, dass der Eindringling ihr nur einen Schrecken einjagen wollte. Er war ja schließlich im Badhotel gesehen worden und würde natürlich nicht so dumm sein, sie noch in derselben Nacht zu überfallen.

»Ich glaube, ich warte bis morgen«, sagte sie.

»Spinnst du? Und wenn er heute Nacht etwas unternimmt?«

»Das wird er nicht. Er will mir nur einen ordentlichen Schrecken einjagen. Ich hab mich da wohl in etwas reingesteigert.«

»Wie kannst du das sagen, wenn du allein in einem fremden Haus bist, mit einem Psychopathen im Garten?«

»Mindestens hundert Leute haben ihn im Badhotel gesehen. Der ist doch nicht so blöd, noch am selben Abend einen Anschlag auf mich zu unternehmen.«

»Man kann nie wissen, was in solchen Leuten vorgeht.«

»Du weißt, dass ich keine unnötige Aufmerksamkeit in der Presse wünsche.«

»Fanny! Wir haben das alles schon mal durchgekaut. Oft genug. Hör mit dem albernen Getue auf. Begreifst du nicht, dass du in Gefahr bist?«

»Er hat sich anscheinend beruhigt. Hier ist es vollkommen still. Ich glaube, dass er weg ist. Leg dich wieder hin, aber behalte das Telefon in deiner Nähe.«

»Darauf kannst du dich verlassen. Soll ich auch bestimmt nicht die Polizei anrufen?«

»Ich verbiete es dir.«

»Versuch, ein wenig zu schlafen. Dann bis morgen früh.«

»Kriminalpolizei Stad. Inspektor vom Dienst Terje Andersson.«

»Entschuldigen Sie die späte Störung, aber ich weiß nicht, was ich machen soll. Es ist eine etwas heikle Angelegenheit. Ich heiße Julia Cordell und ich rufe wegen meiner Schwester an.«

Sobald Fanny aufgelegt hatte, ging sie in die Küche.

Sie knipste die kleine Lampe über der Küchenbank aus. Um sie herum wurde es schwarz. Am Fenster zum vorderen Garten spähte sie vorsichtig durch einen Spalt zwischen Rahmen und Rollo.

Wie von einem elektrischen Schlag getroffen zuckte sie zusammen.

Draußen stand jemand im Dunkeln und starrte in wenigen Metern Entfernung in dasselbe Fenster, nur von der anderen Seite.

Vor Angst schnappte sie nach Luft. Sie unterdrückte einen lauten Schrei, und das Herz hämmerte in ihrem Brustkorb, als wollte es gleich herausspringen.

Sie biss sich auf die Unterlippe, holte tief Luft und versuchte, klar zu denken.

Der Mann draußen hatte sie nicht gesehen, also verkleinerte sie den Spalt weiter und sah noch schärfer hin. In diesem Moment zog sich der Umriss zurück, und die Gestalt geriet teilweise in den Lichtkegel der Straßenlaterne.

Zuerst erkannte sie ihn an dem rotgrünen Sakko. Dann sah sie sein aufgeschwemmtes Gesicht.

Aus der Angst wurde gewaltiger Ärger.

Jetzt reichte es, jetzt hatte Bosse Svärd ihr genug zugesetzt.

Ihr einen solchen Schrecken einzujagen!

Normalerweise war sie ein friedliebender Mensch, der Streit und Konflikten aus dem Weg ging, aber das hier ging entschieden zu weit. Sie platzte fast vor Wut.

Dem würde sie jetzt aber die Leviten lesen, und zwar auf

der Stelle! Fanny war schon drauf und dran, zu ihm rauszustürmen, als ihr gerade noch einfiel, dass sie ja nichts anhatte.

Das könnte dem Lüstling so passen, aber den Spaß gönne ich ihm nicht.

Svärd machte einen großen Schritt zur Seite, gerade als sie das Rollo loslassen wollte, um sich ihre Kleider zu holen. Dann fiel er um.

Voll wie eine Haubitze, dachte sie angewidert. Und was er mit diesem Besuch beabsichtigte, daran zweifelte sie auch nicht den Bruchteil einer Sekunde. Sie hätte nie mit ihm ausgehen dürfen, es war himmelschreiend unbesonnen gewesen.

Als er sich vom Boden aufrappelte und zum Gartentor hinaustorkelte, wurde ihr klar, dass es die Mühe nicht lohnte, ihm jetzt nachzulaufen. Argumenten war er sowieso nicht zugänglich. Aber sie wusste, in welchem Hotel er in Stad wohnte, und am nächsten Morgen wollte sie ihn sich vorknöpfen. Wenn er also nicht mit einem scheußlichen Katzenjammer aufwachte, würde sie schon dafür sorgen, dass er einen bekam. Den gönnte sie ihm von ganzem Herzen.

Auf jeden Fall war es gut, dass er abzischte und sie endlich mal ein Auge zutun konnte.

Erst Angst. Dann Wut. Jetzt überkam sie ein neues Gefühl: Erleichterung.

Sie brauchte keine Angst mehr zu haben. Es wäre viel schlimmer gewesen, wenn Thomas Hansson ihr dort draußen im Dunkeln aufgelauert hätte statt des fetten Produzenten, der in seinem volltrunkenen Zustand nur ein Ziel vor Augen hatte und den man bei einer eventuellen Konfrontation im Handumdrehen entwaffnen konnte.

Sie überlegte, ob sie Julia anrufen und ihr erzählen sollte, dass alles nur falscher Alarm gewesen war und sie den Falschen verdächtigt hatte. Aber sie war so müde, dass sie sich kaum noch auf den Beinen halten konnte.

Lieber wollte sie sie anrufen, wenn sie aufgewacht war.

Mit einem zufriedenen Seufzer ließ sie sich ins Bett fallen, kam aber nicht zur Ruhe. Da klopfte es an der Tür.

Wutentbrannt fuhr sie hoch und zog sich den Trainingsanzug über, der von einer Stuhllehne hing. Sie fuhr verkehrt herum hinein, aber das war ihr egal.

Jetzt würde sie dem feinen Herrn Produzenten aber gehörig den Kopf waschen, das stand fest!

Sie wusste nicht, wann sie das letzte Mal so wütend gewesen war. Das Blut kochte ihr in den Adern, während sie brüllend zur Haustür lief.

Sie riss die Tür auf.

»Du Scheiß…«

Sie verstummte, als sie sah, dass die Stufen leer waren.

»Wo bist du, du Dreckskerl?«

»Hier.«

Die Stimme kam von der linken Hausecke. Im nächsten Moment hörte es sich an, als stürzte etwas ein.

Fanny ballte die Hände zu Fäusten und trat zähneknirschend aus der Tür.

War er in den Holzstoß an der Schmalseite des Hauses gefallen, als er versucht hatte, durch das Flurfenster nach ihr zu spähen?

Dann geschah es ihm Recht.

Sie trat um die Ecke.

28 Nachdem Sten Wall sich vergewissert hatte, dass seine Kaffeemaschine ordentlich lief, ging er ins Bad, um zu duschen.

Obwohl er sich vorgenommen hatte, einmal so richtig auszuschlafen, war er zur üblichen Zeit aufgewacht, geweckt von seiner inneren Uhr. Vergeblich versuchte er, wieder einzuschlafen. Was wahrscheinlich am puren Ärger lag. Er ärgerte sich über sich selbst, weil er die Gelegenheit zu dem dringend benötigten Schlaf nicht besser nutzte.

Mitten in der Nacht war er von einer spontanen Reise nach Göteborg zurückgekehrt. Er hatte plötzlich Lust bekommen, Ulla zu besuchen – eine Jugendliebe, mit der er im vorigen Jahr nach vierzig Jahren Trennung wieder angebandelt hatte –, und hatte sich hinters Steuer gesetzt, um sie in ihrer Wohnung im Stadtteil Haga zu überraschen.

Bevor er losgefahren war, hatte er seinen Kollegen mitgeteilt, dass er die gleitende Arbeitszeit nutzen und am nächsten Tag später als gewöhnlich anfangen wollte.

Ausgestattet mit einer Riesenschachtel Pralinen, fuhr er los. Doch irgendwann verließ ihn die Inspiration, und als er auf der Autobahn an Kungsbacka vorbeifuhr, bereute er seinen Entschluss bereits wieder. Schon war er drauf und dran, zu wenden. Doch dann fiel ihm ein, dass ein Fußballturnier der ersten Liga im Gamla-Ullevi-Stadion stattfand, und um den weiten Weg nicht umsonst gemacht zu haben, fuhr er weiter.

Ulla konnte er ja ein andermal besuchen. Er mochte sie, fühlte sich ihr aber nicht verpflichtet.

Nach dem Spiel, das der Örgryte IS Göteborg im letzten Moment für sich entschieden hatte, ging der Kommissar zum Parkplatz und wollte gerade den Schlüssel in die Fahrertür stecken, als ihn von hinten jemand anrief.

Er drehte sich um und sah Ulla mit einer Freundin. Sie waren in etwa zehn Metern Entfernung auf dem Bürgersteig stehen geblieben und schauten ihn fragend an.

Wall wusste nicht, welche von beiden überraschter aussah, Ulla oder ihre Begleiterin.

Ulla war platt vor Staunen, Wall über den Weg zu laufen, die Freundin ihrerseits verblüfft, Ulla so erstaunt zu sehen.

»Du hier?«

Das klang vorwurfsvoll, und Wall fühlte sich auf frischer Tat ertappt, während er zur Begrüßung auf sie zuging.

»Wie du siehst.«

»Und du unterstehst dich, nach Göteborg zu fahren, ohne mich zu besuchen?«

»Überhaupt nicht. Ich bin eigentlich gerade auf dem Weg nach Haga, um dich zu überraschen«, sagte er, froh über die Pralinenschachtel in der noblen Geschenkverpackung.

Skeptisch schüttelte sie den Kopf, und er log weiter wie ein besonders verstockter Verbrecher: »Aber ich hab mich mit der Zeit vertan. Kam viel zu früh an. Und da hab ich halt das Fußballspiel mitgenommen. Der ÖIS hat übrigens gewonnen.«

»Du kommst nie zu früh. Sondern zu selten. Viel zu selten. Fast überhaupt nicht.«

»Jetzt bin ich ja da.«

»Du hättest vorher anrufen können«, sagte sie.

»Dann wäre es ja keine Überraschung mehr gewesen.«

Sie lächelte, er atmete auf. Möglicherweise hatte sie seine Lügen und Ausreden durchschaut, aber er merkte, dass die Krise überwunden war.

»Das ist Kerstin«, stellte sie die Freundin vor, »eine Kollegin aus der Bibliothek. Und das ist Sten Wall, ein guter alter Freund aus meiner Zeit in Stad.«

Der Austausch von Höflichkeitsfloskeln war bald abgehandelt.

»Jetzt kommst du aber mit zu mir«, entschied Ulla. »Möchtest du, dass Sten dich nach Hause fährt, Kerstin?«

»Nein, danke, ich geh lieber zu Fuß. War nett, dich kennen zu lernen, Sten. Und tschüs, Ulla.«

Wall überreichte Ulla schon auf dem Parkplatz die Pralinen.

»Bestechungsversuch?«, fragte sie.

»Wie kannst du das von mir denken?«

»Gibst du zu, dass du nach Hause fahren wolltest, dass du weggefahren wärst, wenn Kerstin und ich nicht aus blankem Zufall genau jetzt vorbeigekommen wären?«

»Ich gebe gar nichts zu.«

»Ich glaube dir zwar nicht, aber gehen lasse ich dich jetzt nicht mehr.«

Etwas später ließen sie es sich in einem Restaurant am Vasaplatz schmecken. Danach gingen sie in ihre Wohnung, wo sie sich bis zu seinem Aufbruch gegen Mitternacht keinen Zwang antaten.

Wall kam gegen zwei Uhr nach Stad zurück und schlief erst lange nach drei wieder ein.

Und doch fühlte er sich jetzt – trotz des Schlafmangels – relativ frisch, als er mit einem Teller Frühstücksflocken, einer Tasse starkem Kaffee, einer halben Grapefruit und einem Brot mit Leberpastete und gelber Paprika am Küchentisch saß.

Als Entschädigung für das unnötig frühe Aufstehen konnte er sich ein besonders ausgiebiges Frühstück leisten. Und er brauchte schließlich nicht bis elf Uhr zu warten, ehe er zur Arbeit ging, wie er sich das eigentlich gedacht hatte. Er war zu rastlos, um noch länger zu Hause zu bleiben.

Er schenkte sich Kaffee nach und kramte eine Kassette mit Melodien von Owe Thörnqvist hervor. Wall hatte schon immer eine Schwäche für den originellen Sänger aus Uppsala gehabt.

Gerade als Thörnqvist ein besonders mitreißend-burleskes Stück vortrug, klingelte das Telefon.

Mit einem Seufzer hielt Wall die Kassette an, nahm den Hörer ab und brummte seinen Namen.

Ein angenehmer, bekannter Bariton drang an sein Ohr: »Dalman hier. Störe ich?«

»Überhaupt nicht. Ich hab nur gerade Owe Thörnqvist gehört.«

»Überhaupt nicht? *Ich* würde mich gestört fühlen, wenn mich jemand beim Owe-Thörnqvist-Hören anriefe.«

»Was gibt's?«

»Wie ich sehe, schöpfst du die gleitende Arbeitszeit voll aus. Ist es gestern spät geworden?«

»Ein bisschen. Ich hab gestern einen Ausflug nach Göteborg gemacht, hab mir ein Spiel im Gamla Ullevi angesehen.«

»Und das hat so lange gedauert?«

»Der ÖIS hat gewonnen.«

»Aha. Ja, also, ich habe hier so eine merkwürdige Geschichte, sicher nichts Ernstes, aber ein bisschen heikel. Ich würde es gern mit dir besprechen. Geht das jetzt gleich am Telefon?«

Wall sah auf die Uhr.

»Wenn es dir recht ist, können wir uns in einer Viertelstunde auf dem Revier treffen. Ich muss nur rasch fertig frühstücken.«

»Passt dir das auch?«

»Kein Problem. Hatte sowieso vor, bald anzufangen.«

Thörnqvist konnte warten. Wall trank den Kaffee aus, putzte sich die Zähne, zog sich an und trat in die frühe Maisonne hinaus.

Für den kurzen Fußweg von seiner Wohnung in dem heruntergekommenen Mietshaus an der Bergsgatan zur protzigen Polizeidirektion am Park brauchte er in der Regel fünf Minuten, ohne sich zu hetzen.

Der kahlköpfige Kommissar liebte seine Stadt. Er liebte die bezaubernde Mischung aus Altstadtidylle und moderner Architektur. Liebte es, abwechselnd über die breiten Alleen und Boulevards in der City und durch die schmalen Gässchen der Altstadt zu schlendern.

Besonders gern spazierte er am Fluss entlang oder durch den Park, der den Stadtkern an einer Seite begrenzte.

Oder er saß auf einer Bank an einem der drei Kanäle, wo er als Kind mit spuckegetränkten Brötchenkrümeln als Köder zu angeln versucht hatte.

Und er liebte das abwechslungsreiche Umland: das Meer und die Dünen in Sydstranden, im Süden die Hügelkette mit ihrer üppigen Vegetation, das fruchtbare Flachland hinter Bro und Frejalund, die weiten Wälder im Norden.

Wenn er Besucher durch das Polizeigebäude führte, prahlte er gern damit, dass die Gemeinde einfach alles habe außer richtig schweren Gewaltverbrechen.

Letzteres stimmte allerdings nicht ganz.

Zu seiner Verzweiflung musste er feststellen, dass die Gewalt von Jahr zu Jahr zunahm, immer roher, sinnloser und rücksichtsloser wurde. Seine Heimatstadt kam dabei nicht glimpflicher davon als jede andere im Land. Im Gegenteil, wollte es ihm scheinen.

Manchmal wurde er von erschreckender Resignation erfasst. Dann erschienen ihm alle ihre polizeilichen Einsätze und Anstrengungen plötzlich vergebens, als rännen ihnen die ungelösten Fälle wie Sand durch die Finger.

Wall war ein Workaholic, wie er im Buche steht. War es schon gewesen, als er noch als Schutzmann Streife gegangen war. Und da er mit einer robusten Gesundheit gesegnet war, hatte er jahraus, jahrein das gleiche hohe Arbeitstempo beibehalten können.

Jetzt, mit dreiundsechzig, rückte das Pensionsalter unerbittlich näher.

Wall freute sich nicht darauf und überlegte oft, ob es wohl eine ähnlich gelagerte Tätigkeit gab, mit der er sich nach seiner Pensionierung befassen konnte.

Urlaubsvertretungen und dergleichen waren in diesem unter chronischem Personalmangel leidenden Berufsfeld bestimmt immer gut zu gebrauchen. Und die gesammelte Expertise und Erfahrung eines älteren Polizisten war doch wohl nicht zu verachten?

Die Untätigkeit, die ihn sonst erwartete, erschien ihm unerträglich.

Dafür war er nicht reif.

Jetzt noch nicht.

In zwei Jahren genauso wenig.

Vielleicht nie.

Aber in der Hinsicht war er wohl eher eine Ausnahme. Vor nicht allzu langer Zeit hatte er in einem Artikel gelesen, dass die überwältigende Mehrheit seiner Kollegen eine Altersteilzeitlösung vorzogen, wenn sie die Möglichkeit dazu bekamen.

Viele wollten sogar schon mit sechzig aufhören.

Die verstand er nicht.

Am Polizeigebäude angekommen, meldete er im Empfang, dass er seine Gleitzeit doch nicht voll ausschöpfte. Dann tippte er den Zahlencode der Tür zur Vorhalle ein, nahm relativ elastischen Schrittes die Treppe in den ersten Stock und betrat sein Büro. Zuerst rief er Carl-Henrik Dalman zu sich, der auch gleich erschien.

Der stattliche Kriminalinspektor mit den grauen Schläfen sah merkwürdig eingefallen aus. Um diese Tageszeit war das bei ihm üblich. Wall hatte nie verstanden, warum. Dalman war kein Nachtmensch und rührte nie einen Tropfen Alkohol an. Er rauchte nicht und hatte auch sonst keine nennenswerten Laster, sondern war enthaltsam bis in die Fingerspitzen.

Und doch sah er in den ersten Stunden seiner Schicht immer wie ein Morgenwrack aus.

Ob seine Frau Eva ihm nachts das Mark aus den Knochen saugte?

Jetzt versteckte er notdürftig ein Gähnen hinter seiner linken Hand, an der der Ehering steckte.

Dann sagte er: »Ich weiß nicht recht, wie ich das hier anpacken soll, ohne einen Kollegen anzuschwärzen.«

»Sag, was du weißt, dann bilden wir uns gemeinsam ein Urteil darüber.«

»Also, es ist so. Ich bin wie üblich morgens um acht hier angekommen und hab den Nachtdiensthabenden gefragt ...«

»Terje Andersson, hab ich Recht?«

»Genau. Er ist vor einer halben Stunde gegangen. Ich hab ihn gefragt, ob was passiert wäre. Was er bejaht hat: jede Menge – Einbrüche, Autodiebstähle, Trunkenheit, eingeschlagene Fensterscheiben in der City, ein paar kleinere Verkehrsunfälle. Furchtbar was los. Aber nichts richtig Ernstes. Kein grobes Gewaltverbrechen. Terje zählte wie gewöhnlich alles auf. Plötzlich fuhr er zusammen, als ob ihm gerade etwas ganz Besonderes eingefallen wäre. Und da hat er erzählt, dass er mitten in der Nacht einen Anruf bekommen hatte. Aus Norrköping. Von einer gewissen Julia Cordell. Sagt dir der Name was?«

»Die einzige Cordell, die ich kenne, ist diese Fernsehtante.«

»Und das war ihre Schwester. Fanny, die ich übrigens klasse finde, macht ja zur Zeit gerade hier in der Gegend Urlaub. In einem Sommerhaus in Sydstranden. Hast du das vielleicht gewusst?«

»Kann sein, dass ich es irgendwo gelesen habe. Und?«

»Julia machte sich Sorgen um ihre Schwester, die glaubte, dass ihr jemand folgte und hinterherspionierte. Sie bat uns, sie zu beschatten, wenn wir dazu kämen. Aber sie hat auch gesagt, dass es heikel wäre, weil Fanny selber dagegen war, die Polizei einzuschalten. Es dürfte absolut nicht nach außen durchsickern, dass sie den Verdacht hatte, belästigt zu werden. Ihre Schwester in Norrköping hat uns um größtmögliche Diskretion gebeten.«

»Was für ein seltener Glücksfall. Ich kann mich nicht erinnern, dass wir schon mal mit einem so prominenten Fernsehstar wie Fanny Cordell zu tun hatten. Außer vielleicht Kaj Sundell, aber das lässt sich doch nicht richtig vergleichen.«

»Was machen wir nun? Wir können schließlich nicht einfach gar nichts unternehmen, oder?«

»Warum hat Terje heute Nacht nichts angeleiert?«

»Sie hatten einfach nicht genug Leute. Und diese Julia hatte gesagt, wir könnten nach ihrer Schwester sehen, wenn wir Zeit hätten.«

»Dann kann ich nicht finden, dass Terje einen Fehler gemacht hat.«

»Ich auch nicht.«

»Alles wäre in anderem Licht erschienen, wenn die Schwester einen Einsatzwagen angefordert hätte. Wenn ausdrücklich Gefahr vorgelegen hätte. Wie lange wird Fanny Cordell hier Urlaub machen?«

»Zwei Wochen. Sie ist gestern angereist.«

»Und wohnt in Sydstranden?«

»In einem Haus in der Nähe des Hökafälts«, sagte Dalman.

Sten Wall überlegte kurz.

»Hast du im Moment was vor?«

»Nichts, was nicht warten könnte.«

»Hättest du Lust, rauszufahren und die Lage zu sondieren? Nur für alle Fälle, meine ich.«

»Jetzt? Sofort?«

Wall nickte.

»Es wird das Beste sein. Aber vergiss bloß nicht, diskret vorzugehen.«

29 Fanny ballte die Hände und trat zähneknirschend aus der Tür.

War er in den Holzstoß an der Schmalseite des Hauses gefallen, als er versucht hatte, durch das Flurfenster nach ihr zu spähen?

Dann geschah es ihm Recht.

Sie ging um die Ecke.

Blinzelte, um beim schwachen Schein der Haustürbeleuchtung besser sehen zu können.

Im Dunkeln türmte sich vor ihr der Holzstoß auf.

Sie sah niemanden und fluchte laut. So aufgebracht war sie schon lange nicht mehr gewesen.

»Bosse, du Scheißkerl, wo bist du?«

Sie sah aus den Augenwinkeln, wie sich bei einem großen Strauch in der Mitte des Rasens etwas bewegte, und wandte sich in die Richtung.

Gleichzeitig richtete sich jemand hinter den aufgestapelten Holzscheiten auf.

Ein Schatten huschte blitzschnell durch die Nacht.

Fanny konnte nicht rechtzeitig reagieren, um den Angriff abzuwehren.

Die schwarze Gestalt war schon bei ihr.

Etwas wurde angehoben.

Es zischte durch die Luft.

Ein harter Gegenstand traf sie unterm Kinn.

Ihre Gurgel war gelähmt, ein Krampf ergriff ihren Brustkorb. Sie bekam kaum noch Luft, griff mit beiden Händen nach ihrem Hals und merkte kaum, dass der Angreifer den Spaten umdrehte und mit der scharfen Kante des Schaufelblattes nach ihr zielte.

Verzweifelt versuchte sie auszuweichen, als sie hörte, wie der Gegenstand auf sie hinabsauste. Doch es war zu spät.

Die scharfe Metallkante traf sie im Nacken.

Nach einer wenige Sekunden währenden Ewigkeit fiel ein weiterer Schlag, und der bedeutete das Ende.

30 Carl-Henrik Dalman konnte Sydstranden unmöglich mit etwas anderem als Zerstörung und tödlicher Gefahr in Verbindung bringen. Jetzt war er unterwegs zu einer Adresse, die nur wenige Steinwürfe von dem heruntergekommenen, baufälligen Dünenhäuschen entfernt lag, in dem er vor einem Jahr Auge in Auge mit einem wahnwitzigen, geistesgestörten Mörder beinahe das Leben gelassen hätte.

Das Ereignis hatte tiefe Spuren in der Psyche des Polizisten hinterlassen. Die Narben waren geblieben, und einige Wunden waren noch nicht ganz geschlossen. Als ihn der raue Atem des Todes streifte, hatte er eine so hautnahe, entsetzliche Angst verspürt, dass sie ihm heute noch ein kaltes Schaudern über den Körper jagte.

Noch immer plagten ihn Albträume, doch er erzählte niemandem davon. Die Stunde des Grauens in der Hütte hatte er nie auch nur mit einem Wort erwähnt.

Selbst seine Frau ahnte nicht, wie schlimm es um ihn stand. Er gab sich größte Mühe, die Folgen seiner Begegnung mit dem irren Serienmörder zu überspielen. Nicht einmal Sten Wall, zu dem er sonst ein offenes Verhältnis hatte, vertraute er sich an. Sein Schweigen gründete vor allem auf seiner Abneigung gegen eine Therapie bei einem »Seelenklempner«. Mit derlei wollte er nichts zu schaffen haben. Er wusste, seine Umgebung würde ihn zu professioneller Hilfe überreden wollen, wenn er seine Probleme schilderte, doch das war nun mal nicht der Weg, den er beschreiten wollte, um sich von dem langwierigen Trauma zu befreien.

Nur ein Mensch konnte die Krise überwinden.

Er selbst.

Also lebte er in der Hoffnung, die Zeit werde alle Wunden heilen, und allmählich war es auch tatsächlich etwas besser geworden.

Doch als er jetzt wieder auf dem Weg nach Sydstranden war, überfluteten ihn die altbekannten Symptome: Händezittern, Schweißausbrüche, eine den Rücken hochkriechende Angst.

Er überlegte sich, ob er den Wagen in einer Parkbucht abstellen und zu Fuß eine kleine Runde drehen sollte, um sich zu beruhigen.

Doch er fuhr weiter, und nach einer Weile fühlte er sich etwas besser.

Wenn er sein Problem nicht in den Griff bekam, müsste er sich über kurz oder lang einen Schreibtischjob zuteilen lassen. Ein Gedanke, der ihm gar nicht lag. Doch diese unbeherrschbaren Panikattacken waren auf die Dauer unerträglich.

Da ihm die Vorstellung, seine Polizeimarke abzugeben und sich einen anderen Beruf zu suchen, überhaupt nicht zusagte, blieb ihm nichts anderes übrig, als die Zähne zusammenzubeißen, sich durch die Panikattacken durchzubeißen und nachher wieder der Profi zu sein, der immer in ihm steckte.

Er kam am Badhotel vorbei und fuhr zu der angegebenen Adresse weiter.

Am Ziel angekommen, stellte er den Wagen auf der gegenüberliegenden Straßenseite ab, kontrollierte, ob er seine SIG-Sauer entsichert hatte, und stieg aus.

Es war ein windiger Morgen mit leichter Bewölkung und einer Temperatur von 16,8 Grad, falls er sich auf die Anzeige des Wagens verlassen konnte.

Er ließ einen Mopedfahrer vorbei, ehe er die Straße überquerte und das Tor in der hohen Hecke durchschritt.

Ein Kaninchen flitzte erschreckt davon, als er das quietschende Tor hinter sich schloss.

Im Garten ließ er den Blick aufmerksam über einen Holzstoß, eine kahle Fahnenstange mit abblätternder Farbe und einen großen Strauch mitten auf dem Rasen wandern.

Danach nahm er das Haus ins Visier.

Seine Hand fuhr automatisch zur Dienstwaffe, als er das eingeschlagene Fenster neben dem Haupteingang entdeckte. Von der Straße aus war es nicht zu sehen, erst wenn man den Garten ein Stück betreten hatte, konnte man es erkennen.

Er ging die Stufen hinauf zur Haustür, klopfte an und wartete.

Von drinnen kam keine Reaktion.

Er klopfte wieder. Viel lauter. Viel länger.

Immer noch nichts.

Da ging er zu dem eingeschlagenen Fenster. Er stellte fest, dass keine Glasscherben auf der Erde lagen, und rief: »Fanny Cordell, hier ist Kriminalinspektor Dalman, hören Sie mich?«

Keine Antwort.

Dalman schätzte die Lage ab und fasste in Sekundenschnelle einen Entschluss.

Er zückte das Handy, rief in der Zentrale an und bat um sofortige Verstärkung.

Danach griff er mit der linken Hand durch den gezackten Fensterrahmen. Einen Moment lang fürchtete er, jemand könnte dort drinnen im Dunkeln stehen und einen Eispickel oder etwas Ähnliches durch seine ungeschützte Faust jagen, doch das war eine grundlose Besorgnis.

Ohne sich an den scharfen Kanten zu schneiden, bekam er den Griff zu fassen und öffnete das Fenster.

Jetzt reichte der Platz für ihn aus, um einzusteigen.

Er steckte Kopf und Schultern durch. Als er festgestellt hatte, dass offenbar alles ruhig war, hievte er sich auf das Fensterbrett hoch und kletterte ohne Schwierigkeiten hinein.

Mit einem dumpfen Aufprall landete er auf einer Plastikmatte im Badezimmer. Glassplitter knirschten unter seinen Schuhsohlen.

Alle Nerven angespannt, schlich er weiter.

Er betrat den Flur, und da fand er sie.

Sie lag auf dem Bauch, in einem grünen Jogginganzug, verklebtes Blut im Nacken und in den dunkelblonden Haaren.

Dalman bückte sich und konnte sofort feststellen, dass sie tot war.

Mit dem Rücken zur Wand und der gezogenen Sauer im Anschlag glitt er Richtung Wohnzimmer.

Niemand war zu sehen.

Die Stille war so überwältigend, dass sie in ihm pochte.

Jede Sekunde erwartete er einen Angriff. Doch endlich übernahm der Polizist in ihm das Kommando. Die Schweißausbrüche und das Zittern verschwanden.

Er war bereit, der Gefahr zu begegnen, ganz gleich, in welcher Form sie sich zeigte.

Er durchsuchte das ganze Haus und überzeugte sich rasch davon, dass er allein war.

Allein mit einer Leiche.

Carl-Henrik Dalman ging zu der Toten und wartete auf Verstärkung.

Trauer und Wehmut erfüllten ihn.

Er warf keinen Blick mehr auf den Leichnam der Ermordeten. Das, so fand er, war der einzige kleine Dienst, den er ihr noch erweisen konnte.

31 In einem Augenblick eine betörend schöne junge Frau, übersprudelnd von Leben und Talent, eine prominente Fernsehpersönlichkeit, von Hunderttausenden bewundert und beneidet.

Im nächsten all das gewaltsam eingebüßt, grausam ihrer Identität beraubt: eine Leiche auf den Bodendielen in einem Ferienhaus.

Der Gerichtsmediziner Bert-Orvar Modigh hockte neben

dem leblosen Bündel, das bis zu dieser Nacht Fanny Cordell gewesen war. Der Kriminaltechniker mit der Videokamera hatte das Seine getan, und nun konnte Modigh den Leichnam in Augenschein nehmen. Am nächsten Morgen sollte die Obduktion erfolgen.

Sten Wall hielt sich in gewisser Entfernung, so bedrückt, wie er jedesmal beim Anblick von Gewaltopfern war.

Früher einmal hatte er geglaubt, er würde sich daran gewöhnen, abhärten, sich wie in den amerikanischen Fernsehkrimis mit einem zynischen Jargon ausrüsten, um sich zu schützen.

Doch es war eher umgekehrt: Mit jedem Tag wuchs seine Wut auf diejenigen, die vorsätzlich das unverzeihlichste aller Verbrechen begingen.

Die Verschwendung machte ihn so wütend, die Verschwendung von Leben, die Verachtung des selbstverständlichen Rechts eines jeden, lebendig zu sein.

Aus purem Eigennutz beschloss jemand, einen Mitmenschen umzubringen. Und führte die Tat auch noch aus. Als schlüge man mit einer Fliegenklatsche zu und genösse den Treffer.

Schluss, aus. Fall erledigt.

Der abgebrühte Kriminalkommissar war sich durchaus bewusst, dass es verschiedene Abstufungen von Verbrechen gab. Zwischen Totschlag und Mord war ein großer Unterschied. Und eine Schießerei unter Gangstern mit tödlichem Ausgang berührte ihn natürlich bei weitem nicht so, wie wenn ein unbescholtener, unschuldiger Mitbürger ums Leben gebracht wurde. Nicht, dass das erstere Verbrechen geduldet werden konnte – selbstverständlich nicht –, aber dafür gab es auf jeden Fall eine gewisse logische Erklärung.

Doch was für eine Logik fand sich darin, dass diese junge Frau starr und leblos dalag, jenseits aller Möglichkeiten, ins Leben zurückgeholt zu werden?

Konnte ihm das jemand erklären?

»Ich geh raus in den Garten«, sagte er zu Modigh, »aber lass uns reden, wenn du hier drin fertig bist.«

Der Arzt, der mit seinem üblichen routinierten Engagement zugange war, murmelte abwesend etwas, das im Klartext hieß: »Wenn du mich jetzt in Ruhe lässt, wirst du schon noch früh genug erfahren, was Sache ist.«

Das ganze Grundstück war abgesperrt, und sowohl im Haus als auch draußen herrschte hektisches Treiben.

Schaulustige sammelten sich bereits vor der Hecke auf dem Bürgersteig. Gerüchte flogen hin und her, und es war nur eine Frage der Zeit, wann sich die Presse auf den Leckerbissen stürzen würde.

Wall machte sich da keine Illusionen. Wenn eine dermaßen bekannte Person wie Fanny Cordell ermordet wurde, war das ein gefundenes Fressen für die Boulevardpresse. Er wappnete sich mental gegen den zu erwartenden massiven Ansturm.

Der Fall Fanny Cordell würde vermutlich zu einer seit den verhängnisvollen Schüssen auf den Ministerpräsidenten Olof Palme und dem Mord an Außenministerin Anna Lindh nicht mehr dagewesenen Aufbietung aller Kräfte in den schwedischen Medien führen.

Wall konnte es sich schon genau vorstellen. Er sah die Schlagzeilen und die ganzseitigen Aufmacher vor sich, sah und hörte, wie der journalistische Erfindungsgeist unter dem Zeichen des heftigen Konkurrenzkampfs neue Methoden erdachte. Nicht immer ganz stubenreine.

In wie vielen Schlagzeilen wohl der Ausdruck *verloschener Stern* vorkommen würde?

Fannys Arbeitskollegen und Berufsgenossen würden mit Sicherheit dazu interviewt werden, wie sie als Privatmensch und als beruflicher Senkrechtstarter so gewesen sei. Sie würden sich zu dem Unfassbaren der Tat äußern und mehr oder weniger unsinnige Theorien von sich geben, wie es dazu hatte kommen können.

Der Kommissar wusste, dass er am Nachmittag eine Pressekonferenz einberufen musste. Mit leichter Irritation dachte er an den Landespolizeidirektor Helge Boström, der das Glück hatte, seinen Urlaub genau in die richtige Zeit gelegt zu haben. Sein Chef, dem jede Art von Publicity zuwider war, hielt sich mit seiner Frau Ethel bei der Schwiegermutter in Strängnäs auf, weit weg vom Ort des Geschehens.

Wall war davon überzeugt, dass Boström beide Frauen angewiesen hatte, dass er für niemanden zu sprechen war, ganz gleich, worum es ging.

Während Helge Boström der Presse so weit wie möglich auswich, galt das genaue Gegenteil für Generalstaatsanwalt Yngve Brockman, der das Licht der Öffentlichkeit suchte, ehrgeizig, wie er war – und außergewöhnlich kompetent und rücksichtslos in seiner Berufsausübung.

Für gewöhnlich sonnte er sich in dem Glanz, den Helge Boström freiwillig abtrat.

Und dieser Fall würde dem geschniegelten Staatsanwalt mehr Glanz als je einer zuvor verleihen.

Das hieß, wenn er gelöst und nicht auf die gleiche zwielichtige Art wie der Fall Olof Palme verpfuscht wurde.

Zögerlich, schweren Schrittes ging Wall zu Svante Larsson, einem der blauschwarz gekleideten Kriminaltechniker, die sich an die mühsame Präzisionsarbeit gemacht hatten, den Tatort Zentimeter für Zentimeter abzusaugen.

»Was meinst du, Svante?«

»Sieht nach Raubmord aus.«

»Wirklich?«

»Ich sage nicht, dass es ein Raubmord *ist*. Nur, dass es so *aussieht*. Eingeschlagenes Fenster. Klassischer Überfall mit Schlägen gegen Kopf, Hals und Nacken. Die Leiche im

Haus. Brieftasche und Handtasche fehlen. Jedenfalls haben wir weder das eine noch das andere gefunden.«

Larsson verstummte und kratzte sich die dichten Nackenhaare.

»Aber es könnte ebenso sein, dass sie hier draußen niedergeschlagen wurde«, sagte er dann. »Auch darauf deutet einiges hin.«

Ein behandschuhter Finger zeigte auf den Holzstoß.

»Es ist nicht auszuschließen, dass er sie dort erschlagen und dann ins Haus geschleift hat.«

»Und hinterher das Fenster eingeschlagen? Denn sie kann doch aus dem Haus gekommen sein und die Tür offen gelassen haben, oder?«

»Gut möglich.«

»Wenn er sich solche Umstände machte, müsste das bedeuten, dass er versucht hat, es nach Raubmord aussehen zu lassen, während es eigentlich etwas ganz anderes war.«

»Selbst wenn sie hier draußen ums Leben kam, halte ich an der Raubtheorie fest.«

»Ich auch«, sagte Wall. »Vorerst.«

Bert-Orvar Modigh trat nach einer Viertelstunde aus dem Haus. Er war ein untersetzter Mann mit Nickelbrille, schütterem Haar und stark ausgeprägter Sehnsucht nach seinem wohlverdienten Ruhestand. Unter dem schützenden weißen Kittel waren eine graugestreifte Anzugjacke, ein hellblaues Seidenhemd und ein schicker dunkelblauer Schlips zu erkennen. Die Schuhe waren blank gewienert wie für eine Galafestivität. Dezenter Rasierwasserduft umgab ihn.

»Hast du was?«, fragte Wall.

Der Gerichtsmediziner zeigte auf einen Teil des Gartens, der außerhalb der inneren Absperrung lag.

»Gehen wir da rüber.«

Er hakte sich beim Kommissar unter, kratzte sich am spitzen Kinn und sagte: »Ihre Gurgel wurde zerquetscht, aber den Schlag hat sie womöglich überlebt. Morgen erfahre ich dazu Genaueres. Der tödliche Schlag kam von hinten. Ich habe zwei parallele, quer verlaufende, tiefe Fleischwunden gefunden. Sie wurde von einem scharfen Gegenstand getroffen. Kräftig. Einer der beiden Schläge traf sie direkt unter dem Atlaswirbel. Er muss sehr schmerzhaft gewesen sein, aber der andere war noch schlimmer. Er hat im Bereich des vierten Halswirbels sehr schwere Schäden verursacht. Tödliche. Diesbezüglich bin ich schon jetzt sicher.«

»Wurde sie mit ein und derselben Waffe angegriffen?«

»Ja und nein, würde ich meinen.«

»Wie das?«

»Es sieht so aus: Vorne gibt es keine blutige Wunde, keine Wundränder. Es kann sogar sein, dass ein kräftiger Faustschlag direkt ihre Gurgel getroffen hat. Aber im Nacken wurde sie von einem scharfkantigen Gegenstand verletzt. Ich tippe auf die Kante eines Schaufelblatts. Solche Verletzungen habe ich schon gesehen. Ich nehme an, dass der Angreifer zuerst mit dem Griff eines Spatens auf sie einschlug und die Gurgel traf, dann den Spaten umdrehte und sie mit der scharfen Kante im Nacken traf.«

»Und der Zeitpunkt? Dalman hat sie kurz vor neun Uhr gefunden.«

»Irgendwann während der Nacht, würde ich meinen.«

»Wann ungefähr?«

»Ich habe einen Verdacht, lasse mich aber nicht auf Spekulationen ein.«

Wenn er sich so ausdrückt, lässt er sich erweichen, dachte Wall. Es kommt nur darauf an, es ihm aus der Nase zu ziehen.

»Fannys Schwester in Norrköping hat um 2:14 Uhr auf unserem Revier angerufen. Da hatten die Schwestern gerade miteinander gesprochen.«

»Dann kannst du selber deine Schlüsse daraus ziehen«, stellte Modigh fest.

»Wie meinst du das?«

»Um 2:13 Uhr war sie noch am Leben.«

»Darüber macht man keine Witze.«

»Wann hast du mich zuletzt Witze machen hören? In meiner Branche gibt es nun wirklich keinen Anlass zu Heiterkeit. Tagelang mit den Toten arbeiten, so als wären sie Landkarten, nach Verstecken und möglichen Anhaltspunkten suchen. Alle Hautschichten und Körperöffnungen durchwühlen, unter den Nägeln, in den Haarwurzeln und im Mund rumschnüffeln. Es kann sogar vorkommen, dass man mit ihnen redet: *Hast du mir nichts mehr zu erzählen? Es ist so schon schwer genug, auch ohne dass du schweigst. Wer hat dir das angetan?* Und so weiter. Was ist das für ein Beruf? Wenn ich lebende Menschen treffe, mache ich mir schon Gedanken, ob ich denjenigen vielleicht später mal auf dem Obduktionstisch auseinandernehmen muss. Dich habe ich jahrelang als potenzielles Verbrechensopfer betrachtet. Ich hatte Albträume, wie ich mit Säge und Skalpell auf deine Fettmassen losgehe. Um die Wahrheit zu sagen, in manchen Momenten habe ich mir schon überlegt, ob es nicht das Beste wäre, wenn du eines ganz natürlichen Todes im Krankenhaus sterben würdest, damit du nicht auf meinem Tisch landest. Du lachst, aber mir ist es verdammt ernst damit. Pathologe! Was für ein scheußlicher Beruf! Kein Wunder, dass man irgendwann seinen Schaden weghat. Und es wird immer schlimmer. Mittlerweile geht es mir eigentlich nur dann richtig gut, wenn ich zu Hause bei Lena oder mit meiner Tochter und ihrer Familie zusammen bin. Jeder Arbeitstag ist die Hölle. Ehrlich gesagt weiß ich nicht, ob ich bis zur Pension durchhalte.«

Wall, der die Litaneien des Gerichtsmediziners gewöhnt war, sagte in scherzhaftem Ton: »Du übertreibst immer, wenn du dich mit einer neuen Leiche auseinandersetzen musst. Das ist seit über dreißig Jahren so. Und es liegt nur daran, dass du so sensibel und warmherzig bist.«

Modigh schnaubte.

»Und du willst ein Menschenkenner sein? Sensibel und warmherzig? Ich? Ach was. Ich bin verroht und gefühllos geworden von dem ganzen Mist, ich sage nur, wie's ist. Wusstest du, dass ich mir ein paar Plastikkämme gekauft habe und jede Woche einen Zahn abbreche, wie früher beim Militär? Hundert Tage Kaserne, du weißt ja. Leider habe ich noch über zwei intakte Kämme übrig. Über hundertzwanzig Wochen Tod und Elend.«

»So schlimm ist es also?«

»Schlimmer, als du dir vorstellen kannst.«

»Bei mir ist es genau umgekehrt. Ohne meine Arbeit wäre mein Leben ziemlich leer und dürftig.«

»Ich sag's doch. Du bist verrückt. Und außerdem bist du Junggeselle.«

»Das eine ist also eine Voraussetzung für das andere?«

Modigh rückte sich die Brille zurecht.

»Weißt du, was ich am ersten Tag meines Ruhestandes machen werde?«

Wall schüttelte den Kopf.

»Ich will Lena mit Champagner, Kaviar und Gänseleberpastete im Bett überraschen und sie dann zu einer Fahrt auf dem Götakanal einladen. Von Göteborg nach Stockholm. Vielleicht in umgekehrter Richtung. Prospekte und Broschüren habe ich mir schon besorgt.«

»Du liebe Güte, bis dahin sind es doch noch über zwei Jahre. Vielleicht überlegst du es dir nochmal anders.«

»Vielleicht beantrage ich auch Vorruhestand.«

»Den bewilligen sie dir nie. Und dann kannst du das mit dem Champagner und der Kanalfahrt vergessen.«

»Da reden wir später noch drüber. Jetzt muss ich zurück

in die Pathologie. Aber eins ist sicher: Wenn ich mein Tollhaus von einem Arbeitsplatz erst mal hinter mir gelassen habe, setze ich nie wieder einen Fuß da rein.«

»Okay, Fanny Cordell war also um 2:13 Uhr noch am Leben, wie wir vorhin festgestellt haben. Wann ist sie dann gestorben? Traust du dir eine ungefähre Schätzung zu?«

»Ich nehme an, dass der Mörder wenig später auftauchte. Ich will zwar nichts in den blauen Dunst reindeuten, aber dir gegenüber kann ich mir ja gewisse Freiheiten erlauben. Vorausgesetzt, es bleibt unter uns, denn es ist noch kein offizielles Ergebnis. Vieles deutet darauf hin, dass sie ganz kurz nach dem Telefonat mit ihrer Schwester ermordet wurde.«

»Nicht erst gegen sechs oder so?«

»Nein! Völlig ausgeschlossen. Viel früher. Auf keinen Fall nach halb fünf, fünf. Ja, es würde mich sehr wundern, wenn es nach drei Uhr passiert wäre.«

»Sonst noch was, bevor du dich vom Acker machst?«

Modigh betrachtete einen unreifen Apfel am nächsten Obstbaum.

Dann sagte er: »Unter dem Jogginganzug war sie ganz nackt. Die Hose hatte sie übrigens verkehrt rum an. Kein Unterhemd. Keinen BH. Keinen Slip. Keine Socken. Und du hast ja selbst gesehen, dass sie barfuß war. Wie interpretierst du das?«

»Sie wird im Schlaf von etwas überrascht worden sein, einem unerwarteten Geräusch vielleicht, ist daraufhin rasch in den Jogginganzug geschlüpft, rausgegangen und ihrem Mörder begegnet.«

»Du glaubst also, sie wurde im Garten ermordet?«

»Svante Larsson hielt das für durchaus möglich.«

Das Handy klingelte, gleich nachdem Bert-Orvar Modigh den Tatort verlassen hatte.

Es war Jan Carlsson, der Diensthabende der Tagschicht.

»Ich habe gerade mit den Kollegen in Norrköping telefoniert. Sie wirken ausgesprochen hilfsbereit und zuvorkommend, setzen alles dran, uns zu helfen. Sie haben Fannys Schwester die traurige Nachricht überbracht. Sie ist jetzt im Krankenhaus, fertig mit den Nerven, aber vor allem außer sich vor Trauer und Verzweiflung. Sie haben nur ganz kurz mit ihr reden können, doch das hat gereicht, um einen Verdacht bestätigt zu bekommen.«

»Was für einen?«

»Es muss nicht unbedingt ein Raubmord sein.«

»Nein?«

»Offenbar gab es mehrere Personen, die nicht gut auf Fanny Cordell zu sprechen waren.«

»Aber für eine Frau, die derart im Rampenlicht stand, ist das doch wohl völlig normal, oder? Neid und Missgunst, das Übliche eben.«

»Der Schwester zufolge geht es um ganz persönliche Geschichten. Nicht nur der übliche Neid, mit dem es so genannte Promis häufig zu tun kriegen. Fanny hatte mehrere Verehrer. Aber Julia Cordell ist überzeugt davon, genau zu wissen, wer ihre Schwester auf dem Gewissen hat. Willst du es hören?«

»Ich setz mich jetzt ins Auto und fahre in die Stadt. Unterdessen kannst du mich ja am Telefon auf den neuesten Stand bringen.«

32 Auf japanischen Straßen ereigneten sich Jahr für Jahr etliche Unfälle, zum Teil mit Verkehrstoten, als direkte Folge des weit verbreiteten Handy-Wahnsinns.

Sten Wall hatte schon lange gemerkt, dass man den um einen herbrausenden Verkehr schlecht in den Griff bekam, wenn man gleichzeitig an dem kleinen Gerät herumfummelte und sich auf ein Gespräch zu konzentrieren versuchte.

Manchmal dachte er darüber nach, ob es nicht doch stimmte, dass Männer sich im Grunde immer nur mit einer Sache auf einmal befassen können. Vielleicht war an der Behauptung etwas dran.

Jedenfalls hielt er sie nicht für völlig aus der Luft gegriffen.

Doch jetzt war es so ruhig auf der Hauptverkehrsader zwischen Sydstranden und Stad, dass er das Auto lenken und sich zugleich Jan Carlssons Bericht anhören konnte, ohne groß abgelenkt zu werden.

Bevor die unter Schock stehende Julia Cordell in das Krankenhaus in Norrköping gebracht wurde, hatte sie von einem Mann erzählt, der sich nach einer Livesendung der Frühjahrsstaffel unerlaubt Zutritt zu Fannys Garderobe verschafft hatte.

Seine krankhafte Besessenheit von ihrer Schwester zeigte sich unter anderem darin, dass er schon dreiundzwanzig Briefe an sie geschrieben hatte – obwohl nicht einer davon beantwortet wurde. Als sie dann seine Einladung, mit ihm auszugehen, ausgeschlagen und ihn abserviert hatte, war die Stimmung gekippt. Seine devote Schwärmerei war nach der Abfuhr in gekränkte Eitelkeit und Hass umgeschlagen, und er war regelrecht bedrohlich und aggressiv geworden.

Der Mann war am Abend zuvor im Badhotel gesehen worden, und damit nicht genug: Fanny hatte ihrer Schwester am Telefon erzählt, dass er noch spät nachts durch ihren Garten geschlichen sei – deshalb hatte sie Alarm geschlagen.

Für Julia bestand kein Zweifel: »Dieser Mann hat Fanny umgebracht. Ich habe ein paar seiner Briefe gelesen, das ist ein gemeingefährlicher Psychopath. Ein Irrer. Den müssen Sie sofort verhaften.«

»Weiß sie, wer es ist?«, fragte Wall, während er einen Traktor überholte, der lehmige Erdklumpen auf der Straße hinterließ und dabei Lärm machte wie eine Dreschmaschine.

»Allerdings«, sagte Jan Carlsson zufrieden. »Er heißt Thomas Hansson.«

»Hat er seinen Namen in den Briefen angegeben?«

»Ja.«

»Er hat sich also nicht getarnt?«

»Nein. Fanny hatte das wohl schon überprüft. Ohne Zweifel ist er derjenige, für den er sich ausgegeben hat.«

»Wo wohnt er?«

»Stell dir vor, in unserer südlichen Nachbarstadt. Julia konnte uns sogar seine Adresse geben, weil er sie fein säuberlich auf die Umschläge geschrieben hatte.«

»Dann heißt es ja wohl hinfahren und mit dem Kerl reden.«

»Dafür ist schon gesorgt. Thure Castelbo hat Kontakt zu unseren Kollegen im Süden aufgenommen, und sie werden diesen Hansson gemeinsam besuchen.«

Doch es gab noch mehr zu berichten.

»Julia hat auch erwähnt, dass Fanny an dem Abend im Badhotel mit dem Produzenten ihrer Sendung, Bosse Svärd, gegessen hatte, einem Mann, der ihr hartnäckig nachgestellt hatte, ohne je zum Ziel zu kommen.«

»Trotzdem waren sie zusammen essen?«

»Ja. Offenbar.«

»Wohnt er auch in unserer Gegend?«

»Nein, in Göteborg. Er ist nur auf der Durchreise.«

»Wir müssen natürlich auch mit ihm reden. Weißt du, wo wir ihn erwischen?«

»Ja, er wohnt hier in der Stadt im Hotel. Und wir haben ihn schon aufgespürt. Er hat gestern eingecheckt, für eine Nacht. Wir haben eben da angerufen und mit dem Portier gesprochen. Der Kerl müsste noch auf seinem Zimmer sein, er ist nicht zum Frühstück runtergekommen, und in der Rezeption hängt der Schlüssel nicht. Algot und Fribing sind eben erst dahin aufgebrochen, um ihn sich vorzuknöpfen. Hoffe bloß, dass er uns noch nicht entwischt ist.«

»Du hast doch gesagt, dass der Schlüssel in der Rezeption fehlt.«

»Den kann er auch mitgenommen haben.«

Bo Svärd wachte von anhaltendem Lärm auf.

Ein Schnellzug fuhr in seinem gemarterten Schädel hin und her. Er drohte, ihn von innen zu zersprengen.

Das war gar nicht gut.

Seinem übelriechenden, ausgetrockneten Gaumen war der Speichel ausgegangen, und ihm war so elend, dass er das Gefühl hatte, sich übergeben zu müssen.

Was er höchst ungern tat.

Und Übelkeit war ihm auch ein Gräuel.

Wo, zum Teufel, war er überhaupt?

Und wer machte solch einen Höllenlärm?

In dem grauen Licht erkannte er allmählich die Umrisse seiner Umgebung: die Möbel, die Wände, das Fenster mit den nur halb zugezogenen Vorhängen.

Und er erinnerte sich dunkel.

Er war in einem Hotel, geplagt vom schlimmsten Kater aller Zeiten, und es hämmerte und klopfte wie wild gegen die Tür.

»Aufmachen!«, rief es draußen.

Svärd bugsierte seine Beine über die Bettkante und wartete ab, bis die Welt langsam ins Gleichgewicht kam.

»Sie müssen später putzen«, rief er. »Kommen Sie morgen wieder.«

»Die Polizei! Machen Sie auf. Sofort!«

»Scheiße!«

Unter Aufbietung aller Kräfte schleppte sich Svärd quer durchs Zimmer und riss die Tür auf.

Draußen standen zwei todernste Männer und musterten ihn kritisch.

Wahrscheinlich auch angewidert.

»Was für ein scheußlicher Lärm. Leute mitten in der Nacht aus dem Bett zu holen!«

»Es ist bald halb elf«, sagte der größere der beiden, während er an seinem Spitzbart zupfte.

»Wir sind von der Kriminalpolizei«, sagte der andere, ein schnurrbärtiger, muskulöser Mann mit hartem Blick und krausen Haaren. »Ich bin Inspektor Otto Fribing.«

»Und ich Inspektor Algot Malmström. Bo Svärd, nehme ich an?«

»Auf jeden Fall hab ich gestern noch so geheißen.«

»Am besten gehen wir rein, damit wir nicht mehr zur allgemeinen Volksbelustigung hier draußen im Gang rumstehen.«

»Nur zu, kommen Sie ruhig rein, jetzt, wo Sie mich sowieso schon geweckt haben.«

Svärd winkte sie ins Zimmer und ging voraus: eine jämmerliche Figur mit nacktem, schwabbeligem Oberkörper, senfgelber, zerknitterter Hose und Schuhen mit offenen Schnürsenkeln. Seine übrigen Kleider – ein schier unglaubliches rot-grünes Jackett, ein Hemd mit Weinflecken und ein alberner, mit Fernsehapparaten gemusterter Schlips – lagen verstreut um das gemachte Bett herum.

Fribing und Malmström wechselten einen Blick. Der Mensch musste direkt auf der Tagesdecke eingeschlafen sein.

Eine fast ausgetrunkene Whiskyflasche stand auf dem Nachttisch, zwischen einer aufgeklappten Brieftasche und einem unbenutzten Aschenbecher. Auf dem Deckchen lagen zwei Zigarettenkippen, direkt in den Stoff ausgedrückt.

Er war immer noch sternhagelvoll und verbreitete einen

Mundgeruch, der die Polizisten zu respektvollem Abstand zwang.

»Wollen Sie nicht wissen, warum wir hier sind?«

»Ich überlege noch.«

»Warum wir hier sind?«

»Ob ich mich übergeben soll oder nicht.«

»Jetzt nehmen Sie sich aber mal zusammen. Sind Sie gestern Abend mit Fanny Cordell ausgegangen?«

»Was soll das werden?«

»Beantworten Sie unsere Fragen und machen Sie keine Schwierigkeiten. Waren Sie gestern Abend mit ihr aus?«

»Ja.«

»Wo?«

»Im Badhotel. Am Strand draußen.«

»Wann haben Sie sich getrennt?«

Anstatt zu antworten, stürzte Svärd plötzlich in einem Tempo davon, dass die Rettungsreifen über dem in der Taille fest zusammengezurrten Ledergürtel hin und her schwappten.

Beide Hände vor den Mund haltend, stieß er mit einem Fuß die Badezimmertür auf. Sekunden später hörte man krampfartige Brechlaute, so rhythmisch, dass es schon fast melodiös klang.

Fribing und Malmström wechselten einen belustigten und zugleich angeekelten Blick.

Während sie darauf warteten, dass der Mann fertig wurde, öffnete Malmström das Fenster.

»Gleich wird mir noch selber schlecht. Hier stinkt es ja bestialisch. Der Kerl hat sich nicht besonders unter Kontrolle.«

Es dauerte lange, bis Svärd wiederkam; so lange, dass Fribing ihn schon herausholen wollte.

Doch dann tauchte er in der Tür auf, blass wie ein Laken, und wischte sich den Mund ab.

»Geht es jetzt besser?«

Der Produzent nickte matt.

»Dann erzählen wir Ihnen jetzt, warum wir hier sind. Fanny Cordell wurde gestern Nacht ermordet.«

Svärd erstarrte. Er schien auf den Fersen zu schwanken, und es sah fast so aus, als kippte er gleich um.

Doch er fand das Gleichgewicht wieder und ging zu der Whiskyflasche. Er hob sie an den Mund, nahm einen tüchtigen Schluck, zog eine scheußliche Grimasse und warf den Polizisten einen stieren Blick zu.

»Ist Fanny tot?«

»Ich habe doch gerade gesagt, sie wurde heute Nacht ermordet.«

»Sie hat doch gestern noch gelebt«, sagte Bo Svärd.

»Heute leider nicht mehr.«

»Aber wir haben zusammen gegessen. Wein getrunken. Gequatscht. Sie hatte nicht vor, zu sterben, das hätte ich doch gemerkt. Scheiße, man ist doch schließlich nicht blind.«

Seine Unterlippe begann zu zittern, und plötzlich brach er in Tränen aus.

Das dauerte ein paar Minuten. Die Polizisten griffen nicht ein, sondern ließen dem Anfall seinen Lauf, bis er nach und nach verebbte.

»Ich glaube, wir sollten uns setzen«, sagte Fribing, fasste den schniefenden Produzenten am schweißkalten Oberarm und bugsierte ihn zu einem der Stühle am einzigen Tisch im Raum.

Die Körperausdünstungen des Mannes stiegen ihm unangenehm in die Nase. Wie hielt Svärd das selber aus?

»Wann haben Sie sich heute Nacht von ihr verabschiedet?«, fragte Malmström.

»Ich habe sie geliebt«, sagte Svärd.

»Erinnern Sie sich, wann Sie gestern Abend auseinander gegangen sind?«

»Obwohl sie mich nicht geliebt hat.«

»Bitte versuchen Sie, eine einfache Frage zu beantworten. Wann haben Sie sich im Badhotel getroffen, und wann sind Sie jeder von da aufgebrochen?«

»Sie kann nicht tot sein. Sie lebt. Genau wie gestern Abend.«

»Antworten Sie! Wann haben Sie sich getroffen, wann getrennt?«

»Ich habe sie geliebt, aber nicht getötet. Den Menschen, den man liebt, tötet man doch nicht.«

»Svärd! Hören Sie jetzt bitte mit dem Rumgefasel auf und ...«

»Wer hat sie umgebracht?«

Fribing reichte es. Er spannte den Bizeps an, seine Stirnadern schwollen. Dann schlug er seine rechte Hand in die linke Handfläche, dass es klatschte, und brüllte: »Kein Wort weiter, bis ich es Ihnen gestatte. Ehe ich die nächste Frage stelle, bestellen wir starken Kaffee aufs Zimmer, damit Sie zu sich kommen und anfangen, sich halbwegs zivilisiert zu betragen.«

Am liebsten hätte er den verwirrten, verkaterten Mann zu einer erfrischenden Dusche ins Badezimmer gezerrt. Eine Runde eiskalt peitschende Wasserstrahlen hätten Svärd gut getan. Seiner Umgebung auch. Der Kerl stank wirklich widerlich. Eine scheußliche Mischung aus Schweiß, Mief, Erbrochenem, Alkohol und Tabak.

Aber als Mordverdächtiger war er nicht auszuschließen, deshalb musste die Dusche warten.

Eigentlich hätten sie ihn nicht einmal allein zur Toilette lassen dürfen, um seine Übelkeit loszuwerden, doch sie waren überrumpelt worden, als er so plötzlich und unerwartet losgestürzt war.

Während Malmström telefonisch in der Rezeption Kaffee orderte, ging Fribing ins Bad, wo ihn der üble Gestank nach Erbrochenem sofort zurückschrecken ließ.

Dass sich der Produzent in die Schüssel übergeben hatte, stand außer Frage. Hier fanden sich noch deutlichere Hinweise darauf als der widerwärtige Mundgeruch des Menschen. Bräunliche Flecken waren hie und da auf dem glänzenden Porzellan zu sehen.

Eine halbe Stunde später konnten sich die beiden Fahnder ein einigermaßen klares Bild von den Geschehnissen machen. Die vagen Zeitangaben müssten sich leicht mit Hilfe weiterer Zeugenaussagen präzisieren lassen.

Unterwegs zu seinem Urlaub bei Schwester und Schwager in Vellinge hatte sich Svärd entschlossen, in Stad zu übernachten. Und zwar in der erklärten Absicht, Fanny zu treffen, die er beruflich ebenso wie privat unerhört bewunderte – er hatte nie ein Hehl daraus gemacht, dass er sie anbetete.

Wie ihm schmerzhaft bewusst war, erwiderte sie seine Gefühle nicht: »Und man kann sie verstehen. Was könnte ein schöner, intelligenter, gefeierter Star wie sie schon an einem fetten, nicht mehr ganz jungen Typen wie mir finden? Es war völlig hoffnungslos, das wusste ich. Aber davon ließ ich mich irgendwie nicht entmutigen. Vielleicht habe ich auf ein Wunder gehofft.«

Zu seinem großen Glück hatte sie einer Verabredung mit ihm im Badhotel zugestimmt, vielleicht, um ein altes Versprechen einzulösen, irgendwann mal mit ihm essen zu gehen.

»So war sie, sie stand zu ihrem Wort.«

Sie hatten sich gegen acht Uhr getroffen und ungefähr drei Stunden zusammen im Restaurant verbracht.

Sie hatten gegessen, geredet und – soweit er sich erinnern konnte – viel Spaß miteinander gehabt.

Kein Streit, nicht ein böses Wort.

Keine Annäherungsversuche seinerseits, jedenfalls keine ernsthaften.

Keine unpassenden Avancen, also praktisch keine.

Getanzt hatten sie auch nicht. Fanny hatte einem aufdringlichen Mann, der darum gewettet hatte, sie auf die Tanzfläche führen zu können, einen Korb gegeben.

Fanny hatte mäßig getrunken, Svärd unmäßig.

Und er hatte noch mehr in sich hineingeschüttet, nachdem sie gegangen war, um die Gefühle zu betäuben, die er für sie empfand.

Dann hatte er einen Moralischen bekommen, was nach und nach seine guten Vorsätze zunichte gemacht hatte, sie nicht zu belästigen, sondern sich wie ein Gentleman zu benehmen – was er bis dahin getan hatte. Im Großen und Ganzen.

Irgendwann war die Sehnsucht zu groß und sein Sinn zu benebelt gewesen. Er wusste, wo ihr Ferienhaus stand, und nahm ein Taxi zu der Adresse; aber zu der Zeit hatte er jeden Zeitbegriff bereits verloren.

Das Restaurant schloss erst um halb vier, und als Svärd lange davor die Rechnung bezahlt und sich draußen torkelnd nach einem Taxi umgesehen hatte, waren noch reichlich Gäste da gewesen.

Er konnte sich dumpf erinnern, dass er in den Garten eingedrungen war und ein paar täppische Versuche gemacht hatte, sich ihr bemerkbar zu machen.

Alles lag im Dunkel, und – so viel wusste er noch – es war ihm nicht gelungen, sie zu wecken. Jedenfalls hatte sie ihm nicht aufgemacht.

Einer Sache war er sich natürlich auch ganz sicher: Die Frau, die er liebte, hatte er nicht ermordet.

Grasflecken auf den Hosenknien zeigten an, dass er hingefallen war, sturzbetrunken, wie er war. Irgendwie musste er dann ein Taxi ergattert haben, das ihn zum Hotel zurückbrachte.

Die Fahrt war komplett aus seinem Gedächtnis gelöscht.

Zurück im Hotelzimmer, hatte er noch mehr Whisky getrunken, bis er auf der Tagesdecke eingenickt war, halb angezogen und schwer betrunken.

Und dann war er davon aufgewacht, dass die beiden Polizisten an die Tür geklopft und ihm die tragische Nachricht völlig gefühlskalt mitten ins Gesicht geworfen hatten.

Fribing und Malmström fanden beide, dass die Situation für den fetten Produzenten gar nicht gut aussah. Dass er immer noch einen tüchtigen Rausch hatte, lag auf der Hand, und wenn er in der Nacht in ähnlicher Verfassung gewesen war, hatte er sie unmöglich ermorden können.

Aber der Rausch konnte ja teilweise vorgetäuscht sein.

Jetzt mussten sie die Taxifahrer finden: den, der ihn zu Fannys Ferienhaus gefahren hatte, und den, der ihn wieder zum Hotel zurückgebracht hatte.

Und es musste auch noch reichlich weitere Zeugen geben, die Svärds Aussage bestätigen oder widerlegen konnten.

Nicht lange, nachdem Fribing und Malmström mit Svärd auf dem Revier eingetroffen waren, rief Thure Castelbo Jan Carlsson an.

»Diesen Thomas Hansson haben wir gleich aufgestöbert«, schnarrte Castelbo los.

»Gut. Und?«

»Er hat zugegeben, dass er sich zu Beginn des Abends im Badhotel aufhielt, will es aber ziemlich früh zusammen mit einem Freund verlassen haben. Und ab Mitternacht hat er ein eindeutiges Alibi von seiner Freundin.«

Jan Carlsson gab Castelbos Erkenntnisse an Sten Wall weiter.

»Damit steckt unser Freund Svärd also in der Klemme.«

Wall musste unwillkürlich zustimmen: »Das ist noch milde ausgedrückt. Jetzt gehe ich zu Yngve Brockman und rede mit ihm wegen des Haftbefehls.«

Doch noch bevor der Kommissar zum Staatsanwalt gehen

konnte, trafen neue Erkenntnisse und Informationen ein, die ein ganz anderes Licht auf die Situation warfen.

33 Seit seinem Frühstück vor fast sechzehn Stunden hatte Wall nichts anderes als ein trockenes Stück Plundergebäck und jede Menge Kaffee zu sich genommen.

Wenn er so wenig auf seine Ernährung achtete, rächte sich das meist mit schlimmen Kopfschmerzen; doch diesmal war er fast ganz davon verschont geblieben.

Er verspürte nur ein leichtes Ziehen in den Schläfen, und sein Magen knurrte laut.

Doch das hörte keiner, während er mit Heißhunger im Mitternachtsdunkel auf fast menschenleeren Bürgersteigen zur Kneipe ging, um auf eine späte Kartoffelpfanne oder etwas ähnlich Deftiges einzukehren.

In der Tür schlug ihm allerdings Popmusik in einer derartigen Lautstärke entgegen, dass er zurückfuhr. Bei seiner Verfassung konnte er überhaupt keinen Lärm vertragen.

Er sehnte sich nur nach etwas im Magen und einem Gläschen Bier, um diesen allzu hektischen Tag in Ruhe ausklingen zu lassen.

Also machte er die Tür von außen wieder zu und ging weiter.

Trotz der späten Stunde lockten noch andere Lokale mit geöffneter Küche.

Er schwankte zwischen dem »Göta Krog« – auch »Die letzte Chance« genannt, nicht nur in Hinblick auf das Essen, um der Wahrheit die Ehre zu geben – und dem »Baron«, seinem Stammlokal.

Da letzteres näher lag – nur zwei Häuserblocks entfernt –, fiel seine Wahl darauf.

Das Restaurant lag an der Ecke des Gebäudes, in dem die Industrie- und Handelskammer ihren Sitz hatte, gegenüber des pittoresken Gerberhofs und neben einem Glaser, der auch Bilderrahmen anfertigte.

Im Speiseraum des »Barons« herrschte große Ruhe. Vereinzelt saßen leise redende Gäste an den Tischen, die Stimmung war schläfrig, wie auf Zeitlupentempo verlangsamt: das passte dem Kommissar ausgezeichnet. Die Küche würde erst in einer Stunde schließen, er konnte sich also Zeit lassen mit seiner Mahlzeit.

Wall bestellte den bekannten Kartoffel-Sardellen-Ei-Auflauf »Janssons Versuchung« und ein Dünnbier.

Er aß und trank in Ruhe, während er den Tag noch einmal Revue passieren ließ.

Wie erwartet, war der Ansturm der Medien enorm gewesen. Er konnte sich an keine frühere Pressekonferenz erinnern, die so gut besucht gewesen war wie die, zu der er und Yngve Brockman an dem Nachmittag geladen hatten.

Bevor Wall den »Baron« betrat, war er ein wenig in Sorge gewesen, dass sich ein Journalist oder Fotograf darin aufhalten könnte. Das wäre das Letzte gewesen, was er in seiner Verfassung brauchen konnte. Er ertrug jetzt einfach keine Fragen mehr. Er hatte weiß Gott schon genug mit den Leuten von Zeitungen, Radio- und Fernsehstationen geredet.

Aber zum Glück sah es ganz so aus, als sei die Luft rein. Nur ein paar Mitbürger entdeckte er, die er vom Sehen, wenn auch nicht vom Namen her kannte, und ein paar gut gekleidete Männer mittleren Alters, die schon von Weitem nach Vertretern rochen.

In dieser Gesellschaft würde er bestimmt in Ruhe gelassen werden.

Und so kam es auch.

In Ruhe mit dem leckeren Auflauf und seinen Gedanken.

Bo Svärd war schon am Vormittag außer Verdacht geraten. In seinem auffälligen Clownskostüm war er von verschiedenen Seiten beobachtet worden. Die beiden Taxifahrer, die ihn kutschiert hatten, ließen sich ohne Schwierigkeiten ausfindig machen.

Die Zeitangaben auf den Quittungen bewiesen, dass er sich nur ein paar Minuten in Fanny Cordells Garten aufgehalten hatte und dass er nicht mehr dort war, als ihre Schwester Terje Andersson im Nachtdienst angerufen hatte. Julia hatte die Kriminalpolizei von Stad direkt nach ihrem Telefonat mit Fanny benachrichtigt – dazwischen hatte sie nur kurz bei der Auskunft angerufen.

Beide Fahrer sagten übereinstimmend aus, dass Svärd wirklich stockbesoffen gewesen war. Der zweite von beiden – also der, der ihn zurück ins Badhotel gebracht hatte – hatte im Übrigen lange gezögert, ob er den Fahrgast mitnehmen sollte. Und zwar, weil er um seine Rücksitze bangte.

Doch nicht nur die Aussagen der Taxifahrer brachten die Polizei dazu, Svärd als möglichen Täter auszuschließen.

Es gab nämlich Zeugen – ein paar zuverlässige Jugendliche –, die den Mann mit knallgelber Hose und rotgrünem Sakko in den Garten des Hauses torkeln gesehen hatten, das Fanny Cordell gebucht hatte.

Zuerst hatten sie angenommen, die so grotesk ausstaffierte Gestalt wohne selbst dort, und heimlich abgewartet, ob sie ihm helfen mussten, falls er nämlich zu betrunken war, um den Schlüssel ins Schloss zu bekommen.

Danach erst kam ihnen ein anderer Gedanke: Schließlich konnte da auch jemand mit finsteren Absichten eindringen, auch wenn das äußerst unwahrscheinlich schien, wenn man bedachte, in welchem Zustand der Mann war.

Ein Einbrecher würde sich wohl kaum so linkisch, so auffällig benehmen.

Jedenfalls warteten sie ab und sahen zu, wie er um das Haus schlich.

Als er versuchte, jemandem im Haus etwas zuzurufen,

nahmen sie an, dass er dort wohnte und ganz einfach seinen Schlüssel vergessen hatte.

Doch nichts geschah.

Wenig später gab der Mann dann anscheinend auf und kam zurück auf die Straße getorkelt, nachdem er erst mitten auf dem Rasen hingefallen war und auf die typisch einfältige Weise Betrunkener laut gelacht hatte.

Nichts an seinem Auftritt war besonders komisch gewesen. Eher bemitleidenswert.

Draußen auf der Straße hatten sie sich bereit gemacht, ihm buchstäblich unter die Arme zu greifen, doch dann war das Taxi aufgetaucht. Die beiden Jungen hatten gesehen und gehört, wie der Mann mit dem Fahrer verhandelte, bis dieser endlich die eine Hintertür aufmachte und das menschliche Bündel Elend einsteigen ließ. Dann waren sie weitergegangen, ohne dass sie sonst noch jemanden in der Nähe des Hauses bemerkt hätten. Sie hatten nicht geahnt, dass sie dort stehen geblieben waren, wo Fanny Cordell wohnte.

Sie waren Fans von ihr, wussten aber nicht einmal, dass sie ihren Urlaub in Sydstranden hatte verbringen wollen.

Jedenfalls stand fest, dass Bo Svärd das Haus nicht betreten und auch im Garten mit niemandem Kontakt gehabt hatte. Da Fanny offensichtlich am Leben gewesen war, als sie ihre Schwester anrief, war der Produzent von jedem Verdacht freigesprochen. Außerdem hatte der Nachtportier seines Hotels ausgesagt, dass er dem sinnlos betrunkenen Svärd gegen halb drei aufs Zimmer hatte helfen müssen.

Am Nachmittag hatte die Kripo in Norrköping nach einem längeren Gespräch mit Julia Cordell, die sich nach der Schreckensnachricht des Morgens gesammelt hatte, neue Angaben zu vermelden.

Julia hielt Thomas Hansson weiter für den Schuldigen, trotz seines Alibis: »Wenn dieser Irre es nicht selbst getan hat, hat er jemand anderen damit beauftragt.«

Später, am Abend, hatte Wall sie selbst angerufen, sie von seiner Funktion als Fahndungsleiter in Kenntnis gesetzt und ihr sein Beileid ausgesprochen.

Julia hatte das Gespräch mit einem heftigen Gefühlsausbruch begonnen: »Meine Güte, was sind Sie bloß für ein Haufen Pfuscher und Stümper! Ich hatte Sie gebeten, sie zu bewachen, nicht ihre Leiche zu finden. Wissen Sie, dass Sie mein Leben zerstört haben, wissen Sie das?«

Wall blieb ruhig, versuchte sie zu trösten, die richtigen Worte zu finden, bemüht, sich alles anzuhören, was sie auf dem Herzen hatte, ohne zu unterbrechen. Er konnte ihre abgrundtiefe Verzweiflung nur zu gut verstehen. Und nach und nach konnte er wenigstens ein klein wenig Vertrauen bei ihr aufbauen.

Rein rational sah sie ein, dass man der Polizei die Tragödie nicht anlasten konnte, aber sie brauchte jemanden, an dem sie sich abreagieren konnte. Sie musste ihre Wut und Verzweiflung loswerden, um nicht von Selbstvorwürfen zerfressen zu werden.

Sie hatte nicht darauf bestanden, dass die Polizisten unmittelbar losfuhren, um die Lage zu checken, was natürlich erforderlich gewesen wäre. Fanny hatte ihr ja verboten, die Polizei einzuschalten. Diesen Wunsch hatte Julia zwar heimlich unterlaufen, aber dabei war sie nicht konsequent genug gewesen, sondern hatte im Gespräch mit Terje Andersson gesagt, es reiche völlig, wenn die Polizisten irgendwann im Laufe des nächsten Tages nach ihr sähen, mit größter Diskretion.

Es konnte nicht ausbleiben, dass ein Fernsehstar wie Fanny Cordell häufig in den Brennpunkt des Interesses geriet – und nicht immer mit Samthandschuhen angefasst wurde.

Dass viele ihr – meist aus subjektiven Gründen – feindlich gesonnen waren, lag auf der Hand.

Doch als Wall die Aussagen von Julia Cordell und weiteren Zeugen auswertete, kam er zu dem Schluss, dass vor allem fünf Personen ein mögliches Motiv gehabt hatten, sie aus dem Weg zu räumen.

Bo Svärd, weil er sie offensichtlich liebte, ohne dass seine Gefühle erwidert wurden.

Aber als Verdächtiger schied er ja schon aus.

Ihr Ex-Freund *Lars Öster*, weil er sich zu finanziellen Ansprüchen an seine frühere Freundin berechtigt fühlte und vermutlich auch an einer Riesenportion Neid zu knabbern hatte, weil sie diesen unglaublichen Erfolg für sich verbuchen konnte.

Die tödlichen Schläge hatte er ihr jedoch nicht zufügen können, da er sich zum Tatzeitpunkt erwiesenermaßen ganz woanders, über vierhundert Kilometer weit entfernt, befunden hatte.

Gaby Swancke, weil sie, Aussagen aus verschiedenen Kreisen zufolge, einen schon fast rabiaten Hass auf ihre größte Konkurrentin um die Gunst des Fernsehpublikums gehabt hatte. Doch die Theorie, dass Fanny Cordells in ganz Schweden bekannte Erzrivalin ihre Mörderin sein sollte, erschien Wall völlig absurd. Zur Zeit verbrachte Gaby Swancke offenbar eine Urlaubswoche irgendwo in der Karibik. Als der gewissenhafte Ermittler, der er war, hatte er vor, das überprüfen zu lassen, auch wenn er davon überzeugt war, dass sie das nur wertvolle Zeit kostete.

Gustaf Bern, weil er überhaupt nicht damit einverstanden gewesen war, dass Fanny den Mörder Sven-Erik Olsson in der Livesendung zum Finale der Staffel interviewt hatte und sie außerdem ungefähr einen halben Tag vor ihrer Ermordung in dem Haus aufgesucht hatte.

Laut eigener Aussage hatte der Fahrschullehrer geschlafen, als Fanny ermordet wurde; niemand konnte sein Alibi bestätigen. Aber Wall konnte sich ihn trotzdem nicht als möglichen Täter vorstellen: Das Motiv fand er zu schwach.

Verärgert zu sein darüber, dass die alte Mordgeschichte aus Ulricehamn hervorgekramt wurde – sicher, das war verständlich nach allem, was Bern unverschuldet nach dem furchtbaren Verbrechen seines Mitarbeiters erlitten hatte. Den Schock, den Bern empfunden hatte, als er nach seiner Rückkehr aus dem Urlaub seinen alten Quälgeist in einer der Sendungen mit landesweit höchster Einschaltquote sehen musste, konnte man sich leicht vorstellen.

Doch von da war es ein weiter Schritt dahin, die Frau umzubringen, die den Mörder über zehn Jahre nach seiner Tat interviewt hatte. Walls Einschätzung nach war es höchst unwahrscheinlich.

Thomas Hansson kam noch als Einziger als Mörder in Frage, wenn man Julia Cordell glauben wollte.

Doch auch Hansson hatte ein Alibi vorzuweisen.

In dem Telefonat mit ihrer Schwester hatte Fanny nie gesagt, dass sie Thomas Hansson wirklich im Garten gesehen hätte, nur, dass jemand da sei und sie davon ausgehe, dass es sich um ihn handele.

Und war die Vorstellung eigentlich wahrscheinlich, die Abfuhr könnte ihn in dem Maße gekränkt haben, dass er den Beschluss fasste, die Frau umzubringen, die ihn nicht erhört hatte?

Wall glaubte nicht, dass einer der fünf der Mörder war.

Stattdessen schloss er sich – wie die meisten seiner Kollegen – der Theorie des Technikers Svante Larsson von der Spurensuche an, dass sie es hier tatsächlich mit etwas relativ Unkompliziertem und leider allzu Alltäglichem zu tun hatten: einem Raubmord mit tödlichem Ausgang.

Im Laufe des Frühlings hatte es entlang der Küste eine ganze Einbruchsserie gegeben, von der hauptsächlich Ferienhäuser betroffen waren. Wall war sich ziemlich sicher, dass Fanny das höllische Pech gehabt hatte, an einen ganz gewöhnlichen Einbrecher zu geraten, der sich, als er auf frischer Tat ertappt wurde, gewaltsam den Fluchtweg freigeräumt hatte – mit fatalen Folgen.

Brieftasche und Handtasche der Showmasterin waren immer noch nicht aufgetaucht. Dass sie nirgends im Haus zu finden waren, bestätigte natürlich die Einbruchstheorie.

Aber sicher konnte man keineswegs sein.

Wall versicherte Julia, dass er sie selbstverständlich laufend über Fortschritte in den Ermittlungen informieren werde.

»Meine Nummer habe ich heute Nacht diesem Andersson gegeben.«

»Haben Sie auch ein Handy?«

»Ja.«

»Würden Sie mir bitte die Nummer geben?«

Er bekam sie.

Zum Abschied hatte Julia noch gesagt: »Konzentrieren Sie Ihre Ermittlungen auf Thomas Hansson. Nur darauf kommt es an. Dann erwischen Sie den Mörder Fannys. Davon bin ich restlos überzeugt.«

Der Kommissar schob sich den letzten Bissen in den Mund. Um die kommenden Strapazen zu überstehen, sollte er sich jetzt besser für ein paar Stunden Schlaf nach Hause trollen. Ein harter Arbeitstag wartete auf ihn.

Er bezahlte, trat aus dem Lokal in die stockfinstere Nacht, wanderte in der kühlen Frühlingsnacht langsam weiter nach Norden, entfernte einen vertrockneten Fliederzweig von einer Motorhaube, kam kurz nach eins in seiner Junggesellenwohnung an, duschte kurz, zog einen weit geschnittenen Schlafanzug aus grünschimmernder Seide an, stellte den Wecker auf halb sieben, kroch unter die Decke und wartete auf den Schlaf.

34 Sie war zutiefst beunruhigt gewesen, seit sie die furchtbare Nachricht vom Mord an Fanny Cordell unvorbereitet getroffen hatte.

Was, wenn …

Doch den beängstigenden Gedanken ließ sie nicht zu.

So etwas konnte nicht sein.

Das *durfte* es nicht.

Der sensible Mann, den sie kennen gelernt hatte, war kein Gewalttäter. Das war vollkommen ausgeschlossen. Dann wäre ihre Menschenkenntnis keinen Pfifferling wert. Und sie wusste, dass man sich allgemein auf ihr sicheres Urteil verließ. Sie war dafür bekannt, mit beiden Beinen auf dem Boden zu stehen und sich nicht von abstrusen Phantasien mitreißen zu lassen.

Allerdings, ein wenig abwegig war sein Wunsch schon, das ließ sich nicht leugnen. Er roch geradezu nach schlechtem Gewissen.

Trotzdem glaubte sie an ihn.

Er hatte einen so durch und durch vertrauenerweckenden Eindruck gemacht, dass sie seinen Angaben Glauben schenken musste. Gleich bei ihrer ersten, einschlagenden Begegnung hatte sie Zutrauen zu ihm gefasst.

Der Tod des Fernsehstars sollte an dieser Einstellung nichts ändern.

Tat er auch nicht.

Aber …

Sie hatte ihm zuliebe gelogen; auch wenn sie aus innerer Überzeugung gehandelt hatte, das Richtige zu tun, vielleicht nicht im juristischen, aber jedenfalls im moralischen Sinne.

Mit aller Gewalt unterdrückte sie die negativen Gedanken und schaute nach vorn.

Sie freute sich auf ihr nächstes Treffen. Sie brauchte etwas Erfreuliches, um auf andere Gedanken zu kommen.

Die Bücherei hatte sie in dem Moment hinter sich gelassen, als sie ans Flussufer kam. Eine der vier Trauerweiden tauchte ihre Zweigspitzen in das braunschwarze Wasser.

Mit zielstrebigen Schritten ging sie an dem kleinen Steg vorbei und näherte sich dem Zentrum.

Vorbei an dem Marktplatz ging sie weiter zur Fußgängerzone, wo sie zwischen zwei Jugendlichen mit Skateboards hindurchmusste, die eine kleine Anlage aufgestellt hatten und nach der Musik ihre Kunststücke übten.

Dann sah sie es, das höchste und umstrittenste Gebäude der Stadt.

Wie ein majestätischer Zeigefinger erhob sich das Hotel mehrere Stockwerke über die umliegenden Häuser. Es gehörte zu einer internationalen Kette und hatte sich erst nach vielen zähen Verhandlungsrunden und heftigem Widerstand aus der Bevölkerung ansiedeln können.

Sie hatte selbst ihren Namen auf eine Unterschriftenliste zum Protest gegen die Pläne für solch eine Verschandelung des Stadtbildes gesetzt, aber zu große finanzielle Interessen hatten auf dem Spiel gestanden, und der Bau war trotz hartnäckigen Widerstands durchgesetzt worden.

Und jetzt stand es da wie ein Monument architektonischer Scheußlichkeit: ein modernes, düsteres Hochhaus aus Beton und Glas, glänzend, disharmonisch und ohne jeden Charme.

Doch das Foyer war warm und einladend. Die Einrichtung war mit äußerster Sorgfalt ausgewählt, die Farben unaufdringlich, ohne blass zu wirken, die Innendekoration von eleganter Wirkung. Es war, als hätte man alle Kräfte auf einen angenehmen Inneneindruck konzentriert, weil man die äußere Hülle schon aufgegeben hatte.

Die Rezeption lag direkt am Eingang. Rechts davon befand sich eine längliche Bar, links eine kleine Bibliothek mit Leseraum.

Sie sah sich neugierig um. In dem großen Eingangsbereich

waren viele Menschen, aber keiner, den sie kannte. Es war das zweite Mal, dass sie ihre Füße in dieses Hotel setzte. Das erste Mal war im vorigen Jahr gewesen, bei einem Betriebsfest in einem der beiden Restaurants, die zu beiden Seiten der Bar lagen.

Das kleinere war auf asiatische Gerichte spezialisiert, während es in dem anderen traditionelle skandinavische Küche gab. Das Fest hatte in dem kleineren Restaurant stattgefunden, wo sie das erste Mal sowohl thailändisches als auch vietnamesisches Essen probiert und aufregend und lecker gefunden hatte.

Als sie auf die Dame am Empfang zusteuerte, wurde sie von einer Frau in ihrem Alter überholt.

Da ihr klar war, um wen es sich handelte, blieb sie abrupt stehen.

»Laura Hemlin?«

Sie nickte.

Die andere gab ihr lächelnd die Hand.

Sie hatte Grübchen und einen freundlichen Blick. Fast kein Make-up. Mit einer sanften Bewegung strich sie sich eine blonde Haarsträhne aus der Stirn.

»Hallo. Ja, ich bin also Ann Lundgren, die Journalistin. Danke, dass Sie sich Zeit für mich nehmen konnten.«

»War sowieso gerade mit meiner Schicht fertig. Toll, dass ich an der Reportage beteiligt sein darf.«

»Freut mich, dass Sie es so sehen. Nicht alle lassen sich so leicht dazu überreden wie Sie.«

»Liegt vielleicht daran, dass ich bei so etwas noch nie mitgemacht habe. Bisher kam ich nur mal in einer Meinungsumfrage in der Lokalzeitung vor, mehr nicht. Dauert es lange?«

»Haben Sie es eilig? Wartet ein anderer Termin?«

»Nicht direkt.«

»Wir müssten alles unter einer Stunde schaffen, einschließlich der Fotos. Der Fotograf kommt übrigens gleich. Wollen wir schon mal aufs Zimmer gehen?«

»Zimmer?«

Laura schaute fragend drein, und die Journalistin erklärte: »Wir möchten gern ein Bild vom Balkon oben schießen, mit dem Stadtpanorama im Hintergrund. Wir haben ein Zimmer im sechsten Stock genommen. Die Aussicht ist einmalig. Wir können natürlich auch hier unten warten, aber da oben sind wir ganz ungestört.«

»Dann können wir ja auch raufgehen.«

Sie verspürte keine Furcht. Es gab keinen Grund, Verdacht zu schöpfen. Die blonde Journalistin wirkte vertrauenerweckend. Sie hatte auch versprochen, Laura den Artikel vorzulegen, ehe er in Druck ging.

»Diese Möglichkeit bieten wir immer an«, hatte sie am selben Tag am Telefon gesagt. »Es klappt immer. Um das Risiko unnötiger Fehler auszuschließen. Wie sorgfältig man auch vorgeht, irgendeine unerwünschte Ente kann sich immer einschmuggeln, wenn man Pech hat. Man kann ja etwas falsch verstanden, sich verhört, eine Andeutung falsch interpretiert haben. Und so was lässt sich vermeiden. Schlampige Arbeit ist mir verhasst.«

Sie gingen zum Aufzug und quetschten sich mit sieben anderen in die Kabine. Aber als der Lift im sechsten Stock hielt, waren die beiden Frauen allein.

Ann Lundgren ging durch den Korridor voran. Ihre Schritte wurden von dem dicken, weinroten Teppichboden gedämpft. Die Journalistin öffnete die Tür mit der Schließkarte.

Sie bat ihren Gast herein und fragte, ob sie ihr etwas zu trinken anbieten dürfe.

»Was gibt's?«

»Alles Mögliche. Wir können die Minibar plündern.«

»Ein Glas Saft wäre nett. Ich bin ein wenig durstig.«

»Kommt sofort.«

Die Reporterin trat ans Fenster und winkte lebhaft.

»Patrik kommt gerade an, mein Fotograf. Aber setzen Sie sich doch, ich hole den Saft.«

Laura setzte sich. Zugleich stellte sie geistesabwesend fest, dass Ann eine ausweichende Bewegung machte, sich von ihr abwandte und in ihrer Handtasche zu wühlen begann.

Gleich darauf spürte sie die Hand der anderen in einem Klammergriff an ihrer Gurgel, und ehe sie reagieren konnte, wurde ihr mit Gewalt etwas auf Mund und Wangen gedrückt.

Klebeband.

Als sie aufzustehen versuchte, wurde sie grob niedergeschlagen und landete bäuchlings auf dem Boden. Der eine Arm wurde ihr so auf den Rücken gedreht, dass Widerstand zwecklos war. Anschließend fesselte man ihr die Handgelenke hinter dem Rücken. Das Seil schnitt ihr tief ins Fleisch, ihre Angreiferin verstand ihr Handwerk.

Alles war so rasend schnell gegangen, dass Laura gar keine Angst verspürt hatte.

Doch als die Frau dazu überging, ihr die Füße zu fesseln, traf sie der Schock mit verzögerter Wirkung. Sie spürte, wie ihr Herz raste, und hörte ihr Blut in den Ohren rauschen. Es klang wie ein Orkan, der beinahe ihre verwirrten Gedanken übertönte.

In was war sie da hineingeraten?

Aus einem Augenwinkel sah sie, wie sich ihre Angreiferin hinkniete.

»Weißt du, was das hier ist?«, fragte sie flüsternd.

Ihr Gefühl albtraumhafter Unwirklichkeit nahm zu, als ihr etwas Scharfes an die Kehle gehalten wurde.

Ein Messer! Sie will mich ermorden! Mitten am Tag will sie mich ermorden, mitten in der Stadt, in einem schicken

Zimmer im größten Hotel weit und breit. Und den Fotografen gibt es natürlich gar nicht. Wie konnte ich bloß in diese teuflische Falle tappen? Wie dumm und leichtgläubig von mir!

Wieder die flüsternde Stimme: »Genau. Eine scharf geschliffene Schere. Und ich werde nicht zögern, sie zu gebrauchen. Bei dem kleinsten Anzeichen irgendwelcher Mätzchen schneide ich dir die Kehle durch. Ich hab nichts zu verlieren, für mich ist sowieso alles vorbei. Jetzt wollen wir beide nett miteinander plaudern. Das heißt: Du antwortest nur mit Nicken oder Kopfschütteln. Kapiert?«

Laura nickte gehorsam.

»Gut. Weiter so, einfach nur meine Fragen beantworten, sonst nichts. Wenn du dich benimmst, hast du nichts zu befürchten. Setz dich also keinem Risiko aus. Denn was sonst passiert, weißt du ja. Fangen wir an?«

35 Thomas Hansson fuhr mit gemischten Gefühlen nach Hause.

Was hatte Laura angestellt?

War ihr etwas zugestoßen?

Warum musste diese Kriminalinspektorin ihn unverzüglich sprechen? Auch noch ohne Aufschub.

Nun ja, er würde ja sehr bald Antwort auf diese Fragen bekommen.

Auf Laura war Verlass, er hatte sie ja selbst ausgesucht. Ausgeschlossen, dass er sich dermaßen in ihr täuschte.

Nein, es musste etwas anderes sein.

Und jetzt würde er es erfahren.

Denn da stand sie am Eingang, genau wie sie gesagt hatte: in Zivil und viel jünger, als er sie sich vorgestellt hatte.

Ihre Stimme hatte sich barsch angehört, nach einer Frau mittleren Alters, doch stattdessen stand an der anderen

Straßenseite eine gepflegte Blondine, die kaum über dreißig sein konnte.

Die Polizistinnen werden auch immer schicker, überlegte er, und immer jünger.

Unter anderen Umständen hätte er versucht, sich an sie ranzumachen, aber jetzt war er viel zu nervös, um sich von unpassenden Gedanken ablenken zu lassen.

Er sah kein Polizeiauto in der Nähe, aber sie konnte ja in ihrem eigenen Wagen hergefahren sein.

Es musste sich auf jeden Fall um die richtige Person handeln, denn sonst war niemand zu sehen.

Er stellte das Auto ab und ging auf sie zu.

»Thomas Hansson«, stellte er sich vor. »Und Sie müssen Kriminalinspektorin ... den Namen habe ich leider vergessen.«

»Ulrika Roos. Wie gut, dass Sie so rasch kommen konnten.«

»Ist Laura etwas zugestoßen?«

Als die Polizistin den Kopf schüttelte, erinnerte sie ihn vage an jemanden. Er kam nicht drauf, an wen.

»Überhaupt nicht. Es gibt keinen Grund zur Sorge. Aber ich habe eine Neuigkeit für Sie, eine richtig gute Nachricht. Wollen wir nicht lieber reingehen?«

»Gut, kommen Sie mit«, sagte er und schloss die Tür zum Windfang auf.

Sie zog die Haustür ins Schloss und schlug sofort zu.

Der Schraubenschlüssel drang in seinen Hinterkopf ein. Vor Schmerz ging er in die Knie und kam nicht einmal dazu, um Hilfe zu rufen, ehe ihr nächster Schlag ihn traf.

Ihm wurde schwarz vor Augen.

Er krümmte sich zusammen.

Sie beugte sich nach unten und spuckte ihm aufs rechte Ohr. Der blutige Schraubenschlüssel blieb neben dem Erschlagenen liegen. Ohne nennenswerte Eile trat sie danach wieder auf die Straße hinaus, in die strahlende Vorsommersonne.

Da sie keine Handschuhe getragen hatte, wusste sie, dass sie ihre Fingerabdrücke hinterlassen hatte. Hingegen war sie sich nicht sicher, ob ihr Speichel lange genug überleben würde, um für eine DNS-Analyse auszureichen. Mit Kriminaltechnik kannte sie sich nicht besonders gut aus, doch das war schließlich eine rein theoretische Frage, da sie sich ohnehin vorgenommen hatte, bei der Polizei ein Geständnis abzulegen, nachdem sie ins Hotel zurückgekehrt war und Laura Hemlin befreit hatte.

Ein älterer Herr beobachtete sie ungeniert aus einem Fenster im zweiten Stock.

Die Frau, die sich als Ulrika Roos ausgegeben hatte, winkte ihm freundlich zu.

Ohne den Gruß zu erwidern, zog der Alte die Gardine vor.

36 Laura Hemlin versuchte immer wieder verzweifelt, sich zu befreien, bis sie irgendwann merkte, dass es sinnlos war, und aufgab.

Viel zu fest und effektiv war sie an den geschnitzten Holzfuß des schweren Sofas in der Sitzecke gebunden worden.

Eine Zeit lang hatte sie geglaubt, sie würde sich wenigstens von dem Knebel befreien können. Wieder und wieder rieb sie das Gesicht an dem Teppichboden, aber vergebens. Ihre Wangen brannten von der rauen, kratzigen Oberfläche, doch das Klebeband saß fest. Ihr dringendes Bedürfnis, sich da zu kratzen, wo es brannte, musste sie unterdrücken und die Pein ertragen.

Ihr blieb nichts anderes übrig, als sich damit abzufinden, dass sie in einem Hotelzimmer gefangen war und sich nicht aus eigener Kraft befreien konnte.

Mit auf dem Rücken gefesselten Händen platt auf dem Bauch liegend, befahl sie sich, klar zu denken, ruhig durch die Nase zu atmen und ihre Kräfte zu schonen, indem sie sich nicht unnötig bewegte. Bei jeder kleinsten Drehung des Körpers schmerzten ihre Muskeln, und das Seil schnitt sich tiefer in ihre Handgelenke und Knöchel ein.

Sie konnte nur darauf hoffen, dass jemand vom Hotelpersonal ihr zu Hilfe kam. Zum Beispiel überprüften die Leute vom Service doch sicher, ob die Minibar gefüllt war? Oder die Zimmermädchen brachten die Zimmer am Nachmittag für den Abend in Ordnung, jedenfalls in einem so großen und modernen Hotel wie diesem?

Darauf hoffte sie inständig.

Wenn sie Glück hatte, würde sie entdeckt werden, bevor die Verrückte wiederkam.

Sie wusste nicht, wer es war, tippte aber darauf, dass sie Fanny Cordell sehr nahe gestanden haben musste. Vielleicht eine Schwester. Ihr fiel ein, dass sie in einer Reportage gelesen hatte, der Fernsehstar habe eine solche, aber ein Foto von den beiden hatte sie noch nirgends gesehen.

Nur eins war sicher: Die Person, für die sie sich ausgab, war sie nicht.

Die Minuten vergingen, und Lauras Angst wuchs. Eigentlich fürchtete sie gar nicht so sehr um die eigene Haut. Hätte ihre Angreiferin sie töten wollen, hätte sie mit der Schere zustechen und sie zum Schweigen bringen können.

Bestimmt schwebte sie in keiner allzu großen Gefahr, seit sie die Information preisgegeben hatte, auf die es der Frau mit der Schere angekommen war.

Thomas hingegen schwebte in allergrößter Gefahr. Da machte sie sich keine Illusionen. Die Frau hatte einen zu allem entschlossenen Eindruck gemacht, als sie gegangen war. Dass sie ihm etwas antun wollte, war unübersehbar gewesen.

Ihn vielleicht sogar töten.

Vielleicht hatte sie ihn in diesem Moment sogar schon …

Ein Geräusch aus dem Flur ließ sie aufschrecken.

Gleich darauf klickte das Türschloss, und aus ihrer Position auf dem Fußboden sah die verängstigte Laura, wie ein langer Schatten ins Zimmer fiel.

Sie hielt die Luft an.

37 Nachdem sie nur wenige Minuten gefahren war, reagierte ihr Körper.

Die Hände begannen zu zittern. Ihr gesamtes Inneres geriet in gewaltigen Aufruhr. Das Steuer gehorchte ihr nicht mehr. Ihr rechter Fuß weigerte sich, Befehle vom Gehirn anzunehmen. Ihr linkes Augenlid zuckte unkontrolliert.

Irgendwie schaffte sie es trotzdem, am Straßenrand anzuhalten. Sie machte ein paar tiefe Atemzüge und wartete, bis der Anfall vorüber war. Bald hatte sie sich wieder so weit in der Gewalt, dass sie weiterfahren konnte.

Als das hässliche Hotelhochhaus vor ihr auftauchte, schwenkte sie auf den für Gäste reservierten Parkplatz ein und stellte den Wagen ab.

Nun hatte sie noch etwas Wichtiges zu erledigen, ehe sie bei der Polizei anrief und den Mord gestand.

Die arme Laura musste so schnell wie möglich von ihren Fesseln befreit werden und erfahren, warum sie ihr das angetan hatte. Die gefesselte Frau im Zimmer im fünften Stock war zwar an dem Verbrechen an Fanny beteiligt gewesen, aber ohne eigenes Verschulden. Offensichtlich hatte sie sich hinters Licht führen lassen.

Lauras Fehler war es gewesen, sich zu bedingungslos auf den Menschen zu verlassen, den sie liebte. Und der hatte seinerseits diejenige ermordet, die ihr, Julia, am allermeisten bedeutet hatte.

Jedenfalls war Laura schon gestraft genug, wenn man bedachte, dass sie nicht nur unsanft angefasst worden war und, gefesselt auf dem Boden liegend, schlimme Ängste ausgestanden, sondern auch noch ihren Freund verloren hatte. Als Buße für ihre Schuld musste das reichen.

Während sie aus dem Wagen stieg, klingelte ihr Handy.

»Julia Cordell«, sagte sie mit fester Stimme.

»Hier ist Sten Wall.«

Sie runzelte die Stirn: Konnte die Polizei wirklich schon von ihrem Mord an Thomas Hansson erfahren haben? Gut, sie arbeiteten manchmal recht effektiv, aber das ginge ja wohl doch zu weit. Ihr fiel der neugierige Mann hinter der Gardine des Wohnblocks ein, in dem sie Thomas Hansson erschlagen hatte. Er musste wohl den Notruf getätigt haben.

»Hallo, sind Sie da?«

»Ich bin hier.«

»Erinnern Sie sich nicht an mich? Ich bin Kriminalkommissar in Stad, wir haben doch schon miteinander telefoniert.«

Bringen wir es lieber gleich hinter uns.

»Ja, ich weiß. Ich wollte gerade bei der Polizei anrufen.«

»Da bin ich Ihnen zuvorgekommen«, gluckste er gutmütig. »Und ich habe sogar eine gute Nachricht für Sie. Offenbar ist Fannys Mörder nämlich verhaftet. Die Polizei in Landskrona hat eben angerufen und uns mitgeteilt, dass ein Drogenabhängiger mit Diebesgut im Auto aufgegriffen wurde. Zugegeben hat er Einbrüche hier in …«

Sie beendete das Gespräch und starrte mit leerem Gesichtsausdruck auf einen Blumenboten, der gerade über den mit gepflegten Beeten gesäumten gepflasterten Gehweg zum Hotel ging.

Es klingelte wieder, aber sie ging nicht ran.

Mit pochendem Herzen betrat sie wie in Trance das Foyer, wich einem älteren Paar aus, ließ einen Aufzug kommen und fuhr in den sechsten Stock hinauf.

Öffnete die Zimmertür.

Laura lag noch genau dort, wo sie sie vor etwas über einer halben Stunde verlassen hatte.

Als Julia sich hinabbeugte, sah sie die Furcht in den Augen der Gefangenen aufblitzen.

In freundlichem Tonfall, so beruhigend wie möglich, sagte sie: »Haben Sie bitte keine Angst. Ich tue Ihnen nichts. Tut mir Leid, dass ich Ihnen das angetan habe, aber jetzt sind Sie gleich wieder frei. Ich kümmere mich darum, dass sofort jemand kommt und Sie losbindet. Urteilen Sie nur nicht zu hart über mich. Eigentlich sind wir alle beide Opfer.«

Sie stand auf und ging zum Telefon.

»Rezeption? Wir brauchen sofort Hilfe in Zimmer 616. Schicken Sie jemanden mit Schlüssel rauf. Um was es geht? Das sehen Sie, wenn Sie herkommen. Nein, mehr kann ich dazu nicht sagen. Muss ich auch nicht. Aber es ist nichts Gefährliches. Bitte beeilen Sie sich einfach.«

Damit ging sie zu Laura zurück und strich ihr über die Wange.

»Bitte tun Sie mir einen Gefallen: Rufen Sie Kriminalkommissar Sten Wall in Stad an und sagen Sie ihm, dass ich mich anscheinend in der Person geirrt habe und dass es mir furchtbar Leid tut. Ein folgenschwerer Irrtum. Ich möchte ihn und auch alle anderen um Entschuldigung bitten für alles, was ich angerichtet habe.«

Mit einem raschen Ruck zog sie der auf dem Boden Liegenden das Klebeband vom Mund. Laura schnappte nach Luft vor Überraschung und Schmerz, als der feine Flaum auf ihrer Oberlippe abgerupft wurde. Tränen schossen ihr in die Augen.

»Haben Sie alles verstanden? Dass Sie Kommissar Wall anrufen sollen und so weiter?«

Laura nickte und sagte leise, als traute sie der eigenen Stimme nicht: »Ja, das mache ich, versprochen. Aber was ist mit Thomas? Was haben Sie vor?«

Julia antwortete nicht. Mit abwesendem Gesichtsausdruck sah sie starr geradeaus an die eine Wand, an der zwei Radierungen und eine Lithographie hingen.

Sie sah vor sich, wie ihre Eltern in der tosenden Lawine verschwunden und unter den Schneemassen begraben worden waren.

Sie sah, wie ihrer Schwester mit brutalen Schlägen mit einem scharfkantigen Spaten der Schädel zertrümmert und das Leben geraubt wurde.

Sie erinnerte sich an ihre Verzweiflung und das Verlustgefühl nach der Trennung von Michael.

Sie sah sich selbst einsam in einer grauen Zukunft, ohne alle Menschen, die ihr so unendlich viel bedeutet hatten.

Sie trat auf den Balkon hinaus.

Sie hörte, wie die Zimmertür aufging.

Sie kletterte auf das Geländer.

Sie hörte Laura etwas schreien.

Sie sah nicht auf den Boden weit unter ihr.

Sie hörte Schritte in ihre Richtung.

Sie hatte den falschen Mann getötet.

Sie hörte, wie jemand von der Balkontür ein Kommando rief.

Sie biss die Zähne aufeinander und nahm all ihren Mut zusammen.

Dann machte sie einen Schritt ins Nichts hinaus.

38 In der Provinzhauptstadt Stad lagen die Landesregierung und die Landespolizeidirektion, und in dem zur Gemeinde gehörenden Sydstranden war Fanny Cordell einem Mord zum Opfer gefallen.

Daher war der Generalstaatsanwalt Yngve Brockman der Meinung, er und Stad sollten den gesamten Fall in die Hand nehmen, obwohl Julia Cordell ihren Angriff auf Laura Hemlin und Thomas Hansson in der Nachbarstadt im Süden verübt hatte, wo sie ja auch in so dramatischer Form Selbstmord begangen hatte.

Sten Wall schloss sich Brockmans Überlegungen an. Die Kollegen im Süden hatten auch nichts gegen den Vorschlag einzuwenden, sondern schienen eher dankbar dafür, dass ihnen die Last einer umfassenden Ermittlung abgenommen wurde. Landesweit war es dasselbe alte Lied: Personalmangel, und jetzt, an der Schwelle zur großen Sommerpause, machte er sich besonders bemerkbar.

Warum also zwei Dienststellen mit einem Fall belasten, den eine lösen konnte?

Laura Hemlin war körperlich unbeschadet und würde die durchlittenen Qualen auch psychisch gut überstehen. Zu wissen, dass ihr Freund den Angriff mit dem Schraubenschlüssel mit allergrößter Wahrscheinlichkeit überleben würde, trug natürlich sehr zu ihrer stabilen Verfassung bei.

Doch die Krise war noch nicht vollständig überwunden. Thomas Hansson lag mit schweren, wenn auch nicht lebensgefährlichen Schädelverletzungen im Krankenhaus. Der Nachbar, der ihn kurz nach dem Überfall der rachsüchtigen Julia Cordell gefunden hatte, hatte dafür gesorgt, dass er unter ärztliche Obhut kam. Sie musste sich getäuscht haben, als sie annahm, sie hätte ihn mit dem Schraubenschlüssel erschlagen. Denn sie hatte ihn nicht mit ganz so viel Wucht getroffen, wie sie sich einbildete, außerdem mit der flachen Breitseite, nicht mit der scharfen Kante.

Und das Opfer besaß offenbar einen dicken Schädel.

Sten Wall war zwar selbst bei Laura Hemlins Verhör durch Yngve Brockman dabei gewesen, aber die Befragung hatte er dem Generalstaatsanwalt überlassen.

Dieser hatte die einleitenden Floskeln übersprungen, um gleich mit dem richtigen Verhör anzufangen.

»Erzählen Sie bitte, was geschah, als die Frau, die sich als Ann Lundgren ausgab, in Wirklichkeit aber Julia Cordell war, Kontakt zu Ihnen aufnahm.«

»Sie hat behauptet, sie wäre von einer Abendzeitung und würde zusammen mit einem Fotografen eine Serie über schwedische Kleinstädte machen. Dabei wollten sie ihren Reportagen eine etwas andere Perspektive geben, hat sie gesagt. Keine Promis oder Bonzen interviewen. Sondern Menschen wie du und ich sollten im Mittelpunkt stehen und zu Wort kommen.«

»Und Sie haben ohne zu zögern zugesagt?«

»Warum nicht?«

»Haben Sie sich nicht gewundert, dass ausgerechnet Sie ausgewählt wurden?«

»Gewundert? Nein. Es hat mir geschmeichelt. Ganz normale Menschen sollten doch zu Wort kommen. Und ich bin der normalste Mensch, den ich kenne.«

»Wie wurden Sie angesprochen?«

»Übers Telefon.«

»Am Arbeitsplatz?«

»Ja, in der Bücherei. Da arbeite ich.«

»Sie haben nie bei der Zeitung angerufen, die sie angab, um nachzuprüfen, ob die Angaben stimmten?«

»Das schien mir nicht nötig.«

»Wann hat sie bei Ihnen angerufen?«

»Am selben Tag, an dem sie mich überfallen hat. Ungefähr eine Stunde vorher. Nach dem Anruf bin ich direkt von der Arbeit zum verabredeten Treffpunkt im Hotel gegangen.«

»Wie hat sie herausbekommen, dass Sie Thomas Hanssons Freundin waren?«

»Wahrscheinlich hat sie seine Mutter angerufen und gefragt.«

»Das werden wir überprüfen. Wie lange sind Sie beide zusammen?«

»Thomas und ich?«

»Ja.«

»Noch nicht lange. Vielleicht einen Monat, länger nicht.«

»Und die kurze Zeit hat Ihnen ausgereicht, sich ein zuverlässiges Bild von seinem Charakter zu machen?«

»Ich glaube, ich weiß, woran ich mit ihm bin. Ein feiner Mensch. Vom ganzen Typ her kein Mörder. Wenn er trotzdem etwas getan hat, muss es einen ganz bestimmten Hintergrund geben.«

»Sie hatten sich also mit dieser Journalistin im Hotel verabredet. Was geschah dann?«

»Sie wartete in der großen Lobby auf mich und schlug vor, dass wir nach oben auf ihr Zimmer gingen.«

»Sind Sie mitgegangen?«

»Natürlich.«

»Einfach so, ohne weiteres?«

»Sie wollte ein Foto von mir auf dem Balkon machen, mit dem Stadtpanorama im Hintergrund. Sie sagte, die Aussicht sei großartig.«

»Und Sie wurden überhaupt nicht misstrauisch?«

»Warum sollte ich? Sie machte einen so netten Eindruck. Wirkte so glaubwürdig. Dutzende Leute haben uns im Foyer gesehen. Der Aufzug war auch voller Leute, als wir rauffuhren. Ich hatte keinen Grund zu der Annahme, dass es um etwas anderes ging als um diese Reportage.«

»Was geschah dann im Zimmer?«

»Sie bot mir etwas zu trinken an, und dann überfiel sie mich. Ich war völlig überrumpelt! Sie war viel stärker als ich.«

»Ja, das wissen wir. Daheim in Norrköping ging sie regelmäßig ins Fitnessstudio. Aber fahren Sie fort.«

»Es ging so schnell, dass ich überhaupt nicht dazu kam,

mich zu verteidigen. Die Hände wurden mir hinter dem Rücken gefesselt, der Mund mit Klebeband zugeklebt. Einer doppelten Schicht, nehme ich an. Dann hielt sie mir eine Schere an den Hals und drohte, mir die Kehle durchzuschneiden, wenn ich ihre Fragen nicht beantwortete.«

»Wie konnten Sie die mit zugeklebtem Mund beantworten?«

»Ich sollte nur nicken oder mit dem Kopf schütteln.«

»Was wollte sie von Ihnen wissen?«

»Ob ich meinem Freund ein falsches Alibi für die Mordnacht gegeben hätte.«

»Was haben Sie geantwortet?«

»Ich habe mich nicht getraut, mit der Wahrheit hinterm Berg zu halten, also habe ich genickt. Die Schere ließ mir keine andere Wahl. Ich konnte einfach nicht lügen. Es wäre zu riskant gewesen, wenn sie mich durchschaut hätte.«

»Sie gaben also zu, dass Sie Thomas Hansson für den fraglichen Zeitpunkt ein falsches Alibi verschafft haben?«

»Ja.«

»Was haben Sie in jener Nacht wirklich gemacht?«

»In meiner Wohnung geschlafen. Allein. Thomas sah ich erst am nächsten Tag wieder, als er ankam und erzählte, dass Fanny Cordell ermordet wurde und er meine Hilfe brauchte, um nicht unschuldig unter Verdacht zu geraten. Natürlich bereue ich jetzt zutiefst, dass ich gelogen habe. Sonst halte ich mich immer genau an die Wahrheit. Aber ich habe ihm blind vertraut.«

»Wie meinen Sie das?«

»Ich habe ihm natürlich geglaubt, als er sagte, er sei nicht in Sydstranden gewesen, als Fanny ermordet wurde.«

»Fanden Sie es nicht unangemessen von ihm, zu verlangen, dass Sie die Polizei hinters Licht führten?«

»Nein. Er war sehr überzeugend. Sagte, er habe Fanny einmal in aller Unschuld im Sender in Göteborg einen Fanbesuch abgestattet. Aber wenn das herauskäme, könnte er aus völlig falschen Motiven unter Mordverdacht geraten. Wenn ich ihm nicht half und erzählte, ich sei mit ihm in seiner Wohnung zusammengewesen.«

»Und Sie waren so naiv, das zu schlucken?«

»Wenn Sie ihn selbst gehört hätten, würden Sie das nicht sagen. Thomas hatte für alles eine so plausible Erklärung, dass ich es schluckte, ohne mit der Wimper zu zucken. Hätte ich ihn auch nur einen Moment lang für schuldig gehalten, ich hätte ihm natürlich nie im Leben den Gefallen getan. Ich konnte ihn mir ja in meinen wildesten Phantasien absolut nicht als Mörder vorstellen. Nicht der nette, rücksichtsvolle Thomas, der doch nicht ... Er war es doch auch nicht, oder?«

Langes Schweigen.

»War er es, oder jemand anderes?«

»Das kann ich aus ermittlungstechnischen Gründen natürlich nicht beantworten, das müssen Sie verstehen.«

»Wenn er unschuldig ist, was ich fest glaube, ist er selbst zum Opfer geworden.«

»Ist Ihnen bewusst, dass Sie einen Meineid geleistet hätten, wenn Sie vor Gericht unter Eid ausgesagt und Thomas Hansson dieses falsche Alibi verschafft hätten?«

»Es war aber keine Gerichtsverhandlung, sondern ein gewöhnliches Polizeiverhör.«

»Das macht Ihre Lüge also akzeptabler?«

»Das habe ich nie behauptet.«

»Als Ann Lundgren alias Julia Cordell nach dem Überfall auf Sie verschwand, was taten Sie da?«

»Nichts.«

»Nichts?«

»Ich war doch völlig verschnürt. Konnte mich nicht bewegen. Nicht um Hilfe rufen. Kam kaum vom Fleck. Ich habe natürlich versucht, mich zu befreien, aber es ging nicht.«

»Was haben Sie gedacht, als Sie da auf dem Boden lagen?«

»Dass sie Thomas angreifen würde, da sie sich offensichtlich in den Kopf gesetzt hatte, er hätte Fanny ermordet. Damals wusste ich nicht genau, dass die falsche Journalistin ihre Schwester war, aber mir war klar, dass es da einen Zusammenhang geben musste. Ich fühlte mich vollkommen ohnmächtig, lag da wie ein Sack, ohne die geringste Chance, ihn zu warnen.«

»Haben Sie um Ihr eigenes Leben gefürchtet?«

»Nicht, nachdem sie das Hotel verlassen hatte. Da ging mir auf, dass sie es auf ihn und nicht auf mich abgesehen hatte.«

»Bevor sie das Hotel verließ, hatten Sie da Angst, dass sie Ihnen etwas antun würde?«

»Ganz kurz vielleicht. Sie trat sehr aggressiv und bedrohlich auf. Doch, ich hatte Angst. Die hätten Sie auch gehabt, wenn Sie in diese Situation geraten wären.«

»Als sie Sie mit der Schere bedrohte, hat sie Sie da verletzt?«

»Nein, aber ich habe Schürfwunden an Handgelenken und Wangen.«

»An den Wangen? Wieso das denn?«

»Ich habe versucht, das Klebeband abzubekommen, indem ich die Wangen am Teppichboden rieb.«

»Wie lange ließ sie Sie allein?«

»Ich hatte kein Zeitgefühl mehr. Es hätten ebenso gut zwanzig Minuten wie eine Stunde sein können.«

»Und wenn Sie schätzen müssten?«

»Tja, so etwa eine halbe Stunde, würde ich meinen.«

»Was geschah, als sie wiederkam?«

»Sie sagte mir, ich bräuchte keine Angst zu haben, und entschuldigte sich für alles, was sie mir angetan hatte. Ich habe den Eindruck, sie wollte, dass ich nicht zu hart über sie urteilte. Sie sagte auch etwas darüber, dass wir beide Opfer seien, wenn ich mich recht erinnere. Dann rief sie die Rezeption an und bestellte sofort jemanden aufs Zimmer. Danach zog sie mir das Klebeband vom Mund. Das tat übrigens unheimlich weh, ich spüre es immer noch. Als nächstes wies sie mich an, Kommissar Wall anzurufen und ihm zu sagen, dass sie sich in der Person geirrt hätte. Sie sagte mir auch, ich sollte ihn um Entschuldigung bitten für all die Umstände, die sie ihm bereitet hätte.«

»Was, glauben Sie, meinte sie wohl damit, sie habe sich in der Person geirrt?«

»Mir war sofort klar, dass es um Thomas ging, dass sie ihn getötet und hinterher gemerkt hatte, dass sie den Falschen umgebracht hatte. Aber zum Glück lebt Thomas ja noch … doch das konnte Julia da wohl nicht wissen. Aber jetzt halte ich es einfach nicht mehr aus. Bitte antworten Sie mir ehrlich: Von wem wurde Fanny Cordell denn nun ermordet?«

»Was geschah dann?«

»Hier erzähle ich Ihnen treu und brav alles, und Sie können mir nicht eine kleine Antwort geben. Warum …«

»Liebes Fräulein Hemlin, bitte mäßigen Sie Ihren Ton. Muss ich Sie wirklich daran erinnern, dass dies ein Verhör in einem Mordfall ist und dass Sie der Polizei falsche Angaben gemacht haben? An Ihrer Stelle wäre ich vorsichtig mit dem, was Sie sagen. Also: Was geschah dann?«

»Also gut. Sie trat ganz ruhig auf den Balkon hinaus, schwang sich auf die Brüstung und tat einen Schritt geradeaus in den Tod. Etwas so Schreckliches habe ich noch nie gesehen. Ihr Schrei war sofort zu hören, und den werde ich nie vergessen. Das Blut gefror mir in den Adern.«

»Wann wurde Ihnen klar, dass sie sich das Leben nehmen wollte?«

»Als sie auf den Balkon raustrat.«

»Da war der Mann von der Rezeption also schon im Zimmer?«

Schweigen.

»Antworten Sie mir bitte. War er im Zimmer, als Julia Cordell auf den Balkon hinausging?«

»Ja. Er sah, was sich zusammenbraute, und lief hin, kam aber knapp zu spät. Vielleicht zwei Sekunden. Er rief ihr zu, sie solle vom Balkon kommen. Ich habe auch gerufen. Wir riefen beide. Es nützte nichts. Ohne zu zögern oder sich umzudrehen machte sie einen großen Schritt, es war ganz furchtbar. Die Szene wird mich bestimmt den Rest meines Lebens verfolgen.«

Es klopfte, und Sten Wall, der in seinen Gedanken noch ganz beim Verhör war, sagte: »Herein.«

Terje Andersson trat ein, rückte sein Uniformhemd zurecht und sagte: »Hör dir das an, Sten. Wir hatten gerade einen Anruf von der Kripo in Landskrona. Dieser drogensüchtige Einbrecher, der sich anfangs zu einer Reihe von Verbrechen bekannt hat, einschließlich des Mordes an Fanny Cordell, ist zu sich gekommen und hat es sich anders überlegt. Jetzt behauptet er plötzlich, unschuldig wie ein Lämmchen zu sein. Und es sieht wirklich so aus, als ob wir ihn wenigstens vom Mordverdacht freisprechen müssen. Laut Kriminalinspektor Möller in Landskrona ist es völlig ausgeschlossen, dass er Fannys Mörder ist, weil er in der fraglichen Nacht überhaupt nicht in der Nähe von Sydstranden war. Dagegen wurde er mit anderen Einbrüchen längs der Küste in Verbindung gebracht, viel weiter nördlich.«

»Warum hat er dann gestanden?«

»Möller meint, der Kerl habe dermaßen unter Drogeneinfluss gestanden, dass er nicht wusste, was er sagte. Er sagte Ja und Amen zu allem, was man ihn fragte. Aber Möller legt Wert auf die Feststellung, dass man nie behauptet habe, der

Verdächtige sei überführt, nur, dass er für die Tat in Frage kam und im ersten Verhör gestanden hatte.«

»Was war mit dem Diebesgut, das bei ihm gefunden wurde?«

»Das stammt offenbar aus einem Ferienhaus irgendwo hinter Kungälv. Möller lässt uns ausführlichere Infos zukommen, sobald sie mit den Ermittlungen weiter sind.«

Wall gab es einen Stich in der Gegend des Herzens.

Er seufzte vernehmlich.

»Manches bereut man«, sagte er.

Terje Andersson sah ihn fragend an.

»Was meinst du?«

»Ich habe übereilt gehandelt, als ich heute Nachmittag eine junge Frau auf ihrem Handy anrief. Ich tat es in allerbester Absicht und wollte ihr damit einen Gefallen tun, ihr in ihrer tiefen Trauer beistehen.«

»Dann hast du dir nichts vorzuwerfen.«

»Vielleicht nicht«, sagte Wall und zuckte mit den Schultern.

Doch als der Kollege aus dem Raum war, begrub er das Gesicht in den Händen und versuchte, sich nicht von seinen Gefühlen überwältigen zu lassen.

Sein gut gemeinter Anruf hatte vielleicht einen Menschen das Leben gekostet.

Er hatte nicht ausdrücklich gesagt, dass Fannys Mörder verhaftet sei. Nur, dass es aussah, als *könnte* er es sein. Er hatte ja nicht einmal ausreden können, um darauf hinzuweisen, dass noch lange nichts erwiesen war, man aber immerhin einen Verdächtigen hatte. Noch ehe er dazu gekommen war, hatte sie das Gespräch abgebrochen. Und als er sie danach noch einmal anrufen wollte, war sie nicht mehr erreichbar gewesen.

Das Wenige, das er der verängstigten und völlig am Boden zerstörten Frau hatte mitteilen können, schien ausgereicht zu haben, um in ihr den verhängnisvollen Entschluss zum Selbstmord auszulösen.

Natürlich hatte er unmöglich wissen können, dass Julia kurz vor seinem Anruf den Mann niedergeschlagen hatte, den sie mit felsenfester Überzeugung für den Mörder ihrer geliebten Schwester gehalten hatte. Und damit in dem Glauben war, mit seiner Tötung Rache für sein schreckliches Verbrechen an Fanny genommen zu haben.

Hätte sie doch nur gewusst ...

Sten Wall litt Höllenqualen.

Er konnte den angerichteten Schaden nicht wieder gutmachen.

Aber etwas anderes konnte er tun.

Den wahren Mörder finden.

Das war er beiden Schwestern schuldig.

Er wusste, wo er zu suchen hatte. Von nun an durfte es einfach keine weiteren Fehlschläge mehr geben. Der Rest müsste das reine Kinderspiel sein.

Er griff zum Telefon und rief Carl-Henrik Dalman an.

39 Thomas Hansson lag in seinem breiten Krankenhausbett auf dem Rücken. Er starrte an die Decke und schien nicht zu bemerken, dass er beobachtet wurde.

Sten Wall stand draußen vor dem Zimmer und betrachtete Thomas Hanssons blasses Gesicht unter dem Kopfverband durch das Türfenster.

Er versuchte, sich darüber klar zu werden, was er gegenüber dem kalten, gewissenlosen Menschen empfand, zu dem er gleich hineingehen und dem er den begründeten Verdacht seiner Schuld auf den Kopf zusagen würde.

War es Abscheu?

Wut?

Ekel?

Er wusste es nicht.
Dann fiel es ihm ein.
Verachtung.
Das war es: Er empfand maßlose Verachtung.
Er versuchte, alles Nebensächliche auszublenden und sich vollkommen auf das zu konzentrieren, was vor ihm lag.
»Gehen wir«, sagte er, machte die Tür auf und betrat das Zimmer mit Dalman und dem Arzt, der ihnen die Besuchserlaubnis erteilt hatte.
Falls Hansson überrascht war, sie zu sehen, gelang es ihm ausgezeichnet, das zu überspielen.
Er wandte ihnen das Gesicht zu, blinzelte ein paar Mal und machte einen fast geistesabwesenden Eindruck, während Wall sich und seinen Kollegen vorstellte.
»Was macht Ihr Kopf?«, fragte der Kommissar.
»Es geht mir schon besser. Ich werde es überleben.«
»Ja, wir sind hier im Auftrag von Generalstaatsanwalt Yngve Brockman in Stad, um Ihnen mitzuteilen, dass gegen Sie ein begründeter Verdacht auf die Täterschaft am Mord an Fanny Cordell vorliegt und man Sie daher dieses Verbrechens anklagen wird.«
»Blödsinn.«
Wall fuhr ungerührt fort: »In Anbetracht Ihrer körperlichen Verfassung wird zur Zeit keine Untersuchungshaft angeordnet. Sie erhalten Sicherheitsbewachung hier im Krankenhaus, bis Sie das Krankenbett verlassen dürfen. Und Sie brauchen nichts ohne Anwalt zu sagen, wie ich in Anwesenheit meines Zeugen ausdrücklich betonen möchte.«
»So viel kann ich jedenfalls sagen: Sie bewegen sich auf ganz dünnem Eis. Sie wissen sehr gut, dass ich in der Nacht, in der dieser Fernsehstar in Sydstranden ermordet wurde, bei meiner Freundin hier in der Stadt war. Fragen Sie einfach Laura, sie wird das bestätigen.«
»Sie hat ihre Zeugenaussage zurückgezogen. Sie waren zu

dem Zeitpunkt überhaupt nicht zusammen. Laura Hemlin sagt aus, dass sie die ganze Nacht allein war und dass Sie sich erst am nächsten Tag getroffen haben.«

»Dann lügt sie.«

»Ich weiß nicht, ob Ihnen bekannt ist, dass Fanny Cordells Schwester Julia auch tot ist.«

»Und da denken Sie natürlich, ich hätte sie umgebracht.«

»Wer hat was von Mord gesagt?«

»Ich bin nicht schuld an ihrem Tod, wie auch immer er sich ereignet hat.«

»Das kommt ganz darauf an, wie man es sieht.«

»Wie man es sieht?«

»Sie hat Sie niedergeschlagen. Um Fanny zu rächen. Und danach nahm sie sich das Leben.«

»Sie hat Selbstmord begangen? Wie denn?«

Wall antwortete nicht.

Thomas Hansson sagte: »Ich kann nicht direkt behaupten, dass ich um sie trauere, nicht nach dem, was sie mir angetan hat. Sie hätte mich beinahe umgebracht.«

Dalman schnaubte verächtlich, und Wall fing wieder an: »Vielleicht hatte sie die Skrupel, die Ihnen fehlten, als Sie ihre Schwester niedergemetzelt haben. Wie auch immer. Ihre Verlobte hat ihre erste Version widerrufen, in der sie Ihnen ein falsches Alibi verschafft hatte. Sie sagt aus, Sie hätten sie ausdrücklich gebeten, die Unwahrheit zu erzählen. Doch damit nicht genug. Wir haben anderes, was Sie direkt mit dem Mord in Verbindung bringt.«

Thomas Hansson schnaubte verächtlich.

»Gar nichts haben Sie.«

Ein höhnisches Grinsen zuckte um die Mundwinkel des Bettlägerigen. Wall versuchte, seine heftige Abneigung zu unterdrücken, während er Hansson direkt in die Augen blickte.

Der Kommissar erinnerte sich an seinen Besuch am Morgen bei Thomas Hanssons Mutter, die derart von Schuldgefühlen geplagt war, als hätte sie selbst die Tragödie verursacht. Der Gedanke an ihre zitternde Unterlippe und ihren hoffnungsleeren Blick verfolgte ihn immer noch.

In tiefer Verzweiflung hatte sie immerzu das Gleiche wiederholt: »Ich wusste es, ich wusste es, in meinem tiefsten Innersten habe ich die ganze Zeit gewusst, dass etwas so Schreckliches passieren würde, ich habe nur versucht, es zu verdrängen. Aber er hat immer seinen Willen durchgesetzt, und das war mein Fehler. Wenn ich ihn nur anders erzogen hätte, wäre es nie passiert, dann wäre er vielleicht genauso normal wie alle anderen geworden. Aber was sollte ich machen? Er hat ja doch nie auf mich gehört. Trotzdem habe ich das Gefühl, dass es meine Schuld ist. Und als ich gehört habe, was dieser armen Moderatorin zugestoßen ist, war mir klar, wer dahinter steckte.«

Wall hatte getan, was in seiner Macht stand, um die gebrochene alte Dame zu trösten und zu beruhigen – allerdings ohne nennenswerten Erfolg. Ein Polizeifürsorger hatte die Aufgabe übernommen, als sich Wall von Stina Hansson und ihrer ohnmächtigen Verzweiflung losreißen musste.

Von dem Kissen aus ertönte es scharf und spöttisch: »Sie haben also gar nichts. Und sagen auch nichts.«

Kurz war Wall versucht, Thomas zu erzählen, welchen Kummer er seiner Mutter bereitet hatte, doch er überwand die Regung, weil er sich bewusst war, dass diesen Mann fremde Schmerzen kalt ließen.

Stattdessen sagte er kühl und sachlich: »Wir haben Ihre Mutter besucht, der sofort klar war, was Sie getan haben, und die uns den Hinweis auf einen speziellen Kellerverschlag in dem Mietshaus gab, in dem sie wohnt.«

Wieder ein Schnauben aus dem Bett, lauter als beim letzten Mal.

»Mama! Die konnte nicht mal einen armen Schlucker

wie meinen Alten länger als drei Jahre an sich binden. Die können Sie vergessen.«

»Jedenfalls hat sie ausgesagt, dass nur Sie den Schlüssel dazu haben. Sie hat nicht einmal selbst einen, ihr wurde ausdrücklich verboten, den Fuß hineinzusetzen. Wir haben die Lattentür aufgebrochen ...«

»Und kommen wegen Hausfriedensbruchs dran!«

»... und haben den kleinen Verschlag durchsucht.«

»Dazu hatten Sie nicht das Recht.«

Dalman mischte sich ein: »Doch, weil wir uns nämlich selbstverständlich einen Hausdurchsuchungsbefehl besorgt haben. Und wissen Sie, was wir gefunden haben?«

»Ist mir doch scheißegal.«

»Wir haben die Mordwaffe gefunden. Einen blutigen Spaten. Der Sie definitiv mit dem Mord in Verbindung bringt. Ein paar andere Sachen haben wir außerdem. Fannys Portemonnaie und Handtasche zum Beispiel. Sie hätten das besser alles loswerden sollen, aber vielleicht sind Sie ja der Typ, der Souvenirs aufhebt.«

»Jemand anders muss das alles da reingelegt haben, um mir die Schuld unterzuschieben.«

»Sie sind der *Einzige*, der den Schlüssel zu dem Verschlag hat«, stellte Wall fest.

»Sie sind doch reingekommen, oder etwa nicht? Dann kann auch jeder andere einbrechen.«

»Die Tür war intakt, als wir ankamen.«

»Scheiß drauf. Außerdem interessiert mich nicht, was mit Fanny passiert ist.«

»Das interessiert Sie nicht? Wir wissen, dass Sie ihr dreiundzwanzig Briefe geschrieben haben. In dem Kellerverschlag haben wir auch Kisten und Aktenordner mit Fotos und Zeitungsausschnitten gefunden, in denen es nur um Fanny Cordell ging. Sie waren eindeutig krankhaft von ihr besessen.«

»Na und? Das stempelt mich noch lange nicht zum Mörder.«

»Ich will Sie nicht länger aufhalten. Sie sollen Gelegenheit haben, Ihren verletzten Kopf zu pflegen, damit Sie gesund genug werden, Ihrem Ankläger vor Gericht gegenüberzutreten. Und diese Frage brauchen Sie nicht zu beantworten, wenn Sie nicht wollen – aber ich bin von Natur aus neugierig und wüsste wirklich gern, was für ein Motiv man für eine so abscheuliche Tat haben kann, wie Sie sie begangen haben. *Warum* haben Sie ihr das Leben genommen?«

»Ich habe sie nicht umgebracht, aber sie hat es nicht anders verdient.«

»Wieso?«

»Wenn sich jemand so arrogant benimmt wie sie, als ich sie einmal ganz freundlich fragte, ob sie mit mir ausgehen und eine Kleinigkeit essen wollte, dann hat sich so jemand die Folgen nun wirklich selber zuzuschreiben.«

»Darum dreht sich also das Ganze. Verletzte Eitelkeit. Sie hat Ihnen eine Abfuhr erteilt, als Sie sich unbefugt in ihre Garderobe im Sender drängten, doch, darüber wissen wir alles. Und das hat Sie so wahnsinnig gekränkt, dass Sie beschlossen haben, sich auf die allerscheußlichste Art zu rächen? Ja, ja, wir leben in einer kalten, herzlosen Welt, bevölkert von kalten, herzlosen Individuen.«

»Das ist die reinste Verunglimpfung. Herr Doktor! Haben Sie gehört, was er gesagt hat?«

Der Angesprochene rückte seine Brille zurecht und sah den Frager geistesabwesend an.

»Hat er etwas gesagt?«

»Ich habe nichts gehört«, sagte Dalman.

»Sie haben sich alle drei gegen mich verschworen. Das ist ja wohl offensichtlich. Aber halten Sie ruhig zusammen, mich kriegen Sie nicht so leicht klein.«

»Gute Besserung«, sagte Wall. »Sie hören von uns.«

Der Kommissar drehte sich um und bedankte sich beim Arzt. Der nickte ihm aufmunternd zu, und Wall fand ihn auf Anhieb sympathisch.

Der August wartete mit dem heißesten Tag des Jahres auf, und Sten Wall war verschwitzt und außer Atem, als er nach einem ausgedehnten Spaziergang wieder auf dem Stortorget ankam.

Er pflegte seine Spazierwege zu nummerieren und hatte viele verschiedene zur Auswahl.

Diesmal hatte er in der Altstadt angefangen, wo er auf mehrere geführte Touristengruppen gestoßen war, die die schöne, altertümliche Bebauung, die gewundenen Gassen mit Kopfsteinpflaster und die liebevoll gepflegten Vorgärtchen sichtlich fasziniert hatten.

Weiter war er durch den großzügigen Park gegangen. Dann war er am südlichen Kanal abgebogen und hatte einen Abstecher in den Stadtteil Frejalund gemacht, bevor er ins Zentrum zurückgewandert war.

Der korpulente Kommissar wollte sich eine Erfrischung kaufen und sich ein paar Minuten Entspannung auf einer der Bänke vor dem prachtvollen Springbrunnen gönnen, der stolz vor der Buchhandlung rauschte. Schließlich hatte er Urlaub und konnte mit seinem Tag anfangen, was er wollte.

Vor dem Kiosk blieb er bei den Schlagzeilen stehen. Die beiden führenden Abendzeitungen lockten die Leser mit unterschiedlichen Aufmachern.

Die eine verkündete, dass Gaby Swancke im Herbst mit einer eigenen Fernsehshow groß herauskommen würde, während die Konkurrenz auf einen Frauenmörder setzte, der vorzeitig aus der Haft entlassen wurde.

Wall betrat den Laden, kaufte beide Zeitungen, faltete sie und steckte sich eine in jede Hosentasche.

Danach bestellte er sich ein großes Softeis mit Schokostreuseln.

So ausgerüstet, kehrte er in die sengende Sommersonne zurück und aß gierig das Eis, das so rasch schmolz, dass ihm ein paar Tropfen auf das eine Knie fielen. Das meiste konnte er mit einem Taschentuch wegreiben, aber ein dunkler Fleck blieb doch auf seiner hellen Baumwollhose zurück.

Danach zog er die Zeitungen hervor und begann zu lesen.

Der Produzent der geplanten Fernsehshow unter Leitung von Gaby Swancke hoffte, dass die Sendung in gewisser Weise die große Lücke würde füllen können, die *Funny Fanny* hinterlassen hatte.

Gaby Swancke drückte es so aus: »Es gab nur eine Fanny. Niemand kann sie ersetzen. Aber natürlich freue ich mich über diese Chance.«

Als nächstes las er den Artikel über den Frauenmörder, dessen Gefängnisstrafe wegen guter Führung verkürzt worden war.

Der Kommissar war nicht allzu verwundert, als er entdeckte, dass es sich um Sven-Erik Olsson handelte, der in nächster Zeit entlassen werden sollte.

Müßig vor sich hin sinnend, blieb er eine gute Viertelstunde in der Sonne sitzen. Als er aufstand und ging, ließ er die beiden Zeitungen auf der Bank liegen.

Nicht lange, und ein Mann in Shorts und T-Shirt nutzte die Gelegenheit und nahm sich die Zeitungen.

Sten Wall sah es aus den Augenwinkeln, ohne darauf zu reagieren.

Er sehnte sich schon nach dem Ende seines Urlaubs.

40 Auf dem gewundenen Pfad kam man stellenweise schlecht voran. Baumwurzeln zogen sich hie und da quer drüber hin, und manchmal wurde es so steinig, dass sie vom

Fahrrad steigen und schieben musste. Jessica fragte sich, wie Mountainbiker es anstellten, in solch einem Terrain das Gleichgewicht zu halten, ohne allzu viel Tempo zu verlieren. Ihr kamen sie wie geschickte Zirkusakrobaten vor.

Jedenfalls war sie froh, dass sie die Abkürzung gefunden hatte. Alles in allem fuhr es sich darauf doch recht gut, und so wie sie es sah, gewann sie bis zu einer Viertelstunde, wenn sie hier entlangfuhr, anstatt die übliche Landstraße zu nehmen. Und diese Minuten am Morgen waren ihr kostbar. Jetzt konnte sie es sich leisten, noch ein wenig liegen zu bleiben, ehe sie zu ihrer Mutter zum Frühstück raufging.

Sie war absolut kein Morgenmensch, sondern schlief gerne aus. Lange.

Aber den Luxus konnte sie in diesem Sommer vergessen.

An fünf Tagen in der Woche musste sie früh aufstehen. In aller Herrgottsfrühe! Doch das war auch schon der einzige Nachteil des Ferienjobs. Sie hatte wirklich Glück gehabt, etwas in der Molkerei zu finden, die auch noch in relativ günstiger Entfernung vom Bauernhof ihrer Eltern lag. Viele Schulkameraden hatten keinen Ferienjob gefunden und waren neidisch auf sie, das wusste sie.

Sie konnte froh sein. Und war es auch.

Die Bezahlung war anständig, und an den Wochenenden hatte sie frei. Das Verpacken war zwar eine recht eintönige Tätigkeit, aber auch nicht allzu anstrengend. Ein großer Vorteil war außerdem, dass sie sich mit den Kolleginnen gut verstand. Sie hatte damit gerechnet, als Jüngste in der Abteilung tüchtig aufgezogen zu werden, aber nichts dergleichen war passiert.

Zum Ausgleich für den frühen Arbeitsbeginn hatte sie schon um die Mittagszeit frei. Nachmittags radelte sie gewöhnlich die paar Kilometer zum Strand, wo sie verschiedene Buchten aufsuchte, badete und sich sonnte. Sie war in diesem Teil von Bohuslän geboren und aufgewachsen und liebte die Gegend.

Von Kindesbeinen an war sie eine richtige Wasserratte gewesen. Schwamm wie ein Fisch, wie ihr Vater immer sagte. Eine Zeit lang hatte sie sich überlegt, in den Schwimmverein in Uddevalla einzutreten und eine Laufbahn als Profisportlerin anzustreben. Aber ihr war recht bald klar geworden, dass ihr der nötige Ehrgeiz oder auch die richtige Einstellung fehlte, um Woche für Woche ein so unerhört hartes Training und so viele Stunden Einsatz zu absolvieren.

Jedenfalls schwamm sie sehr gerne und war den ganzen Sommer über praktisch täglich im Meer. Vor Quallen hatte sie auch keine Angst. Die gefährlichen konnte sie leicht von den ungefährlichen unterscheiden, und in all den Jahren hatte sie sich nur ein einziges Mal an einer verbrannt.

Vor Kopfsprüngen hatte sie viel mehr Respekt. In ein unbekanntes Gewässer würde sie nie springen, ohne vorher die Tiefe zu erkunden. Ihr Vater hatte sie schon früh vor den Gefahren schwerer Unfälle in unbekanntem Wasser gewarnt, und ein früherer Klassenkamerad von ihr war von der Taille abwärts gelähmt, seit er bei einem Sprung keinen halben Meter unter der Wasseroberfläche mit dem Kopf auf Felsgrund gestoßen war. Ab und zu besuchte sie ihn. Jedesmal mit demselben Gefühl von Trauer und großer Dankbarkeit über ihr so glückliches Los.

Jessica trat energisch in die Pedale und beugte sich über die Lenkstange vor, damit sie die ersten hellen Strahlen der Morgensonne nicht blendeten.

Genau in einer der beiden scharfen Biegungen auf dem flachen Hügel fiel ihr etwas auf.

Ein älterer Mann stand am Waldrand und winkte sie zu sich heran.

Kies und kleine Steine wirbelten auf, als sie eine Notbremsung machte.

Er trug die weiße Schürze der Molkerei, aber sie hatte ihn noch nie zuvor gesehen. Vielleicht arbeitete er in der Käserei, die in einem anderen Gebäudetrakt lag.

»Hallo«, sagte er.

Unbekümmert erwiderte sie den Gruß. Die Sonne schien am blauen Himmel, die Vögel zwitscherten, der Alte machte so einen netten Eindruck.

»Ich kenne dich doch«, behauptete er. »Nennen sie dich nicht Jessie?«

Jessica nickte.

»Arbeiten Sie auch in der Molkerei?«, fragte sie.

»Ja.«

»Komisch, dass ich Sie da noch nie gesehen habe.«

»Ich bin in der Käserei.«

»Das habe ich mir gedacht.«

Ein wenig verlegen kratzte er sich die grauen Strähnen am Hinterkopf.

»Tja, ich weiß nicht … meinst du, du könntest mir mit etwas helfen?«

»Wenn ich es kann, schon.«

»Du hast nicht zufällig ein Handy dabei?«

»Leider nein.«

»Okay. Dann kannst du mir vielleicht den Gefallen tun und um Hilfe bitten, wenn du bei der Arbeit ankommst.«

Seine ruhige Stimme flößte ihr Vertrauen ein. Es gab keinen Grund zur Besorgnis. Ein wenig neugierig fragte sie sich, was ihm wohl zugestoßen war. Natürlich würde sie ihm helfen, so gut sie konnte.

»Sagen Sie einfach, was ich …«

Er unterbrach sie: »Ich weiß, wer du bist.«

Der Tonfall war plötzlich ein anderer geworden. Schärfer.

Jessica sah ihn fragend an.

»Du gehörst mir und kannst nichts dagegen machen«,

sagte er, packte sie am rechten Handgelenk und lachte so, dass sich das Entsetzen in ihr überschlug.

Sie hatte sofort den Wahnsinn begriffen und öffnete den Mund, weil sie um Hilfe schreien wollte.

Aber sie kam nicht mehr dazu.

Nachwort

Die Handlung von *Quotenmord* ist rein fiktiv. Die Einwohner der Städte Borås und Ulricehamn mögen sich daher nicht angesprochen fühlen. Selbstverständlich trifft sie keinerlei Schuld an dem Bösen, das dem Fahrschulbesitzer Gustaf Bern in diesem Buch so unverschuldet widerfährt.

Björn Hellberg

Björn Hellberg
Todesfolge
Sten Walls dritter Fall
Aus dem Schwedischen von Astrid Arz
Band 16089

Agne Bravander, Pastor der religiösen Gemeinschaft »Die Gottesboten«, wird ermordet aufgefunden – die Tatwaffe: ein roter Stiletto, spitz und tödlich.

Kaum haben die Ermittlungen begonnen, wird das hübsche Sektenmitglied Mia Alvin in ihrer Badewanne ertränkt. Und Fragen kommen auf: Wie hielt sie es mit der ehelichen Treue?

An Verdächtigen mangelt es Kommissar Sten Wall nicht, denn die religiöse Sekte hat sich durch ihre strengen Regeln und Gesetze viele Feinde gemacht. Dennoch tappt der Kommissar lange im Dunkeln. Und dann verschwindet auch noch ein Kollege von ihm ...

Fischer Taschenbuch Verlag

fi 16089 / 1

Björn Hellberg
Grabesblüte
Sten Walls vierter Fall
Aus dem Schwedischen von Astrid Arz
Band 16643

Die Einwohner des schwedischen Stad sind entsetzt: Eine Teufelssekte treibt in der Kleinstadt ihr Unwesen. Sie treffen sich zu satanischen nächtlichen Ritualen auf dem Friedhof und begehen grausame Tieropfer an unschuldigen Lämmern und kuscheligen Hauskatzen.

Als dann auch noch zwei menschliche Leichen entdeckt werden, versehen mit einem mit Farbe gemaltem Bocksfuß auf der Stirn, ist zunächst allen klar: Die Teufelsanbeter haben wieder zugeschlagen, diesmal skrupelloser als je zuvor.

Kommissar Sten Wall und seine Kollegen haben allerdings ihre Zweifel an dieser Theorie. Da verschwindet ein Mitglied der Teufelsanbeter, das der Polizei anonyme Hinweise auf die Sekte gegeben hatte, spurlos. Wird es noch einen dritten Mord geben?

Fischer Taschenbuch Verlag

fi 16643 / 1